Pirate malgré lui

Du même auteur

En auto-édition – Romans gay

Deuxième chance, novembre 2018
Vivre à nouveau, mai 2022

Chez Homoromance Editions – Romans gay

Un nouveau papa pour Noël, décembre 2019
Secret de famille, janvier 2021
La passion en M, juin 2021
L'amour au parfum de ghetto, novembre 2021

Chez Homoromance Editions – Roman lesbien

Aime-moi !, janvier 2022

Marie-Paule Dunant

Pirate malgré lui

ISBN : 978-2-3225-2393-1

Édition : BoD - Books on Demand, info@bod.fr
Impression : BoD - Books on Demand, In de
Tarpen 42, Norderstedt (Allemagne)
Impression à la demande
Dépôt légal : Septembre 2024

Marie-Paule Dunant

Marie-Paule Dunant, née en 1982 à Thionville (57), est une entrepreneuse slasheuse depuis mars 2024. Elle exerce les métiers d'artisane en upcycling et d'assistante indépendante. Passionnée par l'écriture, elle consacre une grande partie de son temps à cette activité. Elle puise sa motivation dans ses deux chats, Collorado et Iowa.

Elle s'est mise à écrire durant l'adolescence de la fantasy et des contes pour enfants avant de se tourner il y a quelques années à des romans pour adultes.

Rapidement, elle trouve son affinité avec les couples LGBT. Après un passage sur des plateformes de partage, Marie-Paule se lance dans le monde de l'édition en 2019.

Dédicaces

Ce livre ou plutôt cette aventure est dédicacée à toutes les personnes qui aime se perdre dans des aventures rocambolesques et pleines de compassion.

Je dédicace aussi cette histoire à toutes celles et ceux qui ont patienté 4 années pour enfin lire cette histoire.

1

Dans un lieu lointain sur la mer d'Opale

En ces temps où les pirates régnaient en maîtres sur les mers et les îles, il existait encore des âmes qui parvenaient à échapper à leur domination et au chaos qui en découlait. L'île aux versants abrupts, presque ignorée des flibustiers, demeurait paisible et inviolée. Depuis près de cinquante ans, ses habitants ne se souciaient plus de ce qui se passait au-delà de leurs côtes. L'île semblait avoir tourné le dos au monde. Cependant, il restait des individus, comme Ali, qui cherchait passionnément l'aventure parmi les vagues furieuses.

Avec une énergie inépuisable, Ali relevait chaque jour le gant de tribulations trépidantes, où défis, escarmouches et exaltations tissaient son quotidien. L'appréhension lui était inconnue. Sa mère avait renoncé depuis longtemps à le diriger vers la prudence, alors que son père avait fait de son mieux pour enseigner au jeune homme l'essentiel de la défense, le maniement des épées et le fonctionnement des pistolets. Ce résolu père désirait par-dessus tout que son unique fils puisse affronter la vie tête haute. Un legs de vigueur et d'emportement qu'Ali avait visiblement adopté.

Cette nouvelle journée s'annonçait tumultueuse dès ses premières lueurs.

— Ali, viens te battre, si tu es un homme ! ordonna un type à la carrure imposante et à la peau brunie par le soleil.

— Vous pouvez toujours espérer. Vous autres crétins ne m'attraperez jamais. J'ai de bien meilleures choses à faire que de me batailler contre vous.

— Tu regretteras d'être encore sur l'île ! hurla, un autre garçon.

Sans effort apparent, Ali se déroba à leur vue en pénétrant la forêt. Ses adversaires, pétrifiés par la peur de l'inconnu, n'osèrent pas s'aventurer plus loin dans ce labyrinthe vert.

Ali mit fin à sa course effrénée lorsqu'il aperçut la crique secrète nichée entre les arbres — son havre de solitude préféré. Cet endroit était son sanctuaire, où toutes ses préoccupations semblaient se dissiper. Il descendit précipitamment la pente rocheuse avant de s'écrouler sur le sable encore chaud du soleil déjà haut dans le ciel.

Personne n'osait s'aventurer de ce côté-là. L'une des nombreuses rumeurs qui circulaient dans tous les villages de l'île affirmait qu'il s'agissait d'une tanière de pirates, même si personne n'en avait jamais vu. Mais, lui ne s'en souciait pas. Les bandits pourraient débarquer, il les recevrait avec le fer de son sabre, en dehors d'aujourd'hui. Son épée gisait sans doute sur son lit et il n'était pas réellement d'humeur. Il observa l'installation qu'il avait faite quelques années auparavant, ce qui lui permettait de camper quand bon lui semblait. Il aimait passer des nuits entières à regarder les étoiles et les navires qui défilaient sur la ligne d'horizon, lui donnant l'envie de voyager.

Absorbé par la quiétude des lieux, il n'avait aucune idée qu'ici, dans son oasis de sérénité, se produirait une rencontre destinée à bouleverser sa vie de manière irréversible.

*

Juste au-delà des vagues tranquilles, un navire grandiose et sinistre s'approchait doucement : l'Argentière, dont la proue, ornée d'un crâne, annonçait l'un des plus imposants bâtiments errant sur les eaux. Le drapeau noir, marqué d'une croix osseuse et d'une rose rouge, témoignait de l'appartenance à la flotte de Bahtiyar, l'un des cinq grands rois du royaume de Neptune. Son nom suffisait à instaurer une peur sans nom. Son ombre planant sur des territoires maritimes désertés par une force navale impériale vaincue, repliée sur les sphères de la riche aristocratie.

À son bord régnait une certaine agitation. Cela faisait des semaines qu'ils voguaient, sans pouvoir faire la moindre escale. Ils avaient subi deux tempêtes et de récurrents assauts de la marine. Malgré leurs forces, le nombre de blessés était considérable. À ceux-ci s'ajoutaient les premiers cas de scorbut depuis quelques jours. Il leur fallait des légumes et des fruits frais rapidement. Ils espéraient juste trouver une île avec un village et un médecin pour prendre soin de chacun. Faire face à l'urgence était une priorité pour le capitaine de renom.

— Capitaine, je pense que nous approchons finalement d'une île habitée. Si la tempête ne nous a pas trop fait dévier, d'ici à quelques heures, nous pourrons commencer à traiter l'équipage.

— Voilà enfin une bonne nouvelle, Maïwan. Il faudra toutefois être prudent, la Marine ne doit pas être très loin. Nous ne sommes pas en mesure de tenir tête en cas d'une nouvelle attaque.

— Nous accosterons de nuit. J'irai à la recherche d'un médecin et de provisions. Je prendrai avec moi Taddéo et quatre hommes valides. Une petite équipe suffira pour ce qu'il y a à faire.

Le capitaine opina du chef avant de tourner le visage vers l'horizon. Depuis le temps qu'il naviguait sur les océans, il en avait vécu des aventures et perdu des compagnons de fortune. En perdre un seul était pour lui aussi difficile que de voir mourir un membre de sa famille. Il avait arpenté tellement de fois toutes les étendues d'eau et pourtant il ne les connaissait pas encore toutes.

*

Alors que le crépuscule enveloppait le ciel, Ali quitta le monde des songes. Dans peu de temps, il allait se retrouver dans l'obscurité. Bien que tenté de demeurer jusqu'au petit matin, son estomac lui conseilla le contraire. Il avait à peine touché à son déjeuner et il ne restait plus aucune provision dans sa cachette afin de se sustenter.

Il s'étirait de tout son long comme un félin, quand tous ses sens se mirent en alerte. Une impression étrange l'envahissait. Il chercha du regard autour de lui le moindre indice qui lui indiquerait ce qui n'allait pas, mais n'en trouva aucun. Pourtant, son instinct ne le trompait pas. Il avait tellement l'habitude d'être seul, pour rester en permanence sur ses gardes. Il y avait une personne et cela ne pouvait pas être les jeunes de son village. Ils étaient trop bruyants pour passer inaperçus. Ali se redressa et prit le chemin pour rentrer chez lui, comme si de rien n'était. Au moment où il amorça son ascension, il sentit une main essayer de lui saisir le bras. Dans un réflexe de survie, il se déroba à la tentative de capture et envoya son agresseur au tapis.

Ce dernier fut stupéfié une seconde par cette riposte inattendue. Il ne pensait pas, un seul instant, que le garçon résisterait. Il se tenait prêt à étouffer ses appels à l'aide pour éviter l'éveil d'une garde qui pourrait se situer à proximité. Il ne semblait pourtant pas si redoutable. Il se releva rapidement, parant ainsi une seconde attaque tout aussi surprenante. Apparemment, celui qui se trouvait entre lui et son objectif était décidé à se défendre. L'obscurité grandissante n'aidait pas pour l'affrontement. Cela faisait un moment qu'il n'avait pas rencontré un adversaire qui méritait le détour. Dommage qu'il n'eût pas de temps à perdre, sinon il aurait fait durer le plaisir jusqu'à se lasser.

— Eh là, tout doux le gamin, je ne te souhaite aucun mal, lança-t-il avec nonchalance.

— Parce que vouloir m'attraper sans même indiquer votre présence signifie ça ? Qui êtes-vous ? Vous n'êtes pas d'ici. Personne ne vient dans cette crique. Êtes-vous un pirate ? Répondez !

— On se calme, mon mignon. Laisse-moi répondre, au lieu de me bombarder de questions. Oui, je suis un pirate et, en effet, je ne suis pas de cette île. On me connaît sous le nom de Maïwan, l'Alcyon. Et toi, comment t'appelles-tu ?

— Les pirates ne sont pas les bienvenus ici. Je suis capable de vous virer moi-même de ces lieux. Je sais me battre.

— Je n'en doute pas une seconde. Cependant, je ne resterai pas longtemps. Je souhaiterais juste trouver un docteur pour soigner nos blessés et quelques vivres. Mes camarades et moi allons faire ce que nous devons et ensuite, nous repartirons et personne ne sera meurtri.

— Qui vous dit que notre médecin de ville va vous aider ? Les habitants de l'île ne donneront rien à des flibustiers. Ils préfèreront se battre jusqu'au dernier que de vous nourrir de leur dur labeur.

— Il suffit de leur demander. Ensuite, j'ai maintenant en ma possession une monnaie d'échange contre leurs services.

— Et puis quoi encore ? Comme si j'allais accepter d'être un otage. Vous ignorez à qui vous avez affaire.

— Je n'ai pas besoin de l'avis d'un gamin pour aller voir le médecin. Et toi, tu es trop présomptueux et tu ne te rends pas compte dans le pétrin dans lequel tu viens de te fourrer.

— Je vous en empêcherai, répéta-t-il, tout en portant sa main droite à sa hanche avant de se rappeler que son épée était sur son lit.

— Je n'ai donc plus qu'à te maîtriser et à t'attacher à un arbre le temps que je fasse mon affaire. Je refusais d'arriver là ce soir, mais tu ne me laisses pas réellement le choix.

Ali se jeta dans la bagarre, n'ayant en tête qu'une seule chose, l'empêcher de passer. Maïwan esquiva sans trop de mal les attaques de cet individu. Malgré le fait que ce dernier fut si jeune, il croyait se débrouiller au corps-à-corps. Il s'amusa avec lui pendant quelques minutes avant de le maîtriser au sol, le temps de la distraction avait assez duré.

De surprise, Ali se raidit. Maïwan ignora ce qui se passa à cet instant, mais il se retrouva projeté au loin.

— C'était quoi ça ? possèdes-tu de la magie élémentaire ?

— Je ne vois pas de quoi vous parlez.

— Vraiment ? Comme c'est étrange, commenta Maïwan d'un air pensif.

Le garçon l'intriguait davantage. Mais, une mission bien plus importante l'attendait et il se préoccuperait de son cas plus tard. Il se concentra et lui envoya son propre pouvoir. Ali sentit ses forces et son corps l'abandonner. Avant de comprendre ce qui se passait, il perdit connaissance.

— Dis Maïwan, tu en mets du temps pour grimper une paroi. Oh, désolé, tu étais occupé avec… avec un gamin ? s'exclama Taddéo. Es-tu en manque à ce point-là ? C'est moche d'en oublier la mission. Pour le second de l'équipage, tu offres une sacrée image. C'est qui d'ailleurs ?

— Un habitant de l'île qui sait se battre et possède un don. Garde-le à l'œil, Taddéo, le temps que je me rende au village pour chercher le médecin. Par pitié, enlève-toi de la tête tes idées salaces. Comme si j'avais le temps de batifoler. Les autres, vous me suivez avec les sacs. On se dépêche, nous n'avons pas toute la nuit.

— Sois rassuré, je t'attends sagement. Enfin, ne traîne pas trop, on ne sait jamais.

Taddéo sourit tout en haussant les épaules et attacha le garçon inconscient. Il avait hâte d'avoir plus de détails sur ce fameux affrontement. Il connaissait depuis si longtemps son ami, qu'il lui cachait forcément une information.

Maïwan s'en alla rapidement vers le village le plus proche, suivi de près par les quatre volontaires pour la mission. Malgré l'obscurité, il arriva à destination en à peine quelques minutes. Il fut étonné qu'avec le bruit un peu plus tôt, personne ne fut sorti. Surtout vu la courte distance qui les séparait de la falaise. Son adversaire n'avait pourtant pas été discret en parlant. Il repéra une boutique et, d'un signe, il ordonna à ses hommes de faire le plein de produits nécessaires pour parer au plus urgent. Ils devaient ramener tout ce qui était fruits et légumes frais. Pendant ce temps-là, il chercha de son côté le praticien qu'il finit par trouver grâce à la plaque qui virevoltait avec le vent.

Moins d'une heure après leur arrivée sur l'île, ils étaient à nouveau prêts à embarquer avec tout ce dont ils avaient besoin pour reprendre le large et un médecin qui tremblait comme une feuille. Maïwan n'avait pourtant pas utilisé la force pour le faire venir. La mission fut vraiment trop facile et l'absence de la Marine aida aussi.

— Qu'avez-vous fait à Ali ? paniqua le praticien, de plus en plus pâle.

— Ah, c'est ainsi qu'il s'appelle. Je vous rassure, nous ne lui avons rien fait. Enfin, pour le moment. Tout dépendra de votre coopération. Vous nous rendez ce service et le garçon pourra repartir vivant avec vous. Vous n'y mettez pas du vôtre, alors il nourrira bientôt les requins et autres espèces carnivores.

Le médecin voyait bien dans l'éclat qui se reflétait dans le regard de son ennemi que les menaces n'étaient pas prononcées à la légère. Il n'avait donc pas le choix que de les suivre et d'obéir, même si l'otage en question n'était pas une personne qu'il portait dans son cœur. Il refusait d'avoir la responsabilité de sa mort sur la conscience.

Maïwan prit Ali et le jeta sur son épaule. Ils montèrent tous à bord de la petite embarcation qui s'éloigna aussi rapidement que discrètement pour rejoindre le navire.

2

Sur le pont de L'Argentière, les hommes toujours en condition étaient occupés à tout mettre en ordre. Les réparations tournaient à plein régime. Ils avaient seulement vingt-quatre heures pour que le navire soit de nouveau prêt à retourner au large et à poursuivre leur voyage.

Pendant ce temps, les blessés étaient alités dans le réfectoire, réaménagé à la hâte en une infirmerie de campagne. Ceux qui avaient une certaine connaissance de la médecine étaient soucieux de garder les plus graves vivants, désinfecter et changer les pansements. Bahtiyar regardait de sa position habituelle toutes les opérations. Même si la mort était commune, il tenait à ce que tout le monde s'en tire, même avec quelques cicatrices.

— Revoilà Taddéo et Maïwan, capitaine.

— Ils ont fait vite et tant mieux. Merci Vlad. Nos compagnons seront en mesure d'être traités.

— Nous allons aussi pouvoir repartir rapidement. Les travaux les plus urgents sont sur le point d'être achevés.

Les pirates amenèrent le médecin à bord, tandis qu'Ali, encore inconscient, reposait sur l'épaule de Maïwan. On aurait pensé que l'officier de bord portait seulement un sac vulgaire. Taddéo conduisit le médecin au réfectoire sans l'épargner.

— C'est un étrange butin que tu nous ramènes là, Maïwan, commenta le capitaine.

— On va dire qu'il s'agit juste d'un otage pour s'assurer que le médecin fasse correctement son travail.

— Je vois. Mais, il ne doit pas y avoir qu'une seule raison. Voilà longtemps que je te connais. Vous l'auriez laissé sur les lieux avec l'un des hommes, si c'était juste un otage.

— En effet, j'ai affronté ce garçon qui, si je n'avais pas utilisé mon propre pouvoir, aurait pu me faire passer un moment difficile.

— Te battre ? Voilà qui est encore plus intrigant. Tu n'es pourtant pas n'importe qui. Posséderait-il une quelconque magie ?

— Il a le pouvoir de tout repousser et il agit comme une protection. Mais, je ne sais même pas s'il s'en aperçoit. Il semble même avoir été pris de court.

— Je comprends. Seul ton don a pu l'arrêter. Si la marine lui tombait dessus, on devrait s'inquiéter.

— Je le pense aussi.

— Parfait, Maïwan. J'ai pris ma décision. Il va se joindre à nous. S'il peut résister au second qui commande mon armada, alors il a une place parmi nous. Je ne doute pas qu'il nous apportera beaucoup. Repose-toi, on se revoit dans la matinée. Je ne pense pas que le médecin termine avant. Et je ne veux pas que tu abuses de ton propre pouvoir.

— Vous avez raison. Bonne nuit, capitaine.

Maïwan partit dans ses quartiers avec Ali. Il le déposa sur la couchette après avoir enlevé ses chaussures et prit quelques précautions de sécurité avant de s'installer sur le hamac de fortune. Il ne voulait pas se trouver poignardé au milieu de la nuit, même si cela ne risquait pas d'être fatal.

*

Le gargouillement de son ventre réveilla Ali. Sa tête était très pesante et il sentait que son corps venait de passer à travers une déchiqueteuse. Cependant, ce n'était pas sur quoi il s'appuyait qu'il aurait pu se retrouver dans cet état. Un doux roulement et des voix au loin lui procuraient une certaine paix. Pourtant, il manquait une information à ce décor.

Soudain, il ouvrit les yeux, quand les souvenirs d'avant sa perte de conscience ressurgirent. Tous ses sens étaient de nouveau en alerte.

— Ah, enfin réveillé ! Je pensais un instant que j'étais allé un peu trop loin. Au moins, tu ne m'as pas tenu éveillé la nuit, ce qui est suffisant.

— Mais où suis-je ?

— À bord de l'Argentière.

— Quoi ! s'écria-t-il. Comment c'est possible ? M'avez-vous kidnappé ?

— On pourrait dire ça. Maintenant, tu es un gage pendant que le docteur soigne nos blessés. Ensuite, nous aviserons.

— Espèce de pirate de bas étage.

— Outch. Ça fait mal à ma fierté.

— Vous n'en avez aucune, vous les pirates.

— Ne dis pas cela. Je ne t'ai pas tué lorsque j'aurai pu facilement le faire.

— Un otage mort ne vous sera d'aucune utilité.

— Tu marques un point, je l'avoue. Aimes-tu toujours avoir le dernier mot ?

— Quand j'ai raison, oui, et encore plus lorsqu'il s'agit de mes ennemis.

Le ventre d'Ali se rappela, au même moment, à son bon souvenir.

— Tu veux manger quelque chose ?

— Rien de ce qui ne vient d'un pirate.

— Comme tu veux. Mais, tu vas devoir m'accompagner, parce que contrairement à toi, je meurs de faim. Pour ta gouverne, la nourriture consommée vient de ton île. Je doute que ce soit empoisonné.

— Qu'avez-vous fait aux habitants de l'île ?

22

— Tu veux vraiment le savoir ? lui demanda-t-il avec un sourire carnassier.

— Vous… Vous les avez tués !

Quelques instants de silence s'établirent entre les deux hommes. Maïwan savourait intérieurement la réaction qu'il avait déclenchée auprès de son hôte forcé. Il trouvait cependant étrange de ne pas avoir l'air particulièrement préoccupé par sa famille. Les poings d'Ali se serrant un peu plus à chaque instant sous son regard, Maïwan conclut qu'il était temps de le soulager de son tourment.

— Ils sont tous sains et saufs. Je ne crois pas que quiconque l'ait remarqué. Maintenant, peut-on y aller ?

— Et si je ne veux pas venir ?

— Je peux toujours te porter sur mon épaule pour t'emmener. C'est comme tu veux. Que décides-tu ? Fais vite, tu épuises ma patience.

— C'est bon, je te suis. Il me reste un peu de dignité.

Ali le suivait, traînant les pieds. Au fur et à mesure qu'ils avançaient, ils rencontrèrent d'autres pirates qui saluèrent Maïwan et n'hésitèrent pas à faire un commentaire grivois sur Ali. Ce dernier sentit même une main se poser sur ses fesses et laissa échapper un cri de surprise. Aussitôt, un bras puissant le tira contre un torse.

— Pas touche mec. Je l'ai déjà réservé. Tu devras attendre la prochaine escale ou tu devras faire des arrangements avec tes amis. Après tout, ce n'est pas ce qui manque.

— Tu n'es pas sympathique, Maïwan. Tu as toujours les plus belles pièces. Tu pourrais penser à nous à l'occasion.

— Celui-là est même exceptionnel, alors bas les pattes. Mais, je penserai à vous quand je prendrai mon pied.

Ali fulminait d'avoir été qualifié de simple morceau de viande. Il n'était la proie de personne et encore moins pour ce genre d'attention. Il n'avait pas l'intention de finir prostitué à bord d'un bateau pirate. Son ravisseur ne payait rien pour attendre, la scène qui venait juste de se passer renforçait son image de ces individus.

Ils finirent par rejoindre le pont sur lequel d'autres mangeaient déjà. Maïwan se rendit à l'endroit où ils servaient la nourriture et prit un plateau qu'il remplissait joyeusement avant d'éloigner son captif de la foule. Ils s'établirent au milieu d'un groupe de personnes qui parlaient calmement. Maïwan fit le tour de présentations. Ali les ignora royalement, faisant rire une personne derrière lui. Tournant brusquement, il se retrouva face à face avec un homme de taille imposante. Sa mâchoire faillit se décrocher.

— Ali, voici notre capitaine, Bahtiyar.

— Alors c'est donc le morveux qui a tenté de terrasser mon bras droit. Tu as fini par te réveiller. Ne vous voyant pas sortir de la cabine, nous avons cru que tu avais eu la peau de Maïwan.

— Si seulement j'avais eu le temps, murmura-t-il.

— Il me plaît bien le petit mousse. Ne le maltraite pas trop, Maïwan, s'exclama Bahtiyar tout en rigolant.

— Je ne suis pas un mousse.

— Ne t'en fais pas pour ça. Ce n'est pas ce que je compte faire, répondit Maïwan. J'ai d'autres projets.

Le visage d'Ali se décomposa littéralement, en se rappelant l'altercation quelques minutes plus tôt. Il allait donc vraiment être utilisé à cette fin ! Voici de ce fait qu'elle était son triste sort ! Il avait une grande préférence pour la mort.

Alors que tout le monde reprenait ses occupations, il refusait ce que Maïwan lui proposait. Les autres interrogèrent du regard le second de l'équipage qui haussa les épaules. Cependant, l'estomac d'Ali grognait de plus en plus avec toutes ces senteurs tentantes qui l'assaillaient de toutes parts. Cela devait faire près de vingt-quatre heures qu'il n'avait rien mangé et il commençait à se sentir mal ; la résistance devenait difficile. Un sandwich se présenta devant son champ visuel.

— Mange un peu. Je te promets que ce n'est pas empoisonné ou quoi que ce soit d'autre.

— C'est toujours un délice ce que je prépare, s'indigna Taddéo. Si tu n'aimes pas ça, tu as un goût horrible pour la nourriture.

— On le sait bien, lui répondit Maïwan. Mais pas lui.

— Hors de questions, lâcha Ali.

— Écoute, si tu ne le manges pas de toi-même, alors je devrais te gaver comme une oie.

— Tu n'oserais pas.

— Tu veux parier ?

— Attention gamin, Maïwan met toujours ses menaces à exécution, intervint Vlad.

— Je ne suis plus un gamin, mais un homme.

— Par les dieux des mers ! Tu peux donc manger seul, renchérit Maïwan.

Ali regarda quelques instants le sandwich avant de le prendre brusquement et de manger une première bouchée. Quand celle-ci descendit en lui, il laissa échapper un soupir de bien-être. Les autres se retinrent de rire, refusant de le braquer à nouveau. Il acheva la première collation rapidement. Quand il regarda vers le bas, il en trouva un second. Il leva les yeux à la recherche du coupable, mais aucun des pirates ne s'intéressa à lui. La faim étant trop forte, il le saisit et lui fit honneur. Quelques minutes plus tard, il était enfin rassasié. L'atmosphère autour de lui était très agréable. L'environnement chaleureux du bateau tranchait étonnamment avec ce qu'il avait présupposé de ses occupants. Ali trouvait difficile de croire qu'il était parmi des hommes sans foi ni loi et qui n'hésitaient pas à tuer.

L'image de sa mère ressurgit simultanément. En dépit de leurs nombreuses querelles, elle était probablement très inquiète. Il était la seule personne qui lui restât. Il devait retourner au village rapidement, peu importait le moyen. À ce moment-là, il vit le médecin du village se diriger vers eux.

— Doc !? Avez-vous fini ?

— Ah… Ali. Je me réjouis de te voir en pleine forme, répondit-il avec de l'hésitation dans la voix.

— Il n'est pas encore venu le jour où je ne serais pas en forme.

— Je n'en doute pas une seconde, toutefois. Mais, je n'arrive pas à te féliciter. Ta mère a de nouveau eu des ennuis à cause de toi. Devais-tu casser le bras de Melon ?

Aussitôt, Ali passa en mode défensif. Pourquoi parlait-il de ce sujet en milieu hostile ? Les pirates qui se trouvaient tout près écoutaient l'échange. On avait piqué leur curiosité.

— Et j'aurais dû faire quoi, à votre avis ? Attendre qu'il me balance du haut de la falaise ? Parce que je suis sûr qu'il ne s'en est jamais vanté. Mais il sait geindre.

— Te battre n'est pas la solution.

— C'est la seule solution que mon père m'ait apprise avant de mourir.

— Ton père n'était pas un exemple, loin de là. Ce n'était qu'un meurtrier. C'est ce qu'il méritait.

— Je ne vous permets pas de parler de mon père de cette façon. Vous l'avez vendu à la Marine pour sauver votre peau.

— Tu ne sais rien de ces histoires. Cela concerne les adultes.

La discussion se tourna à nouveau vers le règlement des comptes. Ali ne supportait pas d'entendre le prénom de son père traîné dans la boue. Ni l'un ni l'autre ne prêtaient attention à tout ce qui les encerclait.

— Je sais parfaitement ce qu'il s'est passé. J'ai vu tout ce qui s'est passé. J'étais ici quand vous êtes arrivés avec la Marine. J'étais sur place et j'ai vu Akmar le poignarder avec sa lame.

Maïwan, qui n'avait manqué aucune miette des échanges, sentit la colère monter en lui et décida d'intervenir, avant qu'un meurtre ne se produise sur le pont. Le moment était mal choisi.

— Si vous avez fini, je vais vous ramener sur la rive, lança-t-il tout en saisissant l'épaule du médecin. Nous avons été trop longtemps ici. Par ailleurs, je ne crois pas qu'il soit approprié que vous soyez ici pour une autre minute.

Maïwan avait fortement insisté sur certains mots. Le résultat désiré eut lieu et il vit l'homme avaler devant lui.

— Oui, c'est bon. Le plus tôt vous disparaissez, le plus tôt la vie sur l'île peut revenir à la normale.

— Bien, allons-y alors. J'en ai pour moins d'une heure. Taddéo et Vlad, surveillez Ali le temps que je revienne.

— Bien sûr, répondirent-ils en chœur.

— Comment ça ? Je dois rentrer ! Vous ne pouvez pas me retenir ici !

— Écoute Ali, pars avec eux et ne sois plus un poids pour le village. Ta mère ne s'en portera que mieux, intervint le doc. Elle va enfin avoir une nouvelle vie.

— Vous ne pouvez pas dire ça !

— Vas-y Maïwan, avant que je ne décide de le tuer de mes propres mains, coupa Bahtiyar.

Ali se débattit, refusant de rester avec des pirates. Même s'il détestait les gens sur son île, c'était sa maison. Taddéo et Vlad l'emmenèrent avec force dans la cabine de Maïwan. Comme l'avait prévenu ce dernier, ils furent prudents quant à l'étrange pouvoir qu'il possédait, ne voulant pas en faire les frais dans l'immédiat.

*

Maïwan dirigeait le bateau en silence, un peu trop. Cependant, ils ne tardèrent pas à arriver sur la plage.

— Dites, j'ai une question à vous poser. Ali, est-il au courant qu'il a un des pouvoirs élémentaires ?

Le docteur se raidit encore davantage.

— Non, personne ne lui a dit. Il ne manquerait plus qu'il le sache.

— Et pourquoi ?

— Il aurait pu créer encore plus d'ennuis qu'il n'en cause déjà.

— Je vois.

— Vous rendez un grand service aux habitants de l'île en l'éloignant d'ici. Nous ne pouvons qu'être dans une meilleure situation.

Le docteur commença à marcher loin pour retourner au village quand il entendit une explosion avant de tomber, inerte, sur le sol.

— Nous, les pirates, nous sommes des gens sans le moindre scrupule d'après les rumeurs. Mais, tu fais pire que nous. Tu ne pensais pas que son père méritait de vivre. Ta vie était sans valeur par rapport à la sienne.

Maïwan reprit le chemin vers l'Argentière, qui leva l'ancre aussitôt. Dès que les ordres furent donnés, il revint dans sa cabine pour affronter un vrai dragon. Sa journée était loin d'être finie, et il n'y voyait pas d'inconvénient. Après tout, il avait peut-être trouvé une nouvelle recrue.

3

Ali était plongé dans ses pensées, confiné dans l'exiguë cabine de Maïwan. La motivation derrière cette manière singulière de le traiter lui échappait complètement. Ce genre de pratiques ne correspondait pas aux us et coutumes de la piraterie.

Non. En règle générale, les pirates évitaient de s'encombrer d'otages, sauf s'ils envisageaient de les vendre comme esclaves.

Mais, par-dessus tout, une préoccupation bien plus pressante dominait ses pensées. Les paroles du médecin de son village. Il se sentait trahi par tous les habitants de l'île. Il n'avait pas envie de croire que sa mère se réjouirait sans son fils autour d'elle. Certes, Ali lui en faisait voir de toutes les couleurs, mais il n'en restait pas moins son enfant, la chair de son sang.

Le médecin lui mentait sans aucun doute. L'état des autres abrutis n'était pas volontaire. Il se souvenait tout de même de la scène. Melon était tombé lourdement sur son bras et un craquement sec avait résonné. On avait cependant tenté de le noyer. Cette réaction des habitants le faisait souffrir davantage que les combats quotidiens. Il ne se serait jamais attendu à ce qu'on lui dise cela un jour. Même être retenu captif faisait moins mal.

En face de lui, Taddéo et Vlad le regardaient faire les cent pas dans les quelques mètres carrés qui constituaient la cabine. Ils souhaitaient savoir quels étaient les motifs de cet état. Était-ce le fait d'être enfermé ? Ou alors cela concernait-il l'échange avec le médecin ? Il avait une tête de lion dans une cage.

— Tu sais Ali, si tu continues comme cela, on va devoir changer le plancher pour usure, prévint Taddéo.

— Ce n'est pas mon problème. Il faut que je m'occupe de choses plus importantes.

— Serait-ce ce qu'a dit le doc avant de quitter le navire ?

— Je suis sûr qu'il mentait. Les gens, et même ma mère, n'ont pas cette opinion de moi. C'est impossible. Il a calomnié comme à son habitude. Il essaye simplement de m'effrayer.

— C'est bien la première fois que l'on me sort qu'un médecin peut leurrer, intervint Vlad. Taddéo, tu crois qu'il a guéri ou tué les nôtres ?

— Je commence moi aussi à avoir un doute.

— Il a toujours collaboré avec la Marine. Il a trahi mon père. Il peut tromper tout le monde. Et je ne serais pas surpris qu'il appelle la marine à son retour.

— Ça, je doute qu'il le fasse, lui répondit Maïwan qui venait de franchir la porte.

— Comment ça ?

— Tu n'as pas à t'inquiéter. Merci, les gars, vous pouvez vous remettre au travail.

— De rien. On se voit plus tard Ali, dit Taddéo, en repartant avec Vlad.

Une fois la porte fermée, Ali a finalement cessé de marcher pour affronter Maïwan.

— Tu n'as pas le droit de me garder ici prisonnier. Je dois rentrer chez moi.

— Mais tu n'es pas prisonnier. Tu peux faire ce que tu veux.

— Parfait, alors, je quitte ce navire.

— Cela est impossible malheureusement. L'Argentière a levé l'ancre il y a quelques minutes. Nous sommes sur le chemin du retour vers notre territoire nordique.

— Quoi ? Mais, ce n'est pas réel. Je ne peux pas partir avec vous là-bas.

Ali devint pâle lorsqu'il comprit qu'il quittait irrévocablement son île. Il avait certainement rêvé d'aventures, mais jamais sur un navire pirate. Il voulait devenir explorateur, rien de plus.

— Qu'est-ce que je deviendrai ? murmura-t-il.

— Un pirate. Tu verras, la vie ici est magnifique.

— Non, non, non. Ce n'est pas possible.

— Pourquoi donc ?

— Parce que c'est mal.

— On n'est pas des enfants de chœur, certes. Mais, la vie n'est pas si mauvaise. Notre société nous diabolise parce que nous sommes libres.

— J'ai raison. Je ne peux pas rester.

— Écoute, on va faire un marché.

— Je ne te fais aucunement confiance comme à personne d'ailleurs. Tout le monde est prêt à se trahir à n'importe quelle occasion.

— Alors, c'est à moi de te montrer comment faire confiance à certaines personnes. En tout cas à nous, les membres de l'équipage de Bahtiyar de te le prouver.

— Aucune chance que cela se produise.

— Tu veux que l'on parie ?

— Tu veux parier sur tout, ma parole.

— Comme toi qui veux avoir raison tout le temps. Allez, s'il te plait, reste avec nous quelque temps. Si c'est vraiment trop dur pour toi, alors je te ramènerai à ton île.

— De toute façon, je n'ai pas d'autre possibilité pour le moment.

— Viens, je vais te faire visiter le bateau pour que tu te familiarises avec les lieux. Il est assez grand pour s'y perdre.

Ali hocha la tête, poussa des soupirs, se résigna à son sort pour le moment. Il se promit mentalement de trouver une solution pour s'échapper d'ici à la première occasion.

L'ampleur du bateau défiait toute comparaison. Il lui était impossible d'être sûr de mémoriser l'intégralité du bateau. Il était essentiel qu'Ali élabore sans tarder une carte pour sa sûreté et pour éviter de s'égarer lors de sa tentative d'évasion. Il leur avait fallu toute l'après-midi pour visiter l'ensemble des étages. Profitant de leur passage, Maïwan avait vérifié dans chacun des vingt dortoirs si une couchette était encore inoccupée. La taille de l'équipe s'était graduellement accrue, poussée par un flux incessant de recrues. Quelques pièces étaient même saturées. Il fit donc mettre un lit supplémentaire dans ses propres quartiers en attendant de lui trouver une place. Il doutait fortement qu'Ali consente à partager le même lit que le sien. Bien que l'espace disponible dans sa cabine fût grandement diminué, cela ne représentait aucun souci pour lui.

À la tombée de la nuit, chacun se réunissait dans le réfectoire, l'absence des blessés évacués vers un dortoir créant une atmosphère plus légère. Ali prit place au sein du cercle familier de la veille, son plateau chargé témoignant de sa volonté de rester fort. Sa priorité était de conserver son énergie en vue de l'instant décisif où il pourrait enfin retrouver la liberté. Dans la salle, les autres pirates le regardèrent d'une façon étrange. Certains faisaient preuve d'hostilité, d'autres de jalousie. Un étranger faisant résidence à leur table d'officiers était un spectacle pour le moins inhabituel.

— Ali, j'ai entendu dire par Maïwan au capitaine que tu étais habile dans l'art du combat qu'en est-il ? Quelle arme maîtrises-tu ? demanda Vlad.

Ali prit quelques instants pour y répondre. Il n'était pas certain de pouvoir le dire ou non. C'était quand même un atout pour tenter de fuir. Après quelques réflexions, il lâcha tout de même l'information.

— L'épée et les armes à feu, surtout, et mon père m'a appris le corps-à-corps aussi, mais je ne suis pas à l'aise.

— Waouh, impressionnant pour un gamin. Au plaisir de croiser le fer avec toi alors.

— Tu as raison, Vlad, intervint Taddéo. Demain sera consacré à une suite d'épreuves afin de jauger son niveau.

— Je dois vous rappeler que je suis ici contre mon gré et sans mes armes restées sur l'île.

— Aussitôt, les grands mots. Mais ne t'en fais pas, nous avons une bonne armurerie à bord, lui répondit Taddéo. Je suis persuadé que Maïwan se fera un plaisir de te la montrer.

— On verra ça, demain, intervint le concerné.

— On devrait organiser un après-midi shopping pour toi, suggéra Héloïse, détournant l'attention. Tu auras besoin de nouvelles tenues, celle que tu portes est dans un sale état.

— Ah non tout sauf ça, gémit Ali.

— J'adore personnellement cette idée. Je vous accompagnerai, dit Maïwan.

— Cela pourrait être une très bonne idée, renchérit Taddéo.

— J'ai encore moins envie d'y aller d'un coup, répondit Ali tout en s'effondrant sur la table.

Les autres éclataient de rire aux dépens de la nouvelle recrue. Bien que réticent à l'idée de se mêler à eux, aucun signe ne trahissait une quelconque intention de déserter.

— Ne t'en fais pas, je te protégerai de cette bande de pervers.

— Je peux me défendre seul.

— Je n'en doute pas pour avoir mis au tapis notre cher Maïwan, répondit Taddéo tout en rigolant.

— Ouais, c'est bon, les gars. C'est l'unique fois que je me fais avoir par un enfant.

— Je ne suis pas un enfant ! bougonna Ali.

— Tu n'as pourtant pas le moindre poil au menton.

Ali constata que les maîtres d'équipage, le second et le canonnier étaient très différents les uns des autres. Maïwan, le seul blond cendré des officiers supérieurs, ne semblait pas embarrassé de toujours marcher torse nu. Il avait le respect de tous, malgré ses plaisanteries et ses manières désinvoltes. Vlad avait le charme de la bourgeoisie dans ses vêtements. Ses propos trahissaient ce qu'il était vraiment. Taddéo, vêtu d'un chemisier blanc immaculé, paraissait soucieux de rester impeccable. Ali s'était aperçu, en peu de temps, que ses mains étaient bien errantes. Héloïse était la seule femme autour de la table. Cependant, comme la plupart des hommes, elle portait un sarouel encerclé par une ceinture. Ali avait de la difficulté à retenir tous les noms. Cependant, leurs accents et leurs caractéristiques physiques lui indiquaient explicitement qu'ils ne provenaient pas tous de la même île.

Ils discutèrent encore un moment avant que chacun ne regagna ses quartiers, sauf Maïwan, de faction pour la première partie de la nuit. Héloïse se proposa de ramener Ali à sa cabine commune. Ce dernier profita de l'absence temporaire du second de l'équipe de Bahtiyar pour prendre une belle douche. Comme l'avait souligné Héloïse, il se retrouva sans affaire de rechange. Il se permit alors de fouiller et de se servir dans les affaires de Maïwan. Il trouva un short et une chemise, dont il retroussa les manches. Ali nettoya ses affaires afin de les avoir pour le lendemain. Il ne comptait pas sortir dans cet accoutrement. Il était sûr d'être encore davantage sujet à des rumeurs. Il était presque minuit lorsqu'il s'étendit sur le lit mis en place pour lui. Épuisé par cette première journée en mer, il dormait profondément quand Maïwan revint une heure plus tard.

Celui-ci sourit lorsqu'il le vit habillé de ses vêtements, la couverture ayant glissé sur le sol. Il la ramassa et la remit sur son camarade de chambre. Cette journée l'avait, lui aussi, épuisé et il rejoignit rapidement Ali au pays des songes.

*

Le lendemain, Ali s'éveilla en premier. Il s'étira longuement. Il n'avait pas dormi aussi bien depuis des années. Pourtant, il ne se trouvait plus à la maison. À chaque instant, il s'éloignait de son pays d'origine. Il se frappa les joues pour se ressaisir. Terminé l'apitoiement sur son sort, il allait se motiver pour s'en sortir. Se lamenter et ressasser le passé n'était pas utile. Ali enfila sa tenue sèche. Tandis qu'il quittait la salle de bain, il regarda la couchette de Maïwan. Il dormait toujours dans un sommeil paisible. Il sortit sur la pointe des pieds et tenta de se diriger vers le réfectoire, mais se perdit deux fois. Heureusement, il finit par rencontrer Taddéo qui le guida vers le bon endroit.

— Quand accostera-t-on de nouveau ? demanda-t-il entre deux bouchées de pain.

— Tu veux une date pour t'enfuir ?

— Je n'ai jamais dit que je resterai ici.

— Normalement, juste avant d'entrer dans le Canal des Hurleurs. En quelques jours, si le temps le permet.

— C'est quoi le Canal des Hurleurs ?

— Une zone maritime dangereuse. Des centaines de navires ont terminé au fond de ce passage. Il y a des rapides et des roches qui sortent de la mer, causant des tourbillons. C'est difficile de trouver le bon courant quand on n'est pas un marin expérimenté. Mais, si tu l'attrapes, alors ton bateau arrivera à bon port. Ce n'est jamais une partie de plaisir sur le moment.

Ali ne put s'empêcher de frissonner à cette annonce. En réalité, il connaissait uniquement son île. Peu de livres évoquaient le monde autour de lui.

— Tu verras, la vie à bord est vraiment géniale. Nous ne nous ennuyons jamais.

— Sans doute, lui répondit-il sans réelle conviction.

Après le petit-déjeuner, il monta sur le pont et s'accouda au bastingage pour admirer l'étendue bleue qui les entourait. Tout semblait si paisible. Il ignorait quelle sorte d'aventure pouvait bien l'attendre. Au fond de son cœur, il savait qu'une partie de son rêve se réalisait, mais il n'avait jamais imaginé être au milieu de pirates. Il ne s'agissait pas de l'aventure tranquille qu'il espérait. Qu'avait ressenti son père la première fois qu'il avait pris la mer ? Les conditions n'étaient sans doute pas les mêmes. Un brin de nostalgie s'installa en lui.

Derrière lui, Bahtiyar le regardait d'un air bienveillant, Maïwan et John à ses côtés.

— D'ici à quelques jours, il devrait s'être habitué à vivre parmi nous, s'exprima John.

— Il vaut mieux. Sinon, il risquerait de vite dépérir, argumenta Maïwan.

— Nous devons déterminer au plus tôt la nature de sa magie, Maïwan, et assurer qu'il en maîtrise les arcanes.

— Nous le découvrirons rapidement, je pense. Mais, j'ignore comment il va réagir. Pour l'instant, les gens lui ont toujours menti.

— Au fait Maïwan, que s'est-il passé avec le doc après votre départ ? questionna John.

— Je n'ai pas aimé comment il traitait Ali. Là où il est, il ne pourra plus jamais lui faire de reproches.

— Cela ne m'étonne même pas de toi, s'exclama à pleins poumons Bahtiyar.

Pour chacun, cette nouvelle journée semblait merveilleuse. Tout le monde était pressé de voir enfin le spectacle qui promettait tellement et qui signifiait qu'ils retournaient chez eux. Pour certains, c'était aussi l'occasion de retrouver un mari ou une femme et des enfants, laissés à terre.

4

Maïwan mena Ali à travers les couloirs tortueux du navire jusqu'à l'armurerie. L'abondance et la variété des armes laissèrent Ali bouche bée. Il n'avait jamais vu un tel arsenal, même celui détaillé dans le livre que son père lui avait offert. Il y en avait vraiment pour tous les goûts. Après avoir scruté les étagères, Ali s'empara d'une épée qui lui rappelait celle de son père. Après quelques essais, il décida que celle-ci lui conviendrait. Elle était idéale : légère et de taille raisonnable pour permettre des mouvements agiles.

Maïwan lui trouva un pistolet qui ne serait pas trop lourd pour ses poignets. Sa morphologie longiligne le distinguait des carrures plus musclées de la plupart des membres de l'équipage. Ali lui fut silencieusement reconnaissant.

Avec l'arsenal présent dans cette pièce, Ali pouvait terrasser son adversaire. Cependant, il n'était pas certain de pouvoir en sortir indemne contre les autres.

Ils revinrent ensemble sur le pont où de nombreux pirates s'étaient déjà réunis pour voir le spectacle du jour. Même Bahtiyar avait pris place sur son siège fait de tonneaux vides afin de voir de quel acier était faite la nouvelle recrue.

Le premier adversaire à se présenter devant Ali fut Vlad, le timonier. Autour d'eux, les paris allaient bon train. Malgré ses nombreuses journées d'entraînement, Ali se sentait tendu. Après tout, il se trouvait en territoire hostile. Ils avaient beau tous paraitre sympathiques, ils n'en restaient pas moins des pirates. Mais, il ne comptait pas baisser les armes si facilement.

— Alors, prêts à nous montrer tous tes talents, Ali ? Je te promets de ne pas y aller trop fort. Je ne voudrais pas t'abîmer avant que tu aies fait tes armes contre de véritables adversaires.

— Pas la peine de me ménager. Mon père ne l'a jamais fait. Ce n'est pas aujourd'hui que j'en ai besoin.

— Il n'a pas froid aux yeux, commenta Taddéo. Il ne connaît vraiment pas la réputation de notre équipage. Je le plains grandement.

— Dès notre première rencontre, je l'ai vu dans son regard, lui répondit Maïwan. Il va vous étonner, j'en suis persuadé.

Bahtiyar donna le signal du début du combat. Ali s'élança le premier. Le choc des lames retentit sur tout le bateau. Chaque témoin sur le bateau s'était muré dans le silence, les yeux captivés par la danse mortelle des épées entre Vlad et Ali. Au bout de quelques instants, les encouragements pour chaque combattant allèrent bon train. Des billets passaient même de main en main. Les paris étaient serrés entre les deux adversaires.

Comme l'avait promis le commandant, il retint la plupart de ses coups, voulant tester l'étendue des capacités du nouveau. Les attaques manquaient encore parfois de force, mais Vlad semblait plus que satisfait du test. Il mit fin au duel au bout d'une demi-heure d'échange. Ali se laissa tomber sur le sol, exténué comme s'il avait passé une journée entière à s'entraîner avec son père. Cela faisait une éternité qu'il ne s'était pas senti ainsi.

Tout le monde applaudit le spectacle. On lui apporta de l'eau qu'il but sans se faire prier. Pendant ce temps-là, Maïwan et Théo préparèrent le second test, le tir à la volée. Théo était le canonnier depuis plus de quinze ans. Il était connu pour être le meilleur tireur de l'équipage, rivalisant avec succès avec Lenny de l'équipage de Wassim le sanglant. Le test était simple : des cibles étaient envoyées en l'air et les participants devaient les toucher avant qu'elles ne tombent dans la mer.

Après un tirage au sort, Ali commença. Une dizaine de cibles furent envoyées avec un écart de dix secondes entre chacune d'elles. Il les brisa toutes. Théo, à son tour, fit un carton plein, trouvant même que c'était un jeu d'enfant. La provocation fit mouche.

La manche suivante fut d'un niveau différent. On envoya simultanément trois cibles. La première vague, Ali les détruisit avec seulement deux balles. Pour Théo, une seule suffit. Lors de la deuxième vague, le bateau tangua légèrement, assez pour qu'Ali ratât une de ses cibles. Sa prouesse fut tout de même saluée par Théo. Des sifflements et des applaudissements retentirent sur le pont.

— Tu te débrouilles très bien pour quelqu'un qui n'a jamais mis les pieds sur un bateau. Ton père était un excellent mentor, commenta ce dernier.

— C'était le meilleur, ouais, lui répondit-il avec un brin de nostalgie dans le regard.

Maïwan aperçut un sourire furtif sur le visage d'Ali. Certes, cela ne faisait même pas deux jours qu'il le connaissait. Mais, il ne l'avait vu pour le moment uniquement sur la défensive. Peut-être que cette matinée de combats l'ouvrait un peu aux autres. C'était quelque chose d'important si Ali désirait s'intégrer facilement.

Quand celui-ci eut récupéré, il se prépara pour le dernier test, le corps-à-corps. Son dernier adversaire n'était autre que Maïwan. Le second regarda son capitaine et hocha légèrement la tête. Il avait convenu avec Bahtiyar de pousser Ali dans ses retranchements afin de lui faire utiliser son pouvoir. La méthode n'allait pas être très régulière, mais c'était la seule solution pour lui montrer qu'il n'était pas un garçon ordinaire et surtout tenter de découvrir quel pouvoir il avait en sa possession. Les deux adversaires se firent face. Ali lança un sourire de défi à Maïwan.

— À ce que je vois, cela te fait plaisir de m'affronter.

— Oh oui. Je pourrai te faire payer pour avoir osé m'enlever.

— Aïe, toujours rancunier.

— Il parait que je tiens ça de mon père.

— Bien, voyons maintenant ce que tu vaux au corps-à-corps. Je compte bien ne pas retenir mes coups.

— Je l'espère bien.

— Si vous êtes prêts les gars, commencez ! Le premier inconscient a perdu.

Ali se lança le premier vers Maïwan. D'un bond, il envoya son poing droit vers le visage de celui-ci qui l'esquiva et le bloqua avec aisance. Il envoya son pied, mais il réagit au quart de tour et l'évita de justesse. Il riposta aussitôt. Pendant quelques minutes, les deux combattants étaient de mêmes niveaux. Puis tout en souriant, Maïwan envoya un coup plus fort et plus rapide qu'Ali eut juste le temps de protéger son visage avec ses bras. L'impact le fit reculer de plusieurs mètres. Il réussit tout de même à se maintenir debout.

— Oups, j'ai peut-être été un peu trop fort. Veux-tu abandonner ?

— Tu rigoles. C'est juste la mise en bouche, ça.

Malheureusement pour Ali, il se retrouva en position de défense en permanence. Il fit seulement reculer. La colère commença à monter en lui. Il ne pouvait pas perdre face à Maïwan. Il devait se venger de ce qu'il avait subi. Il essaya de trouver l'occasion, mais il n'en vit aucune. Il se prit un coup qui l'envoya valser sur le pont. Quand il se redressa, il fonça sur Maïwan, la rage au ventre. Sans même s'en apercevoir, un halo l'entoura et se propagea autour de lui. Maïwan eut juste le temps d'activer son propre pouvoir et une flamme bleue apparut, lui évitant de finir à l'eau. Toutefois, certains pirates n'eurent pas la même chance. Ali arrêta tout mouvement aussitôt.

— Qu'est-ce que j'ai fait ? Non, cela ne peut pas être moi. Je n'ai pas pu faire ça.

— Et si, c'est bien ton œuvre.

— Non, tu déconnes Maïwan. Mais, allons les repêcher !

— Ne t'en fais pas. Les autres vont s'en occuper.

— Mais comment ai-je pu faire cela ?

— Apparemment, tu possèdes un pouvoir. Par naissance ou par don, ça j'aimerais bien le savoir. Tu as déjà utilisé ce pouvoir lors de notre première rencontre.

— Mais…

— Je vois maintenant, Maïwan, pourquoi tu as failli perdre la dernière fois. C'est un pouvoir intéressant, intervint Bahtiyar.

— Un pouvoir ? Quel pouvoir ? Je ne comprends rien.

— Je vais t'expliquer. Viens, suis-moi. Je pense que l'on en a fini pour aujourd'hui.

Trop intrigué encore par cette découverte, Ali suivit Maïwan, John et Bahtiyar dans une pièce qu'il n'avait encore jamais vue. Tout le monde prit place autour de la table.

— Bien alors, par où commencer ?

— Par le début, c'est quoi ce pouvoir ?

— C'est une forme de magie élémentaire qui donne à celui qui le possède une force spéciale. Cependant, il y a un inconvénient.

— Ah bon, lequel ?

— Tu le connais déjà. Les possesseurs d'un tel pouvoir sont maudits. S'ils possèdent une maîtrise de leur élément, ils ont aussi un ou plusieurs éléments incompatibles. Ne pas le savoir c'est se mettre en danger.

— Je veux bien, mais quel pouvoir je possède et comment cela a-t-il pu arriver ? Je ne pense pas qu'on l'obtient si facilement comme un fruit sur les étals du marché.

— Tu as raison. Cette magie est rarissime aujourd'hui. Le capitaine, John et moi-même, nous sommes détenteurs d'un pouvoir.

— Ah oui ? C'est vraiment si rare que ça ?

— Je suis depuis des années, un homme diamant, intervint John. Mon pouvoir est assimilé à la Terre.

Ce dernier en fit même une démonstration.

— Ouah impressionnant !

— Le capitaine, quant à lui, maîtrise le vent et peut déclencher de véritables cataclysmes. Peut-être qu'un jour, tu le verras de tes propres yeux.

— Et toi, Maïwan ?

— Pour ma part, je suis un homme-feu. Mais, mes flammes sont spéciales, comme tu as pu le constater. Elles sont bleues et ont des vertus thérapeutiques. Mais, elles peuvent aussi tuer.

Il enflamma l'une de ses mains qui disparurent littéralement. Il s'approcha d'Ali qui instinctivement se leva et recula, se mettant sur la défensive. Cependant, il se retrouva vite adossé contre la paroi de la salle. Maïwan lui saisit le bras gauche et répandit ses flammes sur toute la longueur. Une douce chaleur l'envahit et au lieu de s'attendre à être brûlé, Ali ressentit des picotements loin d'être désagréables. Quand enfin, elles disparurent, il découvrit avec stupeur qu'il n'avait plus une seule blessure. Ali s'émerveilla devant ce prodige.

— Quel est mon pouvoir ?

— C'est ce que je découvrirai. Tout pense à croire que tu appartiens à l'élément air.

— Comment pourrais-je avoir un pouvoir quelconque ?

— As-tu déjà vu ton père, de son vivant, faire des choses étranges, hormis d'être un pirate ?

— Non jamais.

— Alors cela pourrait venir de ta mère ?

— Impossible. Mes parents sont tous les deux, des gens sans rien de spécial.

— Alors une autre éventualité est possible, intervint Bahtiyar.

— Quelle éventualité ? Suis-je le seul à ne pas comprendre de quoi vous parler ?

— Si aucun de tes parents n'a de pouvoir, alors, c'est que ce ne sont pas tes véritables parents. Ce qui pourrait expliquer pourquoi ton père t'a entraîné à te battre.

— Non, non, vous divaguez.

— Cette magie ne se transmet que par l'affiliation du sang. Si aucun des deux ne le possède, cela ne peut signifier qu'une chose. À moins de retourner sur ton île, il n'y a aucun moyen de le savoir.

— Cela ne sert à rien de tergiverser plus longtemps sur les liens de parenté, trancha Bahtiyar. Ne te tracasse pas plus pour ça. Le plus important est que tu saches que tu es quelqu'un d'exceptionnel et que l'on va t'apprendre à le maîtriser.

— Mais comment savoir ?

— Maïwan est doué pour ce genre de recherche. Je suis sûr qu'il le trouvera rapidement et qu'il t'apprendra à t'en servir parfaitement.

Malgré l'envie de savoir quel était son pouvoir, Ali ne pouvait pas s'empêcher d'appréhender quand même. De plus, cela voulait dire qu'il n'avait le choix que de rester à bord.

Après cette matinée chargée en émotion et activité, Ali passa l'après-midi à flemmarder sur le pont. Les paroles de Maïwan continuaient à tourner en boucle dans sa tête. Le soleil printanier réchauffait allègrement son corps.

De leur côté, les membres de l'équipage vaquaient à leur tâche quotidienne. Maïwan à côté de Bahtiyar dirigeait l'itinéraire que devait suivre l'Argentière. Si tout se déroulait comme prévu, ils allaient rapidement regagner leur territoire.

Une ombre passa au-dessus d'Ali qui l'obligea à ouvrir les yeux.

— Dis, toi, tu n'as pas peur de brûler au soleil à force de faire la carpette ? demanda Taddéo.

— Non, j'en ai l'habitude. Je faisais ça quotidiennement, une fois que j'avais mis la raclée à la bande de cons.

— Ah oui, la fameuse bande. C'est celle dont tu as cassé le bras du chef, si je ne me trompe pas ?

— C'était involontaire. Il a essayé de me balancer du haut d'une falaise, mais il est tombé.

— Tu ne devais pas t'ennuyer.

— Cela tuait un peu le temps, mais je gagnais tout le temps et surtout, je n'ai jamais compris pourquoi il se comportait ainsi.

— Quelquefois, il ne sert à rien de chercher à comprendre.

— Tu as sans doute raison.

— Dis, cela te tente de venir me donner un coup de main ?

— Pour faire quoi ?

— Préparer le repas de la fête de ce soir.

— Une fête ?

— Oui. L'arrivée d'un nouveau membre est toujours l'occasion de faire la fête.

— Mais je n'ai jamais dit que j'acceptais de rester avec vous.

— Allez, tu ne peux pas refuser. Regarde, tout le monde t'a déjà adopté dans la famille. Tu verras, ce sera encore mieux que ta vie d'avant.

— Mouais, même si je n'en suis pas convaincu. Bon alors, on y va, préparer le dîner ? Mais, je n'ai pas dit que j'acceptais pour autant. C'est juste parce que j'ai faim.

— C'est par ici, alors.

Ali suivit Taddéo afin de lui donner un coup de main. Il était curieux de découvrir comment cela allait se dérouler et voulait savoir comment cela se passait de l'autre côté du comptoir de la cuisine, quand on savait qu'il y avait des centaines d'hommes sur le navire à nourrir quotidiennement.

5

Après avoir aidé Taddéo, Ali retourna dans sa cabine partagée. Il profita que Maïwan fut occupé sur le pont pour prendre une bonne douche. Il avait constaté que les périodes d'intimité étaient quasiment inexistantes à bord. Vivre avec autant de monde n'était pas évident quand on n'avait pas l'habitude. L'eau chaude coulait le long de son corps et détendait ses muscles. Inconsciemment, il se mit à chantonner. Cela faisait longtemps qu'il ne s'était pas senti aussi bien. Il ressentait un sentiment d'apaisement. La dernière fois qu'il avait ressenti cela, son père était encore en vie.

De l'autre côté de la salle de bains, Maïwan venait de rentrer à son tour dans la chambre. En entendant l'eau couler et une voix chanter, il se mit à sourire. Cela faisait plaisir de le voir heureux. Il espérait que cela durerait et qu'il finirait par rester à jamais. Dès le premier instant, il avait senti qu'il était fait pour l'aventure. Il déposa des affaires sur le lit d'Ali avant de partir pour lui laisser un peu d'intimité. Il retourna voir l'avancée des préparatifs.

Quand Ali sortit de la salle de bains, une serviette autour de ses hanches, il découvrit des vêtements sur son lit. Il ne se rappelait pas les avoir en sa possession. Il enfila la tenue, n'ayant rien d'autre sous la main. Il jeta un œil sur l'allure que cela lui donnait. L'ensemble se composait d'un pantacourt vert et d'une chemise assez large blanche. Une ceinture de tissu bleu ornait sa taille. Il adorait ses nouveaux vêtements, même s'il flottait dedans. Un bâillement le sortit de sa contemplation. La fatigue le submergea et il décida de faire une petite sieste en attendant le début de la fameuse fête.

*

Maïwan revint une heure plus tard et découvrit son colocataire dormir paisiblement. Il se dirigea dans la salle de bains afin de se préparer à son tour. Une fois prêt, il se décida à le réveiller, après tout c'était en son honneur la fête.

— Comptes-tu jouer le bel au bois dormant encore longtemps ?

— Encore cinq minutes, marmonna Ali.

— Allez debout paresseux, la fête nous attend, éclata de rire Maïwan.

Ali se redressa d'un bond, les cheveux en bataille.

— La fête !?

— Oh, as-tu déjà oublié ?

— Non, absolument pas. Mais, je n'avais pas vu l'heure passer.

— Alors, on y va ?

— Attends ! Laisse-moi au moins le temps de me dé-
barbouiller.

Ali se précipita devant la glace et attacha ses cheveux
en queue-de-cheval. Une fois prêt, ils se dirigèrent ensemble sur le pont. Tout le monde y était déjà rassemblé.
Ali était très impressionné. Il n'avait jamais vu autant de
monde. Il avait l'impression qu'il y en avait encore plus que
ce matin. Des tables furent dressées afin de disposer la
nourriture et la boisson. Tous les hauts gradés étaient réunis autour du célèbre capitaine. Devant eux, se trouvait Ali,
un peu tétanisé d'être le centre d'intérêt. Tous les pirates le
regardaient avec impatience, attendant que Maïwan fasse le
discours d'introduction du nouvel arrivant.

— Les amis, ce soir est un grand soir. Les pirates de
Bahtiyar s'agrandissent avec l'arrivée d'Ali. Avec lui, on
rajeunit un peu l'équipage.

— Ouais, bienvenue Ali ! s'écria l'assemblée.

— Après en avoir discuté avec l'ensemble des responsables et sous l'accord du capitaine, Ali rejoindra le groupe
de Maïwan.

— Youpi, s'écrièrent les pirates concernés.

Tout le monde leva sa chope afin de trinquer avec Ali.
Ce dernier regarda toute l'assemblée. Son visage avait dû
virer au rouge pivoine, une fois encore. Maïwan s'avança
vers lui et lui proposa une chope de rhum.

— À moins que tu veuilles une boisson sans alcool.

— Et puis quoi encore ! Je ne suis pas un gamin.

Il prit le bock des mains de Maïwan et but une grande gorgée. Il ne voulait pas avouer au second que c'était la première fois qu'il buvait de l'alcool. Il le sentit descendre et lui brûler la gorge. Il se mit à tousser, ce qui fit rire Maïwan, qui lui donna quelques claques dans le dos.

— Hé ! Doucement avec le rhum. Ne sois pas saoule dès le début de soirée. C'est ta fête et tu dois en profiter au maximum.

Taddéo les rejoignit en apportant de quoi manger. Ali accepta volontiers une assiette.

— Cela faisait un moment que l'on n'avait pas fait de fête, commenta Taddéo.

— En effet. Mais, il faut dire que les derniers événements ne nous ont guère laissé de répit pour cela.

— Quoi ! C'est tout le temps ainsi ?

— Tu crois quoi ? s'exclama dans un grand rire Maïwan. Que l'on passe notre temps à s'entretuer ? Il y a la fête de l'an, les victoires contre la Marine… Nous sommes des gens comme n'importe qui dans ce monde. Il faut bien s'amuser. Après tout, c'est ça la vraie vie de pirate.

— Vous vous battez souvent contre la Marine ?

— Non, plus tellement. On se bat davantage contre d'autres pirates. Chaque nouveau pavillon pirate qui arrive sur notre territoire souhaite nous affronter dans l'espoir de se faire un nom, lui répondit Maïwan.

— Mais ils échouent tous, renchérit Taddéo. À chaque fois, c'est la bagarre générale.

Ali écouta avec attention quelques récits de Taddéo. Il se régalait de toutes les histoires qu'il entendait. Cela lui rappelait son père qui lui racontait ses propres aventures.

Tout en faisant cela, il descendit une deuxième chope de rhum. Les discussions allaient bon train un peu partout. La plupart des membres de l'équipage vinrent aussi voir, féliciter et discuter avec le nouveau. Au bout d'une heure, la musique se fit entendre. Certains pirates invitèrent les quelques rares femmes présentes à bord, à danser, tandis que d'autres imitaient plus ou moins pitoyablement la gigue entre eux. Taddéo s'approcha d'Ali qui buvait sa cinquième chope.

— M'octroieriez-vous cette danse ?

— Euh, je ne danse pas moi. En plus, je ne sais pas.

— Ne t'en fais pas, je vais te montrer.

— Taddéo nous fait son numéro de Don Juan, intervint Vlad.

— Ce n'est pas dans mes habitudes. Mais, c'est quand même le roi de la soirée. Alors autant qu'il s'amuse au maximum.

— Au passage, je vous entends les gars, s'agaça-t-il légèrement.

— Désolé beau brun, lui répondit Taddéo en lui tendant la main.

Le cuisinier l'aida à se redresser. L'alcool ingurgité le fit vaciller. Il dut s'appuyer sur son cavalier pour ne pas tomber. Une fois qu'Ali fut éloigné avec Taddéo, Vlad se tourna vers Maïwan.

— Demain, on ne le verra pas beaucoup.

— En effet. Je passerai à l'infirmerie prendre le breuvage pour sa future gueule de bois. En tout cas, malgré l'alcool, il n'en démord pas qu'il décline à être pirate.

— Il finira par accepter. Il faut juste lui laisser un peu de temps.

— Je le sais. On va agir pour qu'il apprécie sa nouvelle vie.

— Tout à fait.

Tous se mirent à rire. De son côté, Ali tenta de suivre les mouvements de son cavalier. Enfin, il essaya surtout de ne pas lui marcher sur les pieds. Cela n'était pas évident pour lui. La danse n'avait jamais été son point fort. Il considérait que cela correspondait davantage aux filles qui passaient des heures à se peinturer le visage. Le rhum ingurgité ne l'aidait pas plus.

— Ne suis pas mes pieds, Ali. Regarde-moi et laisse-toi entraîner par la musique.

— Mais je vais t'écraser les pieds !

— Non, ne t'en fais pas.

Il suivit le conseil du cuisinier de l'équipage et releva la tête. Ce dernier n'avait pas quitté son sourire. Les pas de danse s'améliorèrent. Taddéo le fit tournoyer, ce qui lui déclencha les rires de l'assemblée devant ce tableau.

— Alors cela n'est-il pas plus facile ?

— Oh si.

Ils dansèrent un moment, puis quand Ali ressentit de la fatigue, ils retournèrent près des autres. On lui tendit une nouvelle chope qu'il descendit d'une traite. La soirée se déroulait à merveille pour chacun. Au fur et à mesure qu'Ali but, il s'ouvrit pour le plus grand bonheur des gradés encore présents.

Il était pratiquement trois heures du matin quand les derniers pirates encore debout allèrent se coucher. Maïwan se leva et étira ses membres engourdis. Autour de lui, plusieurs de ses camarades dormaient à même le sol. Il repéra rapidement l'objet de sa recherche. Ali dormait, la tête reposant contre l'estrade. Il s'avança vers lui et le prit dans ses bras. Il s'étonna du poids plume du garçon. Malgré son corps plutôt androgyne, il ne le pensait pas si léger. Il le ramena dans leur chambre et le glissa sous les couvertures.

Au moment de se redresser, il l'entendit murmurer dans son sommeil.

« *Tu verras papa, un beau jour, je ferais le tour des océans comme toi.* »

Il sourit en entendant sa phrase et partit se coucher à son tour. Il se promit de l'aider à réaliser son rêve.

*

Le lendemain matin, Ali ouvrit les yeux, mais les referma aussitôt et grimaça.

— Alors, on a la gueule de bois ?

— La ferme, Maïwan, lui répondit-il en se recouvrant la tête avec la couverture.

— Il ne fallait pas boire autant, si l'on n'a pas l'habitude. Avale ça. Cela calmera la douleur.

Ali se redressa difficilement et accepta le verre que lui tendit son commandant sans poser la moindre question. Il se promit une chose, ne plus jamais boire d'alcool. Il ignorait comment les autres faisaient pour apprécier tous ses effets secondaires désagréables. Pour couronner le tout, le ballotement du bateau amplifiait le phénomène.

Maïwan lui tint compagnie en dessinant les cartes des dernières îles visitées. Tout en reportant les informations importantes, il jetait de temps à autre un regard sur la marmotte en face de lui. En à peine vingt-quatre heures, ce dernier avait fait beaucoup de progrès et même s'il était encore sur la défensive, il avait un peu adopté sa nouvelle vie. Il tutoyait désormais tout le monde. Ce n'était pas grand-chose à première vue, mais pour Maïwan cela signifiait un début de confiance, même infime.

6

Malgré sa réticence à devenir un pirate de Bahtiyar, Ali s'adaptait progressivement à son nouvel environnement. Tous les matins, après le petit-déjeuner, il s'entraînait à l'épée avec l'un des épéistes de l'équipage. Il s'agissait souvent de Vlad ou de l'un des quartiers-maîtres. L'après-midi, il le passait à connaître son pouvoir avec l'aide de Maïwan. Ce dernier ne le ménageait pas et déclenchait en lui de terribles colères qui activaient à chaque fois sa magie. Pour le moment, il n'arrivait à l'utiliser qu'en étant dans une immense émotion sans pour autant le contrôler, envoyant un bon nombre de ses camarades à l'eau.

Au bout de deux jours d'entraînement, Maïwan décida qu'Ali devait travailler sur sa maîtrise de ses émotions par des exercices de respiration et de concentration. Afin de pouvoir être tranquille, il l'avait emmené dans l'une des salles de défouloir. Il était encore trop tôt pour qu'il y eût du monde.

— Quand tu arriveras à concentrer tes émotions, tu pourras utiliser ton pouvoir en le matérialisant. Je pense même que tu pourras le développer pour attaquer. Mais, il va te falloir de la patience. Il fonctionne comme un prolongement de toi sans l'être réellement.

— Tu n'as pas plus compliqué comme explication ?

— Tu finiras par comprendre.

— Je peux te poser une question ?

— Vas-y.

— Tu as mis combien de temps pour maîtriser ton pouvoir ?

— J'ai mis quelques années pour l'exploiter au maximum. Même si je peux encore aller plus loin.

— Quelques années !? Mais, je n'aurais jamais cette patience.

— Il va bien falloir pourtant. Allez au travail le gamin.

— Je ne suis pas un gamin.

— Alors, prouve-le-moi et entraîne-toi sérieusement.

— Tu vas voir, je mettrai moins de temps que toi pour maîtriser mon pouvoir.

— Je ne demande qu'à voir ça.

Ali le défia du regard, puis lui tourna le dos pour prendre place au centre de la pièce. Il s'assit en tailleur, ferma les yeux et inspira profondément. Son père lui avait souvent reproché son manque de patience. Maïwan avait pris maintenant le relais de ce dernier. Même s'il prodiguait les mêmes conseils, son nouveau mentor le provoquait par des coups bas.

Parfois, quelqu'un passait la porte de la pièce et venait le déconcentrer par une blague, souvent de très mauvais goûts. Maïwan n'intervenait pas, tant que cela restait bon enfant. Après tout, chaque nouvelle recrue passait par du bizutage.

*

Déjà, quatre jours qu'Ali faisait ses séances et il ne voyait pas de changement. Malgré le fait qu'il ne se battait pas durant ces moments-là, il n'en sortait pas moins épuisé. Il pesta pour la énième fois. Maïwan finit par capituler rapidement et mit fin à l'entraînement. Ali sauta de joie et courut jusqu'à sa chambre afin de se changer. Quand il revint sur le pont, il constata que l'effervescence régnait.

— Que se passe-t-il, Héloïse ?

— Nous allons accoster d'ici à deux heures au port de Green Island. Finalement, tout le monde est ravi.

— C'est vrai, mais c'est génial. Tu crois que je pourrais descendre aussi ?

— Je pense que oui. Tu dois voir avec Maïwan. Tu dépends de son groupe et nous sortons par groupe pour éviter d'effrayer la population. Nous avons besoin de la ville pour remplir nos cales et terminer les dernières réparations qui nous permettront une bonne navigation.

— Je ne l'ai pas vu depuis qu'il a mis fin à l'entraînement du jour.

— C'est normal, il dirige les opérations. Ne t'en fais pas, il va venir ici, d'ici peu de temps.

— J'espère sincèrement pouvoir descendre. J'aimerais bien m'acheter une ou deux tenues finalement, avoua-t-il en regardant vers l'horizon.

— Tu iras, ne t'en fais pas. Nous serons le troisième groupe à rejoindre les quais.

Ali se retourna en entendant Maïwan parler derrière lui.

— Youpi, dit-il en sautant sur place.

— Toutefois, je t'accompagnerai. Hors de question que tu te balades seul.

— Non, mais, c'est une blague !

— Pas le moins du monde, lui lança-t-il avec un large sourire sur son visage, qui fit grimacer Ali.

— Tu as peur que je prenne la tangente ?

— Pas du tout. Tu peinerais à fuir de toute façon. Il ne nous faudrait même pas une heure pour te retrouver, lui répondit-il avec le sourire jusqu'aux oreilles.

— N'en sois pas si sûr.

— Il a raison, Ali. La ville va grouiller de pirates et si toi, tu ne te souviens pas de tous les visages. Nous, par contre, on ne peut pas l'oublier. Tu es le seul nouveau depuis un long moment.

Ali pesta intérieurement. Même si le besoin de vêtements était une réalité, il voulait aussi pouvoir se retrouver
loin de ses barbares pour réfléchir à la situation. Il était sûr
de pouvoir reprendre sa vie en main et s'échapper. Cependant, il ne devait plus être autant entouré de gens qui le
connaissaient. Certes, il commençait à se plaire sur le navire, mais il s'agissait de pirates.

Chaque groupe avait deux heures pour faire un tour en
ville. Ceux qui n'étaient pas en pause effectuaient diverses
tâches comme le plein de provisions, nettoyer le navire de
fond en comble. Ali donna un coup de main à la cuisine. Il
appréciait énormément la compagnie de Taddéo, malgré
son comportement de Don Juan. Aujourd'hui, il avait jeté
son dévolu sur une des infirmières, rare personnel médical
présent à bord du navire.

Maïwan vint le chercher quand ce fut l'heure pour lui
de descendre. Il passa par sa chambre pour prendre sa
bourse. Heureusement qu'au moment de son rapt, il avait
ses économies sur lui. Certes, il n'y avait pas grand-chose
dedans, mais il avait suffisamment pour s'acheter au moins
une tenue. Il descendit pour la première fois de
l'Argentière depuis qu'on l'avait kidnappé. Cela lui fit bizarre de mettre pied à terre, l'effet qu'une éternité s'était
passée depuis qu'il avait quitté son île natale. Il n'avait pas
encore prêté attention, mais il fut surpris de l'immensité du

port. Il y avait au moins une dizaine de navires pirates amarrés simultanément. L'activité était très dense.

Maïwan l'entraîna dans une grande avenue. Ali s'émerveilla devant toutes ces boutiques. Son village était vraiment minuscule comparé à cette ville. Il se dirigea vers une première boutique. Alors que les amateurs de shopping auraient été en extase devant tant de diversité, lui, peu soucieux des tendances, trouvait l'abondance des choix plutôt accablante. Pourtant, il doutait de trouver son bonheur. Il voulait des vêtements qui fussent confortables pour le voyage, mais également pour pouvoir se mouvoir aisément en cas de bagarre. Ali fit plusieurs boutiques avant d'en repérer une qui correspondait à son style. Il parcourut les rayons. Il finit par choisir trois bas et hauts et partit vers les cabines d'essayage, afin d'être sûr de ses choix.

Pendant ce temps-là, Maïwan alla vers les rayons, pour effectuer ses propres achats. Il jetait un œil de temps à autre vers le fond de la boutique.

Une fois les tenues choisies, Ali se dirigea vers les caisses. Il fut surpris d'avoir pu obtenir une ristourne. Il quitta la boutique et trouva Maïwan qui l'attendait au coin du magasin avec des sacs.

— T'es-tu aussi adonné à la chasse aux bonnes affaires ?

— On peut dire ça. Il nous reste une heure. On va boire un coup ?

— Je veux bien. Faire les boutiques m'a donné soif.

Ils marchèrent quelques minutes avant de s'enfoncer dans une ruelle moins fréquentée. Ils entrèrent dans un bâtiment qui paraissait sur le point de s'effondrer. À l'intérieur, il y avait de nombreux pirates. Ils s'étaient tous tus à leur entrée. Ali se sentit soudainement vulnérable. Instinctivement, il se rapprocha de Maïwan qui marchait sans se soucier du regard pesant des autres. Ils prirent place au bar et le second commanda pour eux deux.

Un homme s'approcha d'eux et posa sa main sur l'épaule d'Ali. Ce dernier se raidit aussitôt et son visage se ferma. Il n'aimait pas qu'on le touche sans son accord.

— Alors, petit, tu viens faire un tour avec moi ? Tu verras, tu seras surpris. Je vais te faire voir la vraie vie.

— Enlève ta sale patte de mon épaule, Grogna Ali de sa voix menaçante.

— Oh, oh, mais c'est qu'il montrerait les dents le gosse. J'adore quand il faut mater un blanc-bec. Tu…

Il n'eut pas le temps de finir sa phrase qu'Ali lui avait saisi le poignet et avec des mouvements souples, il le plaqua contre le comptoir, le bras de ce dernier retourné dans le dos. D'autres pirates se levèrent, prêts à en découdre avec Ali. Ce dernier se mit à sourire quand ils se lancèrent sur lui. L'adrénaline déferlait dans ses veines. Il tira le premier agresseur qui lui servit de bouclier. Il esquiva deux hommes et leur envoya des coups de coude en dessous du menton, coupant le souffle de ses adversaires qui tombèrent inconscients.

Maïwan observait la scène, prêt à intervenir en cas de soucis. Il avait reconnu d'autres membres de son groupe et leur avait fait signe de ne pas bouger pour le moment. Ali se débrouillait très bien seul au combat à mains nues. Pourtant, ses adversaires avaient sorti des couteaux. Une bagarre générale semblait maintenant inévitable. Il saisit un petit objet carré qui passa de transparent à violet quand il se mit à crépiter.

— Vlad, ramène-toi au Chat Noir. Des pirates s'en prennent à Ali.

— On est à côté. On se demandait d'où venait tout ce raffut.

Maïwan vit le reflet métallique d'une arme à feu pointée vers Ali. D'un geste rapide, il sortit un couteau qu'il envoya en direction du tireur, qui le reçut entre les deux yeux.

— Qu'est-ce que tu as à te mêler de nos affaires, toi ? Pourquoi tu as fait ça ? Tu tiens à mourir ?

— Tirer dans le dos de quelqu'un, je ne trouve pas ça très courtois. S'en prendre en plus à un membre de mon unité, c'est s'en prendre à l'équipage complet. Allez, les gars, apprenez-leur à vivre.

— Ouais ! s'écrièrent les membres présents.

Ce fut une véritable mêlée dans laquelle se rajoutèrent Vlad et une dizaine de ses hommes. Certains avaient dégainé leur épée. Ali se défendit sans trop de mal, envoyant au tapis tous ses adversaires. Maïwan et Vlad veillaient sur lui d'un œil. Les tables et les chaises volèrent en éclats. À la fin, il ne resta plus que l'équipage de Bahtiyar encore debout. Leurs ennemis n'avaient eu aucune chance. Une fois le nettoyage effectué, ils retournèrent tous à bord de l'Argentière. Aucun d'eux ne parlait, malgré une certaine fierté de leur victoire.

Ali se retrouvait au milieu du groupe, chaque pirate surveillant les alentours de la venue d'éventuels assaillants. Arrivée au bateau, Ali se dirigea vers sa cabine afin de déposer ses sacs. La baisse de l'adrénaline amena une certaine fatigue. Voulant profiter de quelques minutes de repos, il s'affala sur son lit. En tentant de se retourner sur le dos, des douleurs se réveillèrent d'un seul coup. Il avait dû prendre des coups, pendant la bagarre. Il sentait déjà les bleus apparaître. Son voisin de chambrée arriva peu de temps après avec ses sacs qu'il déposa au pied du lit d'Ali.

— Tu t'es très bien débrouillé.

— Peut-être, mais je vais avoir des bleus partout. Je ne comprends pas, je ne leur ai rien demandé à ces types.

— Ils t'ont pris pour de la chair fraîche et une occupa-
tion de quelques heures. Ne t'en fais pas, ils ont compris la
leçon. Tiens, ces sacs sont pour toi. Douche-toi et ensuite,
rejoins-nous au réfectoire, Vlad voudrait te voir.

— Ouais, ouais. J'arrive dans une demi-heure.

Ali prit son courage à deux mains et alla se rafraîchir
avant de rejoindre tout le monde pour dîner. Il jeta un rapide coup d'œil dans les sacs que Maïwan lui avait rame-
nés. Il y avait une dizaine de tenues, ainsi qu'un manteau.
Cette générosité l'interpellait énormément. Il lui faudrait
éclaircir le tout rapidement. En attendant, il comptait bien
profiter de ce moment de détente.

Quand il rejoignit les autres au réfectoire, les discussions allaient bon train. Les pirates qui avaient assisté au
début de l'altercation au Chat Noir racontaient avec entrain
les événements, vantant le courage d'Ali. Ce dernier essaya
de se faire discret en atteignant la table des gradés.

— Et voici le héros du jour, s'exclama Taddéo.

— Héros !? Mais non, pas du tout. Je déteste juste qu'on
me donne des ordres et qu'on me touche sans raison.

— Au moins, on est averti qu'Ali ne se laisse pas faire.

— Bon, comme tu es parmi nous depuis peu et que tu
as déjà eu le droit à ton baptême du feu, tu mérites une ré-
compense, annonça Vlad. Voici une épée pour toi. La garde
est adaptée pour ta main et la lame est légère, mais très ro-

buste. Elle ne remplacera pas celle que tu as laissée sur ton île.

— C'est vraiment pour moi ?

— Tout à fait. Pour un pirate de ta trempe, il te faut une lame d'exception.

— Merci, s'écria-t-il tout en se jetant au cou de Vlad. C'est vraiment génial.

Il prit la lame dans ses mains et la regarda comme s'il tenait le plus merveilleux des trésors.

— J'ai hâte de l'essayer.

— À mon tour, annonça Théo. Tu as de réels talents comme tireur. Nos pistolets sont trop lourds pour toi pour un combat de longue durée. En faisant le tour des armuriers, j'ai trouvé ces deux petits bijoux. De petites tailles et facilement manœuvrables, je n'ai aucun doute qu'ils te conviendront à merveille.

— Merci, merci, merci, répondit-il en serrant Théo.

Malgré sa réticence à devenir pirate, ces gens n'avaient pas hésité à l'accepter comme il était. Même plus. C'était totalement différent des gens de son île. Finalement, il avait peut-être bien sa place au sein des pirates de Bahtiyar.

7

D'assister au combat d'Ali contre les autres pirates, Maïwan comprenait mieux son tempérament de feu. Il ne s'était pas laissé démonter. Il n'avait même pas sorti son épée et s'était contenté de ses poings et des deux petits couteaux à sa ceinture. Ses adversaires étaient juste du menu fretin. Il avait encore beaucoup de progrès à faire. Entre un entraînement et un combat pour sa vie, il y avait une grande différence. Maïwan le savait depuis longtemps.

Le second avait remarqué ce soir du changement dans l'air. Ali avait acquis l'admiration de l'équipage, surtout en les écoutant narrer les exploits de leur nouveau camarade.

Après le dîner, et pendant qu'Ali se trouvait dans leur cabine, il s'était rendu à la réunion qu'avait organisée Bahtiyar. Le capitaine n'avait pas apprécié le comportement de ces pirates. Sous les ordres de Bahtiyar, Taddéo, Vlad, Théo et Maïwan furent missionnés pour détruire les équipages qui avaient levé la main sur l'un des leurs. Cependant, il ne leur avait fallu qu'une heure à peine pour retrouver leurs cibles. Il y avait en tout deux équipages, et comme prévu, leurs adversaires ne valurent vraiment pas grand-chose. Il n'avait fallu que quelques minutes. Ils retournèrent rapidement vers l'Argentière, laissant derrière eux deux épaves en flamme et une cinquantaine de cadavres. C'était mal connaître les pirates de Bahtiyar.

Quand Maïwan entra dans la cabine, Ali dormait paisiblement. Ainsi, il paraissait si fragile dans ces moments-là. Plus le second passait du temps avec lui et plus il appréciait sa compagnie. Certes, le manque de patience du garçon pouvait l'exaspérer par moments, mais sa volonté et son caractère le rendaient attachant. Sans attendre plus longtemps et après une journée bien remplie, il se coucha à son tour.

*

Le lendemain matin, le port fut en effervescence suite à des événements de la nuit écoulée. Ali se demandait ce qui avait bien pu se passer, mais personne ne lui répondit dans les détails. On lui disait juste que deux navires pirates avaient brûlé.

L'Argentière reprit la mer dans l'après-midi. Comme pour l'arrivée, chacun savait où se placer et quelle était sa tâche. Pour le moment, Ali n'était affecté à aucun travail spécifique, à part s'acclimater et s'entraîner afin de devenir plus fort. Il donnait toujours un coup de main à Taddéo pour les repas. Il se trouvait donc, pour l'instant, appuyé

contre le bastingage, à regarder le port de Green Island ré-
trécir au fur et à mesure que le navire s'éloignait.

Une fois en pleine mer, il retourna dans la cabine afin
de prendre ses nouvelles armes pour s'exercer avec. Il
commença par le sabre. Il fit quelques mouvements fluides,
la lame tranchant l'air. Vlad avait raison. L'épée était vraiment très malléable, encore plus que celle que lui avait offerte son père. Il la mania pendant plus d'une demi-heure,
affrontant comme souvent des ennemis invisibles.

Pour une fois, il ne vit pas les heures passer, changeant
régulièrement d'armes. Ce fut Taddéo qui alla le chercher.
Il rangea son équipement en chemin pour se rendre au réfectoire. Avec des vivres frais, le cuisinier s'était une nouvelle fois surpassé.

— Au fait, où allons-nous maintenant ? demanda Ali.

— Nous rentrons à la maison, après six mois d'absence.
Si tout va bien dans deux jours, nous franchirons le Canal
des Hurleurs, annonça Maïwan. La rigolade est finie ou je
devrais dire les vacances.

— Chouette, j'ai hâte de découvrir ça, s'exclama Ali.

— Tiens, plus d'envie de rentrer chez toi ? demanda
Taddéo.

— Pas pour le moment. J'ai commencé à lire un livre
sur Les Trois Océans et j'ai envie de découvrir tout cela de
mes propres yeux.

— Tu verras, tu n'auras pas le temps de t'ennuyer, renchérit Vlad.

Ce soir-là, une fois le repas terminé, il repartit dans sa cabine, se doucha rapidement pour replonger dans sa lecture. Il savait qu'il allait être tranquille un bon moment. Tous les responsables étaient en réunion pour discuter de leur retour sur leur territoire.

Ali dévorait le livre, allongé sur le ventre, sur sa couchette. L'explorateur qui avait écrit ce livre avait mis tellement de détails qu'il avait l'impression d'être au même moment que lui, sur les îles décrites.

*

Maïwan revint dans la cabine peu après minuit et trouva Ali endormi sur le livre. Il le lui retira doucement et le recouvrit d'une couverture.

Dès le lendemain, le second de l'équipage et sa nouvelle recrue reprirent l'entraînement pour l'utilisation de la magie. Depuis qu'il avait reçu ses nouvelles armes, il avait une nouvelle motivation pour connaître et maîtriser son pouvoir. La relation entre Maïwan et Ali avait changé. Ali ne rechignait plus lors des séances et il y mettait tout son cœur. Les autres pirates venaient aussi à tour de rôle afin de lui prodiguer conseils et astuces. Chacun y allait avec son petit secret, même si cela était parfois farfelu. Il n'y avait plus de doute quant à l'intégration d'Ali. Pratiquement tous les membres de l'équipage l'avaient adopté. Certes, il y avait quelques récalcitrants, mais c'était une chose habituelle dans les équipages. Ils attendaient d'autres preuves qui leur garantissaient qu'Ali était fait pour la piraterie.

Le passage des Hurleurs fut en vue comme prévu par Maïwan. Ce dernier fit appeler Ali afin qu'il puisse profiter du spectacle. Quand celui-ci arriva sur le pont, il l'entraîna dans son sillage vers la vigie.

— C'est impressionnant, s'extasia Ali.

— Ce que tu voies en face, c'est le Canal des Hurleurs.

— Alors c'est ça le passage qui amène sur votre territoire ?

— Oui, tout à fait. Il y a beau n'y avoir qu'une seule étendue d'eau, il y a un passage pour rejoindre chaque zone. Celui que nous allons emprunter est une suite de rapide.

— Je ne vois pas le passage. Juste des tas de rochers. On va s'écraser contre eux.

— Normal, il n'est pas très grand. Il faut être précis pour ne pas s'échouer contre l'un de ses pics.

— Alors ta place ne serait-elle pas en bas ?

— Ne t'inquiète pas pour ça. J'ai le cube de transmission et c'est Héloïse qui est à la barre. D'ici une demi-heure, nous franchirons le Canal des Hurleurs.

— Tu es sûr ?

— Oui, c'est, c'est comme une rivière au final. As-tu déjà franchi des rapides ?

— Tu crois vraiment que mon île possède ça ?

— Alors tu vas être aux premières loges. On va monter, descendre, aller à gauche et à droite. Une expérience digne des parcs d'attractions

— Monter et descendre ? Mais c'est impossible !

— Et pourtant si. Tu verras, c'est super la sensation.

Ali regarda avec émerveillement et appréhension les rochers se rapprocher de plus en plus. Ils furent soudainement pris dans un violent courant. Ali vit à ce moment-là, Maïwan changer de visage et devenir sérieux. Il se concentrait sur la direction. Avec une grande réactivité, il donna les instructions à Héloïse, ainsi qu'aux hommes qui s'occupaient des voiles. Malgré leurs expériences de la mer et du passage du Canal des Hurleurs, un seul faux pas pouvait coûter la vie à tout l'équipage. Tout le monde restait concentré à sa tâche et opérait au millimètre près.

Ali sentit la peur grandir au fond de lui. Sans le vouloir, son corps se mit à trembler. Les rochers étaient vraiment immenses et on ne voyait pas le sommet sur certains. Il n'arrivait pas non plus à voir le fameux passage. Instinctivement, il recula dans la vigie, tentant de se protéger avec une barrière invisible. Maïwan se tourna vers lui.

— Ne t'en fais pas, on va le passer sans problème.

— Je n'ai pas peur du tout.

— Alors pourquoi te tasses-tu au fond ?

— Je... Je te laisse la place, c'est tout.

— C'est gentil, mais il y a de la place pour deux. Tu vas louper le meilleur.

Après avoir dégluti plusieurs fois, il se rapprocha à nouveau. Le passage était enfin en vue. Il écarquilla les yeux devant le spectacle.

— Héloïse, douze degrés à bâbord maintenant.

Le bateau tourna légèrement et tout se passa très vite ensuite. Le bateau se mit à se redresser. Ali serra le bord de la vigie tout en se mettant à crier. Ses yeux étaient grands ouverts. Au début, on pouvait y voir de la peur, mais la joie finit par s'installer. Ali avait l'impression de voler. Un sourire s'afficha sur son visage. Tout le monde sur le navire s'accrochait pour ne pas finir par-dessus bord. Le bateau tanguait dangereusement à gauche et à droite, frôlant presque les récifs. Malgré sa taille, l'Argentière changeait facilement de trajectoire, évitant chaque obstacle. Cela dura plusieurs minutes, mais pour Ali, il avait le sentiment que cela faisait des heures. En face d'eux, il y avait une immense gerbe d'eau.

— Maïwan, c'est quoi au bout ?

— Au bout du récif, il y a une descente. Nous allons passer par un couloir.

— Il n'y a vraiment pas d'autres passages ?

— C'est le plus sûr pour nous. La Marine ne s'engage pas par là. Leur coque se fracasserait à coup sûr. Ils n'ont de marin que le nom.

Comme pour appuyer ses dires, le bateau s'éleva légèrement dans le ciel avant de retomber sur la surface de l'eau. L'impact fit décoller Ali, mais un bras puissant le maintint en place. Il n'eut pas le temps de reprendre son souffle, que le bateau plongea encore plus vite à travers les obstacles. Ali s'accrocha à Maïwan et ferma ses yeux.

— Ali regarde. En face de toi s'étend notre territoire.

— Non, je ne regarde pas. On va s'écraser.

— Mais non, ne t'en fais pas. Le bateau ne coulera pas de sitôt. Allez, ouvre les yeux, je te tiens.

— J'ai trop peur.

— Ne t'inquiète pas, tant que je suis là, il ne t'arrivera rien, lui murmura-t-il à l'oreille.

Ali finit par ouvrir les yeux. Devant ses yeux s'offraient un spectacle unique au monde. C'était magique. Ali avait la sensation d'être aspiré entre les deux falaises. Le bateau bondissait en permanence. C'était d'une beauté à couper le souffle.

— Alors ?

— C'est… c'est… c'est magnifique ! Tellement immense !!! Vous le faites souvent ? C'est partout pareil ?

— Non pas du tout. Il y a des endroits que l'on n'a pas encore vus, mais tout est différent. Il n'y a jamais rien de similaire.

Comme lui avait expliqué Maïwan, le bateau arriva sans problème sur le Territoire du Nord. L'obscurité provoquée par les falaises laissa place à une étendue bleue et calme. Vu ainsi, on ne pouvait pas imaginer par quoi le bateau venait de passer. Les deux pirates descendirent de la vigie. Maïwan lui expliqua alors comment ils allaient naviguer dorénavant. Ali écouta avec attention.

Sur le pont de l'Argentière, c'était l'euphorie. Tout le monde laissa échapper sa joie d'être à nouveau sur la mer de tous les dangers. Peu de temps après leur arrivée, deux autres navires presque identiques, mais avec une proue en forme de sirène apparurent.

— C'est aussi des bateaux de Bahtiyar ? demanda Ali à Héloïse.

— Oui c'est le navire de Maïwan et celui de John.

— Comment cela se fait-il qu'ils aient leurs navires ?

— On ne pourrait pas tous tenir sur le navire principal. Et de temps en temps, nous devons nous séparer pour nous battre ou apporter une aide à l'un de nos alliés ou même encore explorer. Maïwan et John possèdent leur propre équipage depuis des années.

— Il y en a combien d'alliés ?

— Une dizaine au dernier comptage. Ce sont des pirates aussi, souvent d'anciens de cet équipage et sont loyaux.

Maïwan arriva vers eux.

— Si cela ne te dérange pas Héloïse, je t'enlève Ali le temps d'une mission.

— Une mission ? demanda l'intéressé.

— Tu verras. Nous partons dans une heure. Va prendre des affaires pour une dizaine de jours.

Ali partit donc en direction de sa cabine pour faire son sac et prendre ses armes. L'excitation et la peur s'entremêlaient au fond de lui. Au-delà d'être déjà à bord d'un navire pirate, il allait participer à une aventure. Il se demandait s'il était assez fort. Enfin, si Maïwan le prenait avec lui, c'était qu'il avait confiance en ses capacités. Il retourna sur le pont où les membres désignés et déjà répartis s'étaient regroupés.

— Faites bon voyage et revenez tous, déclara Bathiyar.

— Ne t'en fais pas, capitaine. Ce n'est qu'une mission de routine. Nous prenons la direction des îles des sirènes. Nous en avons pour une semaine de voyage.

Chaque équipage monta à bord de son navire et une demi-heure plus tard, ils se mirent en route pour cette nouvelle aventure, la toute première pour Ali. Finalement la vie de pirate n'était pas si mal.

8

Voilà trois heures que les équipes avaient quitté l'Argentière. Ali qui venait à peine de se repérer sur le navire principal devait tout recommencer. Heureusement pour lui, il y avait moins de couloirs. Les chances de se perdre pendant des jours étaient donc réduites. L'autre avantage était qu'il avait sa propre cabine. Juste en face de celle de Maïwan. Il ne savait pas pourquoi il avait cette faveur, mais au moins, il allait être tranquille. Il n'était pas encore habitué à vivre avec autant de monde.

Il partageait sa douche avec Maïwan. Il avait beau être un pirate, le second de l'équipage était tout de même un homme respectueux, Ali devait bien lui concéder ça. Par rapport au reste de l'équipage, il était plutôt privilégié.

Décidant de se rendre un peu utile, Ali se décida d'aller en cuisine afin d'aider à la préparation du dîner. Ainsi, il en profita pour faire connaissance avec les autres membres présents qu'il rencontrait pour la première fois. Il remarqua alors que même si certains l'appréciaient, d'autres ne voyaient pas d'un bon œil sa présence. Il se disait bien que la vie de pirate n'était pas toute rose. Enfin, tant qu'on ne lui cherchait pas querelle, il ne riposterait pas.

Il y en avait surtout un qui, depuis qu'il était à bord, lançait au garçon des regards meurtriers. Il s'appelait Tim.

De ce qu'Ali avait pu apprendre, il était réputé pour sa violence. Il devait donc rester prudent, afin de ne pas se faire surprendre en cas d'attaque venant d'un de ses camarades de bordée. Il pouvait, s'il le voulait, demander de l'aide à Maïwan, mais cela n'était pas la meilleure idée pour s'intégrer.

Durant le dîner, Maïwan annonça à Ali qu'il allait avoir son tout premier tour de garde à la vigie, de minuit à six heures. Ce dernier ne traîna pas après s'être restauré et alla s'allonger pour être en forme. Vers vingt-trois heures trente, il s'était réveillé facilement. Hésitant face au climat dehors, il choisit de porter un pantalon et une chemise épaisse. Il sortit rapidement de sa cabine, son épée fixée à sa ceinture.

Alors que les étoiles brillaient faiblement, le navire semblait se draper d'une aura de mystère et de désolation. Il aperçut de la lumière sous la porte de Maïwan. Celui-ci devait encore travailler. Cela ne devait pas être si avantageux d'être second de l'équipage au quotidien. Ne préférant pas le déranger, il se mit en route. En moins d'une minute, Ali fut sur le pont. Il respira de longues goulées d'air frais. Le ciel était dégagé. C'était paisible et relaxant. Il entendit siffler et se retourna. C'était Luigi, s'il se souvenait bien de son nom, qui était à la barre. Il se dirigea vers lui afin de le saluer avant de monter à la vigie.

— Alors, prêt pour ta première nuit à la belle étoile ?

— Oui. Je me suis reposé un peu.

— Bien. Tim te rappellera les consignes en haut. Je sais qu'il n'apprécie pas ta présence à bord. Il est assez superstitieux et sans que je ne sache pourquoi, il t'a pris en grippe. Mais, c'est un chouette type quand on le connaît. Pour en revenir à ton poste, il y a un cube de transmission. Dès que tu l'actionnes, la personne à la barre et Maïwan entendront ce que tu dis.

— Bien, il est temps que je bouge. Cependant, on se retrouve après !

— À la revoyure.

Maintenant, il savait pourquoi Tim lui lançait des regards noirs depuis son arrivée sur le navire secondaire. Il ne savait pas encore comment il réglerait ce problème, mais il lui faudrait bien le résoudre. Il ne se voyait pas voyager sereinement sans cette mise au point. Enfin, pour le moment, il devait aller prendre son poste. Ali ne voulait pas s'attirer plus ses foudres. Monter à la vigie de nuit était plus difficile, mais avec précaution, il parvint à destination. Comme prévu, Tim lui rappela les consignes tout en appuyant fortement sur le passage que le cube de transmission n'était pas un outil de causette. En moins de cinq minutes, il se retrouva de nouveau seul avec pour compagnie le bruit de l'eau et le reflet de la lune sur la mer.

*

La première nuit de vigie d'Ali se passa avec succès. Le cap le plus dur à passer fut autour de quatre heures du matin. L'inactivité et surtout fixer un horizon noir n'avait pas aidé à rester éveillé. Il fut ravi quand la relève arriva. Il ne se fit pas prier pour descendre sur le pont. Après quelques étirements, il se rendit au réfectoire, chipa une pomme et retourna dans sa chambre afin de dormir une petite heure. Les autres commençaient seulement à se réveiller. Il ne lui fallut que quelques instants avant de rejoindre Morphée.

Il ignora combien de temps il dormit, mais le tangage violent du bateau le propulsa hors du lit. Des bruits de détonations résonnèrent. Il secoua la tête, essayant de remettre ses idées en place, puis tenta de se relever tant bien que mal. Quand enfin, il fut stabilisé sur ses deux jambes, il prit ses armes et quitta sa cabine. Une odeur de poudre le prit au nez. Il se fit bousculer sans ménagement par d'autres qui se ruaient vers le pont. Il ne pouvait s'agir que d'une attaque. Enfin, il allait pouvoir se défouler un peu. Il voulut rejoindre tout le monde à l'extérieur. Cependant, au moment où il s'avança, il sentit une violente douleur en bas du dos et du ventre. Baissant son regard, il aperçut une lame sortir de son abdomen. Son haut se tacha de rouge.

— Un mec de ton genre n'a rien à faire sur le navire, murmura une voix derrière lui. Il fallait rester là où tu vivais.

Trop tétanisé par cette attaque-surprise et la douleur, il finit par s'effondrer sur le sol. Son agresseur rigola avant de l'enjamber et de rejoindre le pont. Les ténèbres s'emparèrent rapidement de lui et les bruits de combats se turent dans son esprit.

*

Plusieurs navires de la Marine avaient décidé de couler les deux navires de Bahtiyar. Tout l'équipage avait rappliqué rapidement, arme à la main. Ne voulant pas perdre plus de temps que nécessaire pour rejoindre leur destination, Maïwan décida d'utiliser ses flammes afin de couler directement les navires. John avait pensé à la même chose en créant des lances qu'il envoya plusieurs bateaux au fond de l'océan. Voilà un moment qu'il n'avait pas subi d'attaque de cette ampleur. Il leur avait fallu une bonne heure pour s'en défaire malgré leur combativité.

Une fois le combat fini et gagné, Maïwan donna rapidement les ordres pour que tous les corps des Marines soient jetés par-dessus bord, les blessés de leurs camps pris en charge. Le bateau devait être remis en ordre. Depuis le temps qu'il naviguait avec eux, il n'avait presque plus de consignes à donner dans ces cas-là. Chacun savait ce qu'il avait à faire et personne ne traînait.

Maïwan chercha Ali du regard, mais ne le vit pas sur le pont. Il avait sûrement dû se rendre utile quelque part. Pris dans le feu de l'action, il n'avait pas fait attention au petit dernier durant la bataille. Enfin, celui-ci avait déjà fait ses preuves au combat et il avait dû s'en sortir sans trop de casse. Alors qu'il échangeait avec Luigi, un cri retentit alors dans le couloir qui menait aux cabines et aux dortoirs. Maïwan se précipita sans plus attendre. En arrivant sur place, son sang se figea. Ali se trouvait couché sur le sol, baignant dans une mare de sang.

— Que s'est-il passé ?

— On n'en sait rien. On vient de le trouver là, inconscient.

Sans attendre plus de détails, il écarta tout le monde afin de s'approcher du blessé. Il le retourna le plus délicatement possible pour le prendre dans ses bras et le déposer dans sa propre cabine, en hurlant au médecin de bord de venir immédiatement. Sa priorité était de soigner Ali, enfin d'arrêter son hémorragie. Une lueur bleu orangé apparut dans sa main. C'était tout ce qu'il pouvait faire pour le moment. Il s'occuperait du coupable plus tard.

Le médecin arriva aussitôt avec son plateau de soin. Après l'avoir rapidement examiné, il chassa Maïwan de la cabine, car il lui fallait du calme pour l'opérer.

— Maïwan, n'oublie pas ta place, lui rappela-t-il. Tu ne peux pas le privilégier avec ton pouvoir.

— Oui, je sais. Mais, je t'en prie, sauve-le.

— Je ferai de mon mieux. Je t'appellerai quand j'aurai besoin de ton pouvoir. Tu as déjà fait assez.

Le second retourna superviser les opérations. Durant les trois heures qui suivirent, il ne put prendre la moindre nouvelle. Quand il se rendit enfin à sa cabine, Ali reposait sur une literie propre, une perfusion à son bras.

— Il a perdu beaucoup de sang. Il n'a pas dû voir son agresseur venir. Il lui faudra plusieurs jours avant qu'il n'ouvre un œil. Si tu pouvais appliquer ton aura sur sa plaie, cela aiderait beaucoup dans le processus de cicatrisation.

— Tu dis qu'il n'a pas pu se défendre ?

— Non. Je n'ai vu aucune blessure défensive et ses armes étaient encore accrochées à sa ceinture et non à côté.

— Toi, tu sais quelque chose.

— Malheureusement, autant que toi. Mais, la venue d'Ali n'a pas été vue comme une bonne chose de la part de certains. Ce sont seulement des suppositions, mais dans le couloir, il n'y a ni trace de combat ni autre trace de sang que celui d'Ali. Enfin, je doute d'en trouver un autre. Aucune marine n'est venue dans cette partie du navire.

— Merci Doc' pour l'info. J'attends son réveil pour tirer les choses au clair.

— Je suis sûr que tu prendras la bonne décision.

La bonne décision, Maïwan ne savait pas. Tout ce qu'il voulait, c'était d'écorcher vif le coupable de ce crime odieux. Pour la sécurité d'Ali, il décida de le laisser dans sa cabine, personne, sauf le médecin de bord, étant autorisé à entrer. Il s'attendait à avoir des remarques désobligeantes, mais il ne pouvait pas laisser Ali à la merci de quiconque. Après tout, il l'avait entraîné dans ce périple sans lui demander son avis.

Dans le milieu de l'après-midi, John fit le point avec Maïwan, tandis que ce dernier l'informait de la situation. John sembla tomber des nues. Il espérait connaître assez vite le fin mot de cette histoire.

Après avoir raccroché, Maïwan fit aussi son rapport à Bahtiyar qui demanda à être averti dès qu'Ali se réveillerait. Le second était sûr qu'après sa discussion avec son supérieur, tout le monde devait être au courant.

Le soir venu, il s'allongea près d'Ali, veillant à ne pas lui faire plus de mal. Il appliqua de nouveau sa magie pour accélérer la guérison. Cependant, elle était beaucoup moins efficace que sur lui. Il peina à s'endormir, trop de choses circulaient dans sa tête. Plus il réfléchissait à la situation, plus il regrettait de l'avoir embarqué de force ce soir-là. Il se sentait responsable de cette situation. Mais, ce garçon l'avait intrigué et attiré dès le premier regard qu'ils avaient échangé et depuis, il ne pouvait plus se passer de lui. Il ne lui avait encore rien dit. Il fallait dire qu'accepter ce genre de sentiments pour lui avait mis un peu de temps. Ce n'était pas qu'une simple passade. Surtout, il doutait qu'il puisse ressentir la même chose. Maintenant, quand il voyait dans l'état dans lequel Ali se trouvait, il avait envie de le serrer contre lui et de ne jamais le lâcher. Pour la première fois de sa vie, il se sentait égoïste. Et dire qu'il ne le connaissait que depuis peu de temps.

*

Les trois jours qui suivirent, Ali ne se réveilla pas et fut pris par de fortes fièvres et des périodes de délire. Maïwan resta près de lui durant les nuits et assurait son rôle de capitaine en second en journée. Malgré son pouvoir, il se sentait impuissant face à cette situation, comme si le pouvoir du jeune homme repoussait le sien. La blessure d'Ali avait fait le tour de l'équipage et Maïwan vit deux groupes distincts apparaître. Une grande majorité venait régulièrement prendre des nouvelles, en particulier Luigi qui avait même demandé à parler en privé avec lui. Maïwan considéra toutes les nouvelles informations. Il se mit à avoir à l'œil les hommes de son équipage, tout en restant discret. Il ne voulait pas éveiller le moindre soupçon. Pour l'instant, seuls Doc', Luigi et lui-même savaient qu'un traitre se cachait parmi les membres.

Durant la nuit du troisième jour, Ali ouvrit les yeux et fut pris de panique en ne reconnaissant pas les lieux. Maïwan, allongé à côté de lui, se redressa aussitôt.

— Reste calme, Ali. Tu es en sécurité ici. Personne ne te fera plus le moindre mal.

— Où suis-je ? demanda-t-il d'une voix éraillée.

— Dans ma cabine.

— Et le combat ?

— C'était la Marine, mais on s'en est débarrassé. Ne bouge pas, je vais chercher le Doc'.

Maïwan se leva et revint quelques instants plus tard avec le médecin de bord qui le fit attendre dehors.

— Alors Ali, comment te sens-tu ?

— J'ai mal, j'ai soif et j'ai faim. Je suis donc en pleine forme, lui répondit-il en grimaçant un sourire.

— Je vois que tu as toujours ton humour. C'est bien ça. Tu reviens de loin. Tu ne pourras pas te déplacer avant une bonne semaine et te battre avant au moins un mois.

— Je ne vais jamais tenir !

— Tu n'as pas le choix. La lame qui t'a traversé le corps a évité de peu tes organes. Mais, tu as perdu beaucoup de sang. Par conséquent, repos au maximum. Puis profite, tu as un certain second rien que pour toi.

— Hein !? Mais, pourquoi dis-tu ça ?

— Oh, pour rien. Bon, parlons de choses sérieuses. Te rappelles-tu ce qui s'est passé ?

Ali essaya de se remémorer les événements. Au bout de quelques instants, son visage changea d'expression avant de redevenir neutre.

— Non, je ne me rappelle rien du tout. Je suis sorti de ma cabine, puis c'est le trou noir.

— Tu es sûr ? Protéger le coupable ne te servira à rien. Tôt ou tard, on le trouvera et il devra répondre de ses actes. On sait déjà que ce n'est pas un marine. Celui qui t'a fait cela peut encore s'en prendre à toi.

— J'ai dit que je ne me rappelle rien, se braqua-t-il aussitôt.

— C'est parfait. Je vais te donner un calmant. Repose-toi. Je repasserai demain matin.

Quand Doc' quitta la chambre, il fit quelques messes basses à Maïwan avant de retourner à sa propre cabine. Maïwan pénétra dans la pièce et ferma la porte. Il se dirigea vers le lit et s'installa sur le bord.

— Je suis resté inconscient combien de temps ?

— En comptant le jour de l'attaque, tu as passé quatre jours dans les vapes. Par ailleurs, nous devons arriver sur l'île des sirènes après-demain. Le temps des opérations, tu resteras ici. Doc' et Luigi resteront avec toi.

— Je suis désolé, je cause uniquement des problèmes, marmonna Ali.

— Ne dis pas ça. Tu n'es en rien responsable de ce qui s'est passé. On n'en parlera pas ce soir. Pour le moment, c'est dodo.

— Je ne suis pas un gosse. Je peux regagner ma chambre ?

— Hors de question. Tu n'es pas en état de te défendre. Aucune discussion ne sera acceptée.

Ali se recoucha sous les draps tout en soupirant, tandis que Maïwan éteignait la lumière avant de le rejoindre. Au bout d'un moment, entendant la respiration tranquille du second, Ali recula prudemment jusqu'à sentir son corps contre le sien. La chaleur qu'il en émanait lui apporta un certain apaisement, finalement. Un bras l'enveloppa et la chaleur se diffusa dans tout son corps. Il se tendit légère-ment, peu habitué à ce genre de contact, avant que la fa-tigue ne l'emportât à son tour.

9

Le soleil commençait à percer à travers le hublot, mais Ali n'avait aucune envie de se réveiller. Il se sentait vraiment bien contre ce corps chaud. Les bras qui l'encerclaient le serrèrent un peu plus.

— Bien dormi ?

— Hum.

— Je dois te laisser un moment. J'ai mes obligations envers le reste de l'équipage. Tu restes là et tu te reposes.

— De toute façon, je ne me sens pas capable de bouger.

— Dans un sens, tant mieux. Je t'enverrai un peu de compagnie dans la matinée.

Il profita d'avoir Ali contre lui encore quelques minutes avant de finalement se lever. Il se changea rapidement dans la pièce d'à côté. Quand il revint dans la chambre, Ali s'était déjà rendormi. Il se rapprocha de lui, lui remit quelques mèches rebelles derrière l'oreille avant de déposer un baiser sur son front, comme on le ferait pour un enfant malade. Il n'avait même pas réfléchi à son geste. Les calmants rendaient Ali très docile, cela changeait de ses sautes d'humeur.

— J'espère que tu me diras vite qui a osé te faire ça, lui murmura-t-il.

Il partit sans un bruit pour une nouvelle journée de travail. Il devait vérifier que le mécanisme qui permettait d'activer la bulle et qui les aiderait à aller sur l'île des sirènes. Dans l'après-midi, il devait commencer à descendre dans les profondeurs de l'océan. Quand il croisa Luigi au réfectoire, il lui donna une mission spéciale qui sembla le réjouir. Il devait tenir compagnie un moment à Ali.

*

Ali venait de se réveiller une deuxième fois quand Doc' arriva afin de lui changer ses bandages. La cicatrisation se faisait correctement. Si tout allait bien, il pourrait lui retirer les points de suture d'ici à une semaine. Il l'autorisa à se lever un minimum dans le but de pouvoir se laver et autres besoins. Il ne lui posa pas de question sur les événements passés. Doc' fut à peine parti que Luigi prit le relais. Ce dernier osait à peine le regarder en face, faisant soupirer Ali.

— Viens ici, ce n'est pas la peine de faire une tête de déterré. Tu n'es pas responsable. On ne pouvait pas deviner que cela irait si loin. Cependant, j'aurais dû me méfier plus. Je suis le seul fautif.

— Non, j'aurais dû l'avoir mieux à l'œil.

— Je crois que personne ne pouvait s'attendre à ça. Tu n'as rien dit à Maïwan ?

— Juste des soupçons, mais pas de nom. Tu viens de me le confirmer. Par son insouciance apparente, j'imagine que tu as gardé le silence également.

— Non. Je le savais aussi que je n'avais pas la sympathie de chacun. Mais, je ne pensais pas que cela irait jusqu'à une tentative de meurtre.

— Oui, néanmoins, c'est pour tous pareils. Jamais en quinze années de piraterie, je n'ai vu quelqu'un tuer ou essayer de tuer un autre membre de son équipage. Tu sais, au sein de la piraterie, nous avons tout de même un code d'honneur. Je suis sûr que Bahtiyar ne tolère pas ce qui s'est passé.

— Je peux m'en douter. Enfin, j'aimerais que tu ne dises rien pour le moment. Je veux régler ça par moi-même. Ce code doit me le permettre ?

— Comme tu veux, mais si Maïwan veut savoir, ou même Bahtiyar, je ne leur mentirai pas.

— D'accord, mais uniquement si l'un des deux insiste.

— Sinon, pour changer de sujet, sache que dans quelques heures, nous allons commencer notre descente vers le repaire des sirènes. En ce moment même, nous préparons actuellement les deux navires.

— Dommage, je ne verrai rien de là.

— Tu devrais voir notre remontrée au pire.

— Je l'espère. Dis, tu pourrais me ramener mes affaires. Je voudrais pouvoir me changer plus tard. Je doute que Maïwan me laisse quitter sa cabine tant que je ne serais pas remis complètement. Il est papa poule, là. À moins que tu m'aides à me déplacer.

— Je ne tenterai même pas une seconde d'aller contre ses ordres. J'ai cru qu'on lui avait retiré un morceau de lui. C'est sûr, tu lui as tapé dans l'œil.

— Ne dis pas ça. Il se fait juste du souci, car je suis un membre de son équipage.

— Il n'y a pas que ça. Tu es plus qu'un simple membre pour lui. Cela saute aux yeux.

Ali baissa la tête, cachant sa gêne soudaine. Cela ne pouvait être possible, ce que lui disait Luigi. Il devait se faire des idées. En y repensant, Doc' avait aussi fait le même genre de remarque. Serait-il le seul à n'avoir rien remarqué ? Pourtant, ils se prenaient régulièrement la tête lors des entraînements. Il se souvint aussi de son premier jour et de l'échange qu'avait eu Maïwan avec un autre individu, concernant la chasse gardée. Tout cela lui semblait si étrange.

— Eh ! Oh ! Ali ! Ici, Luigi !

— Ah de quoi ? Tu disais ?

— Rien, mais tu avais l'air d'être parti loin de moi, d'un coup.

— Non, non, cela doit être la fatigue, répliqua-t-il en bâillant.

— Repose-toi alors.

— Je ne fais que ça. J'ai besoin d'action.

— Dis le blessé qui a repris connaissance, il y a seulement quelques heures.

Il soupira, mais se rallongea dans les oreillers que lui avait repositionnés son compagnon de voyage. Ce dernier eut à peine le temps d'arriver à la porte, qu'il remarqua qu'Ali dormait à poings fermés. Avant de retourner à son poste, il passa prendre les affaires demandées plus tôt pour lui déposer sur le bureau. Il trouva ensuite Maïwan dans les préparatifs pour l'immersion.

— Alors, Luigi, t'a-t-il parlé ?

— Oui, mais il veut se débrouiller tout seul pour le moment. Il a peur que cela soit mal perçu si tu interviens.

— Mais quel idiot ! Je suis le responsable du navire. C'est de mon devoir de régler ce genre de problème.

— Ne t'en fais pas, je lui ai expliqué. Tu devrais le laisser gérer tout en surveillant de loin. En réglant lui-même le problème, il veut montrer qu'il mérite sa place au sein de l'équipage. Puis ce n'est pas contraire à nos lois.

— Je garderai un œil sur lui, fais-en autant quand je ne le pourrai pas.

— Sois rassuré, Maïwan.

— Bon, on va commencer à plonger. Je te laisse la manœuvre pour le moment. Appelle-moi s'il y a un problème.

— Comme d'hab'. Une dernière chose quand même. Ali était un peu déçu de ne pas pouvoir voir notre descente vers le repaire des sirènes.

— Merci de l'info.

*

Peu après le déjeuner, les deux navires commencèrent la manœuvre. Il leur fallait compter une journée entière pour arriver à destination. L'obscurité se fit rapidement. Seul un minimum de pirates était sur le pont. Les autres étaient à l'intérieur du navire. Les activités étaient réduites au maximum en raison de la quantité limitée d'oxygène.

Balançant prudemment le plateau préparé pour Ali, Maïwan fit son retour à la cabine. Quand il entra dans la chambre, son protégé dormait toujours. Il déposa le plateau sur le bureau et s'installa pour remplir le journal de bord. Ali se réveilla quelques heures plus tard, par le réveil de sa douleur. Quand il ouvrit les yeux, il croisa le regard du second.

— Comment te sens-tu ?

— Pas très bien.

— Doc' ne devrait plus tarder à venir. Il te donnera de quoi calmer la douleur. En attendant, essaye de manger un peu.

— Merci. J'ai l'impression de ne pas avoir mangé depuis une éternité.

Ali mangea son plateau, tandis que Maïwan termina son travail. Doc' arriva comme prévu et fut satisfait de la guérison. Il lui laissa une paire de bandages pour les changer après sa douche. Une fois Maïwan parti, il mit son autorisation en application. Il se leva précautionneusement du lit et quand il jugea ses jambes assez stables, il se dirigea vers la salle d'eau afin de prendre une douche amplement méritée. Toutefois, il se retrouva coincé, car il ne put retirer son haut. Il commença à se plaindre quand Maïwan arriva derrière lui. Sans un mot, il tira sur le tee-shirt et le retira sans aucun souci. Ali n'osait pas se retourner, trop gêné par ce contact. Tout ce que Doc' et Luigi lui avaient dit plutôt lui revenait en mémoire, ce qui le perturba encore plus. Il n'était pas pudique d'ordinaire, mais sentir les mains de Maïwan le frôler, après avoir entendu les sous-entendus, avait déclenché une réaction.

— Quand tu auras fini, je t'aiderai à remettre le haut et à faire tes nouveaux bandages. Mais, peut-être, tu devrais opter pour des chemises pendant quelque temps. Ce sera plus facile pour toi.

— Merci.

Ali se faufila rapidement sous la douche. La chaleur de l'eau lui fit le plus grand bien. Il sentit ses muscles se détendre. Il resta plusieurs minutes, sans bouger, sous l'eau chaude, mais il ne pouvait pas s'attarder. Il patienta juste le temps de remettre ses idées en place. C'était un liquide précieux à bord. Quand il sortit, il s'enroula dans une grande serviette pour se sécher. Il enfila rapidement un bas avant que Maïwan ne vienne l'aider pour le haut. Ce dernier lui essuya correctement le dos, lui défit les bandages pour les remplacer par ceux que Doc' avait laissés plus tôt. Il profita de la blessure mise à nu pour poser ses mains de chaque côté. Aussitôt une aura bleue apparut, apportant à Ali un apaisement à ses douleurs.

Durant toute l'opération, aucun des deux n'osa regarder l'autre dans les yeux. Une fois prêt, il se réinstalla sur le lit avec un livre. Il n'avait nullement envie de dormir pour le moment. Ce fut là qu'il remarqua quelque chose. La lueur vacillait doucement dans la cabine, répandant sa clarté chaleureuse. Il regarda par le hublot et fut stupéfié de voir des poissons. Il se retourna vers Maïwan, qui se retenait de rire devant son expression.

— Nous sommes en train de nous enfoncer dans les profondeurs pour nous rendre à destination.

— Mais comment est-ce possible ?

— Suis-moi. Je vais te montrer. Ce sera plus facile que de te l'expliquer de cette façon.

Ali suivit tant bien que mal. Sa blessure le tiraillait en marchant. Maïwan le remarqua et le soutint pour l'aider à marcher. Le spectacle qu'il vit en arrivant sur le pont lui coupa le souffle. Il se trouvait dans une gigantesque bulle. Il avait l'impression d'être un poisson dans un bocal. Tout autour d'eux nageaient des poissons de tailles plus ou moins impressionnantes. C'était vraiment magique, mais aussi effrayant en même temps. Maïwan l'emmena près de Luigi qui manœuvrait dans les eaux sombres avec une relative facilité.

— Enfin debout, Ali ?

— Oui, ça fait du bien de pouvoir marcher un peu.

— Bien. Pour le moment, tout se passe avec succès. John n'est qu'à quelques encablures de nous. Si tout va bien, d'ici demain matin, nous jetterons l'ancre à destination.

— Tant mieux, répondit Maïwan. Plus vite, on agira et plus vite, nous pourrons retourner sur l'Argentière.

— Comment cela se fait-il qu'il n'y ait presque personne ?

— Notre oxygène est limité, donc nous restreignons l'activité. Tous ceux qui n'ont pas de tâche essentielle se trouvent à l'intérieur, lui répondit Luigi.

— Mais la bulle, ne risque-t-elle pas d'éclater ?

— Non, sauf si nous percutons un rocher, intervint Maïwan. La structure est assez résistante pour lutter contre la pression.

— Ça ne me rassure pas trop là.

— Tant que tu ne cries pas et qu'on limite l'éclairage, on ne risque strictement rien. On fait ce chemin très souvent.

— Mais comment c'est possible ?

— Tu vois la sphère sur le pont inférieur ?

— Celle sur un tréteau ?

— Oui, elle émet un champ de protection.

Ali regarda un moment tout autour de lui. Il s'était installé contre la rambarde près de Luigi et Maïwan. Les deux hommes manœuvraient tout en discutant de ce qui les attendait à l'arrivée. Depuis sept ans que Luigi était devenu le second par intérim de Maïwan quand ils partaient en mission. Ce dernier avait même une confiance absolue en ce vieux loup de mer. Au bout d'un moment, ils s'aperçurent que leur protégé ne posait plus la moindre question. En se retournant, ils remarquèrent qu'il s'était endormi. Maïwan finit par le porter jusqu'à la cabine afin de pouvoir se reposer correctement. Il prit le relais de Luigi durant la première partie de la nuit. Quand son tour fut fini, il retourna à sa cabine et se glissa sous les draps au côté d'Ali. Ce dernier, bien que profondément endormi, se colla contre lui tout de même.

*

Quand Ali se réveilla, il était seul. La lumière qui filtrait par le hublot le rendait perplexe. Il se leva précautionneusement. Le bateau semblait stable. Il sortit discrètement de la cabine et fut étonné de n'entendre aucun bruit, sauf le clapotis de l'eau contre la coque du navire. Il se dirigea alors vers le pont. Celui-ci paraissait aussi vide.

— Ah, quand même, tu te lèves !

Ali se tourna en reconnaissant la voix.

— Où sont-ils tous passés ?

— Sur l'île. Il n'y a plus que Doc', toi et moi.

— J'aurais tellement voulu y aller, soupira-t-il.

— Ne t'en fais pas. Tu feras un tour sur l'île dès que la zone sera sûre.

— Ils sont partis faire quoi exactement ?

— Affronter un bateau de Ronald le Tégneux, l'un des cinq rois des mers. Cette île est sous la protection de Bahtiyar. Mais, Ronald essaye depuis des années de s'y imposer en raison de ses exploitations agricoles.

— À cause des fermes ?

— Oui, le ravitaillement est une chose primordiale pour naviguer.

— Je vais vraiment devoir en apprendre plus sur tout ce qui m'entoure pour ne plus être un fardeau.

— Tu peux demander à Maïwan ou aux autres. Tu ne manqueras pas d'aide. Ils se feront un plaisir de te renseigner.

— Ils m'entraînent déjà. Je ne vais pas leur demander en plus de m'apprendre tout ce que je dois savoir sur la piraterie.

— Alors, je peux le faire.

— C'est vrai ? ! Merci Luigi. Tu es un chic type, lui dit-il en se jetant à son cou, se décrochant au même moment une grimace de douleur.

— Ne va pas te rouvrir ta blessure. Maïwan ne me le pardonnerait pas.

— Désolé.

Ali se réjouissait. Malgré le fait qu'il ne pouvait pas participer à la bataille du jour, il allait en apprendre plus sur ce monde auquel il faisait désormais partie.

10

Avec une sérénité apparente contrecarrée par une vigilance de chaque instant, Maïwan et John déambulaient dans la métropole des créatures marines. La marque des pirates de Ronald restait insaisissable, malgré leurs recherches attentives. Dans l'objectif de devancer le prochain passage des délégués de leur opposant de toujours, leur retour avait été minutieusement planifié. Divers membres de leur groupe s'étaient lancés dans des reconnaissances approfondies pour rassembler des détails importants. Alors que d'autres s'affairaient aux reconnaissances, ils s'empressèrent d'atteindre une résidence périurbaine, voisine des étendues forestières. L'angoisse était palpable chez les villageois qui observaient leur passage. La notoriété terrifiante des deux bandes de corsaires, liée aux redoutables cinq souverains maritimes, laissait présager le pire et avivait la crainte d'être pris dans les mailles d'un affrontement imminent.

En arrivant à la lisière de la forêt, la porte d'une humble cabane s'ouvrit sur un homme-triton à la carrure impressionnante. Il dépassait la taille d'un être humain. Entre ses doigts, il y avait une peau fine, mais très résistante. Sur son corps, des zones avec des écailles rappelaient qu'il était un être hybride.

— Salut Telma. Cela fait un moment que l'on ne s'est pas vu. Comment ça va depuis la dernière fois ?

— Salut Maïwan. Beaucoup mieux, maintenant que je vous sais ici. J'ai défendu l'île du mieux que j'ai pu, mais Ronald avait ramené de nombreux navires.

— Tu n'aurais pas dû avoir à te battre seul.

— Ce n'est pas grave. Maintenant, je ne suis plus seul. Venez, entrez donc et racontez-moi ce qui s'est passé de votre côté.

Maïwan et John acceptèrent l'invitation, tandis que les autres attendirent à l'extérieur. Telma était un membre du tout premier équipage de Bahtiyar. Maïwan lui raconta leur mésaventure et leur obligation d'accoster sur une île hors de leur territoire, ainsi que de la rencontre avec Ali.

Telma, quant à lui, relata en détail les événements de ces dernières semaines avec le débarquement de plusieurs navires de Ronald et le racket qu'avait mis en place ce dernier. Maïwan promit de rétablir l'ordre rapidement. Durant plus d'une demi-heure, ils échangèrent sur tout et rien. Accompagnés de Telma, ils retournèrent au port afin d'attendre la venue de l'ennemi et de mettre leur navire à l'abri. Si leur ami ne se trompait pas, ils avaient deux jours avant la prochaine venue des pirates de Ronald.

Ils furent accueillis par un Ali heureux de les revoir, comme s'ils étaient partis pendant plusieurs jours. Ce dernier fut enchanté de rencontrer un autre homme-triton. Il connaissait déjà Noé, même si celui-ci était peu bavard. Il discuta avec Telma pendant un long moment. Maïwan et John en profitèrent pour faire le point avec Bahtiyar.

— Voilà toute l'histoire, cap'taine.

— Ce vieux débris se croit vraiment tout permis. Vous avez carte blanche. Rappelez-lui qui règne sur ce lieu.

— Bien, capitaine.

— Et comment va ce cher Telma ?

— Il va plutôt bien. Il tient compagnie à Ali.

— Dis-lui de passer me voir à l'occasion.

— Nous lui transmettrons le message.

— Et concernant l'autre affaire ?

— Grâce à Luigi, je sais qui a fait cela. Mais Ali veut régler ça lui-même. Je ne sais que penser de toute cette affaire.

— Il a du cran le gamin. Laisse-le donc faire pour le moment, mais garde un œil au cas où.

— C'est ce que je comptais faire. De toute manière, il n'est jamais seul. Le doc' et Luigi sont près de lui quand je ne suis pas là. Régler le problème seul est pour lui le moyen de prouver qu'il mérite sa place au sein de l'équipage.

— Il ira loin, j'en suis sûr.

— Je le pense aussi. Ali apprend vite sur sa nouvelle vie et ne lésine pas à la tâche pour y arriver.

— Bien tout ça. J'attends de vos nouvelles dès que tout est réglé.

Maïwan éteignit la sphère. Une fois qu'ils eurent mis tous les détails en place, ils retournèrent sur le pont où la joie et la bonne humeur régnaient. Le rire d'Ali résonnait à travers tout le bateau. Il était tranquillement assis entre Luigi et Telma. De le voir avec autant de compagnies le rendit légèrement jaloux.

D'un commun accord avec John, Maïwan annonça que tout le monde dormirait le soir à l'auberge du port. Les deux équipages accueillirent cette nouvelle avec joie. Bien que content de cette nouvelle, Ali déchanta rapidement quand Maïwan lui annonça qu'il ne pouvait pas quitter l'auberge jusqu'au règlement du conflit. Il préférait rester sur le bateau, si c'était pour être, une fois encore, enfermé. Il avait l'impression d'être un petit garçon puni pour avoir commis une bêtise. Il marmonna silencieusement, affichant sa mauvaise humeur à Maïwan jusqu'à la révélation de leur chambre commune, une cohabitation qui semblait désormais rituelle et à laquelle il ne s'étonnait même plus.

À l'intérieur, il y avait une salle de bains avec une baignoire. Cela allait lui changer de la douche. Il profita même d'avoir la chambre pour lui seul, Maïwan étant occupé avec les derniers préparatifs, pour se prélasser. C'était un véritable délice, surtout que la femme ou plutôt la sirène de l'auberge lui avait donné un produit local réputé pour favoriser la cicatrisation. Il se sentit revivre. Il avait retiré le pansement mis par Doc' plus tôt dans la journée. Une douce mélodie le berçait. Il ne connaissait pas cet appareil, mais le son qui sortait de ce gigantesque coquillage était agréable. Ses yeux s'étaient automatiquement fermés et il fredonnait l'air. Il avait une impression de vacances.

Pendant ce temps-là, John et Maïwan étaient revenus dans la chambre de ce dernier afin de terminer de préparer les rondes de surveillance.

— Je vois que ce n'est pas triste chez toi. Je ne savais pas que tu avais un rossignol.

— C'est sûr. Au moins, je préfère l'entendre chantonner que pleurer. En revanche, il me fait toujours la tête de devoir rester cantonné à l'auberge le temps de régler le cas de Ronald.

— Je comprends, rien ne vaut une bonne bagarre. Cela aurait pu être la première bataille pour lui, si on omet l'affaire du pub. Je me rappelle encore mon baptême du feu.

— Ne lui dis surtout pas ça.

— Me dire quoi ? demanda l'intéressé.

— Rien, juste une connerie. Tiens, je t'ai ramené ton sac.

— Merci.

Ali ouvrit son sac et en sortit le livre qu'il avait commencé à bord de l'Argentière et s'installa sur le lit afin de continuer sa lecture. Rapidement, il ne resta plus que lui et Maïwan qui mettait à jour son journal de bord. Tout paraissait si paisible, rien ne montrait qu'il y avait beaucoup de tension.

Quand il eut fini, il prit la direction de la salle de bains avant de descendre pour dîner. La journée avait défilé très vite et il sentait ses muscles le tirailler. Être à terre pouvait s'avérer plus fatigant qu'être en mer. Sans compter que l'affaire avec Ali occupait tout autant son esprit que celle de Ronald.

*

Après avoir mangé les bons plats locaux préparés par la gérante de l'auberge, les pirates se divisèrent en plusieurs groupes. Ceux qui étaient de garde étaient partis se reposer en attendant leur tour. Ali s'était joint à un groupe qui jouait une partie de poker. La soirée était détendue pour tout le monde ou presque.

Dans un coin du salon de l'auberge, Tim observait Ali d'un œil mauvais. Une chope à la main, il n'en revenait pas qu'il s'en fût sorti et qu'en plus, il faisait comme si rien ne s'était passé. Il était persuadé que Maïwan ou John aurait déjà dû lui tomber dessus. Bien évidemment, il avait remarqué qu'Ali n'était jamais seul. Pour Tim, il avait l'impression de voir des chiens en laisse. Il allait devoir trouver une faille dans cette garde rapprochée pour le faire taire à jamais avant qu'il ne soit pas trop tard.

Ali regagna sa chambre peu après minuit et se laissa littéralement tomber sur la couette, ses gains entre ses mains.

— Tu comptes dormir comme ça ?

— Moui.

— Tu vas me punir encore longtemps ?

— Je ne t'en veux plus. C'est juste que là, j'ai trouvé une position confortable et que je ne veux plus bouger. Je n'ai jamais eu un matelas si moelleux.

— Pas de problème alors.

Maïwan sourit et éteignit la lumière avant de revenir près du lit. Il s'assit sur le bord afin de retirer ses chaussures et s'allongea à moitié sur Ali qui était en mode étoile de mer.

— Maïwan !!! Je suis blessé. Tu veux m'achever.

— Désolé, mais j'ai trouvé une place confortable là. Tu as raison, je n'ai pas envie de bouger non plus.

— Tu es lourd, franchement !

— Ce n'est pas sympa ça.

— Et en plus, tu tiens trop chaud.

— Au moins, tu ne tomberas pas malade.

Ali se débattit pendant quelques minutes avant de capituler. Maïwan s'écarta de lui afin qu'il puisse se redresser. Celui-ci en profita pour quitter le lit afin de mettre une certaine distance.

— Je peux savoir pourquoi tu as choisi une chambre avec un seul lit ?

— Il n'y avait pas d'autre choix. C'était la dernière. Mais nous ne sommes pas les seuls dans cette situation. Tu voulais peut-être dormir avec un autre ? Je suis sûr que tu aurais été accueilli avec joie pour réchauffer les draps.

— Quoi ? Non !

— Oh, oh, je t'intéresserai donc ?

— Mais tu es malade ? Tu as trop bu, ce n'est pas vrai.

— Absolument pas. Ce n'est pas que je ne veuille pas continuer cette discussion, mais je suis fatigué. Donc bonne nuit.

Maïwan tourna le dos à Ali et fit comme s'il n'y avait personne d'autre dans la chambre. Il fallut quelques instants à Ali avant de se mettre finalement à l'aise et se recoucher après avoir déposé son argent dans le tiroir qui lui était attribué. Inconsciemment, il se rapprocha de son voisin de lit.

— Je croyais que je tenais trop chaud ?

— Maintenant, j'ai froid. Et puis tu es plus lourd que moi, le matelas s'affaisse de ton côté.

— Ah ces jeunots !!! Vous êtes tous difficiles.

— Quoi ? Tu en mets combien dans ton lit ?

— Serais-tu jaloux ?

— Moi jamais de la vie. Même si tu étais le dernier homme sur terre.

— C'est pour cela que tu es si gêné. Tu as les joues rouges.

— P.. Pas du tout, lui répondit-il en se cachant le visage avant de réaliser qu'ils étaient dans le noir.

— Il n'y a que toi depuis des mois.

— Ça ne fait pas si longtemps que je suis là.

— Dis voir, tu me prends pour qui ?

— Ben pour un homme et un pirate.

— Va falloir que je refasse ton éducation alors, lui dit-il en se mettant à le chatouiller. Sinon je vais en déduire qu'il se passe des choses très intéressantes à bord.

Il le tortura ainsi quelques instants avant de s'arrêter. Il se retrouva au-dessus de lui et le détailla longuement. Malgré l'obscurité, leur regard était ancré l'un dans l'autre. L'esprit de Maïwan était dirigé vers cet intrépide garçon qui mettait sa volonté à rude épreuve. Il n'avait qu'une envie, capturer ses lèvres et goûter à ce fruit défendu. Mais il devait encore patienter un peu. Il voulait que tout soit réglé avant de lui ouvrir son attirance. Ali, quant à lui, se sentait bizarre. Ce n'était pas une douleur, mais quelque chose qui le rendait étrange et il ne savait pas comment le définir. Il avait l'impression que son cœur allait sortir de son corps à cogner si fort.

Maïwan lui sourit avant de se rallonger et de le reprendre dans ses bras. Il devait faire appel à toute sa lucidité pour ne pas aller plus loin pour le moment. Il devait se concentrer sur la mission avant toute chose.

— Allez, on dort maintenant.

*

Cela ne faisait pas longtemps qu'ils dormaient quand quelqu'un frappa à la porte les faisant sursauter. Maïwan se leva immédiatement et sortit de la chambre.

— Qu'est-ce qui se passe ?

— Deux navires de Ronald sont en approche.

— Déjà ! Ils arrivent beaucoup trop tôt. Réveille tout le monde. Dans cinq minutes en bas dans le salon.

— Tout de suite.

Il retourna aussitôt dans la chambre pour prendre ses armes. Pendant ce temps, Ali s'était habillé et attendait la suite des événements. Maïwan lui intima de le suivre au salon. Malgré le peu de sommeil pour la plupart, chacun était prêt à en découdre avec l'ennemi. Les quelques gueules de bois de la soirée semblaient miraculeusement guéries. Le second de l'équipage de Bahtiyar donna rapidement les instructions. Bien évidemment, Ali fut consigné à l'auberge avec Luigi et le Doc'. Ils devaient tout de même rester sur leur garde au cas où des ennemis passeraient entre les mailles du filet. Ce ne fut qu'à contrecœur qu'il accepta d'obéir. Maïwan en fut soulagé, ne voulant pas perdre de temps avec une joute verbale.

*

Sur le port, tous les pirates de Bahtiyar avaient pris place afin de leur tendre un piège. Plusieurs plans furent échafaudés plus tôt. Cependant, ils n'eurent pas longtemps à attendre. Les deux navires de Ronald s'amarrèrent au port. Un petit groupe de chaque bateau descendit et se dirigea vers le centre-ville. Une fois qu'ils furent hors de portée de voix, les pirates de John les interceptèrent et les massacrèrent. Pendant ce temps-là, les pirates de Maïwan à bord de petites embarcations s'étaient rapprochés des deux navires. Ils voulaient profiter de l'effet de surprise avec l'obscurité. Maïwan s'était positionné en hauteur et avec une sphère de transmission donna l'ordre d'attaquer. Tout le monde se rua sur les ponts, surprenant leurs adversaires. On entendait le fracas des armes et les cris des hommes des kilomètres à la ronde. Tous les habitants proches du port avaient été prévenus et mis à l'abri plus loin.

*

De l'auberge, Ali percevait parfaitement le bruit de la confrontation et sans s'en rendre compte c'était mis à trembler. Luigi se rapprocha de et posa une main sur son épaule, l'invitant à venir s'assoir.

— Ne t'en fais pas, ils vont tous nous revenir entier.

— Ouais, ils ne sont pas comme moi. Mais c'est dur d'être à l'arrière et d'attendre.

— Ne dis pas ça. Un accident arrive à tout le monde. Dis-toi que ce genre d'intervention est notre lot quotidien. Bahtiyar est déjà âgé et tous ses ennemis pensent qu'il est faible maintenant. C'est sans compter sur l'unité de l'équipage qui est une grande famille. Moi aussi j'aurais bien voulu me battre.

— Oui, tu as raison.

— Alors, ne tremble pas. On va sortir le whisky pour fêter notre victoire.

— Quelle victoire fêteriez-vous, bande de planqués ? intervint une voix qui glaça le sang d'Ali.

11

— Quelle victoire fêteriez-vous, bande de planqués ? intervint une voix qui glaça le sang d'Ali.

Il se retourna lentement vers la personne qui venait d'entrer dans l'auberge. Devant eux se tenait son cauchemar, depuis une semaine. Son regard était chargé d'une haine sans nom. Ali n'aurait jamais pensé qu'il désobéirait juste pour une vengeance.

— Qu'est-ce que tu fais là, Tim ? lui demanda Luigi.

— Je pourrais te retourner la question. Depuis quand es-tu devenu le chien de garde de la traînée de Maïwan ?

— Je t'interdis de lui manquer de respect. C'est un membre d'équipage comme tout le monde.

— Ça, c'est toi qui le dis. Quand Maïwan se sera lassé, il le balancera par-dessus bord, ou peut-être nous laissera-t-il nous amuser avec, un peu.

— La ferme Tim ! lui intima Luigi qui tentait de maintenir sa colère qui montait en lui.

Ce dernier n'avait pas imaginé une seconde que Tim désobéirait aux ordres, juste pour régler ses comptes avec Ali. Il commençait à se demander s'il n'avait pas mieux valu, que Maïwan eut réglé ce problème dès le départ. Il n'avait même pas imaginé que Tim put avoir autant de haine envers un jeune pirate au point de compromettre sa

place au sein de l'équipage. Il savait pourtant ce qu'il risquait à tenter de tuer l'un de ses camarades. Sans compter
la colère de Bahtiyar.

De son côté, Ali n'avait pas bougé de place et fixait avec
effroi, celui qui l'avait pratiquement laissé pour mort la
dernière fois. Il savait qu'il allait devoir régler ce problème,
mais n'avait pas imaginé que cela fut si tôt. Il savait aussi ce
qu'il devait faire, mais la peur le tétanisait sur place. Mentalement, il se donna des gifles pour réagir. Il avait
l'impression de sentir à nouveau le couteau s'enfoncer en
lui. La douleur, bien qu'uniquement dans sa tête, le fit se
tordre en deux. Son souffle se trouva coupé.

Doc' le voyant s'effondrer au sol, alla vers lui et se pencha, tentant vainement de le rassurer. Il voulut l'éloigner,
mais Ali ne bougea pas d'un pouce.

— Écoute Tim, retourne au port et personne ne dira
rien, continua de dialoguer Luigi qui espérait éviter à tout
prix l'affrontement pour le moment.

— Tu déconnes, j'espère. Je n'ai pas pris autant de
risque pour repartir comme ça. Je suis venu terminer le travail commencé. Ne t'en fais pas, tu vas le suivre dans la
tombe. L'attaque de ce jour tombe à point nommé et me
couvrira. Après tout, rien ne prouvera le contraire.

— Je ne te laisserai pas faire.

— Et tu crois que tu me fais peur peut-être.

Tim dégaina son épée et se rapprocha dangereusement, avec une lenteur angoissante, de sa proie. Luigi s'interposa aussitôt. Le bruit métallique du choc violent des lames fit sursauter Ali. Il regarda les deux hommes se battre sans comprendre comment les choses avaient pu en arriver là. Son cerveau avait du mal à analyser la situation. Tout était devenu flou.

Soudainement, comme si une pièce manquante du puzzle se mettait en place, la situation lui devint limpide. Sous les bruits du combat, les paroles du Doc' lui parvinrent clairement. Il se redressa, encore tremblant un peu. Ce n'était pas aux autres de le défendre, mais à lui de le faire seul. Après tout, il s'agissait de la légitimité de sa place au sein de l'équipage. Il savait qu'il était maintenant lié jusqu'au bout à Bahtiyar et tous les membres de l'Argentière pour le meilleur comme pour le pire.

— Je dois les arrêter.

— Non, n'y va pas, tu es encore blessé.

— Doc', ce n'est pas à Luigi ou toi de régler le problème, mais à moi. Tim conteste ma place ici.

— Ali…

— Ne t'en fais pas, j'ai eu de bons professeurs.

Ali respira un bon coup et dégaina son épée.

— C'est avec moi que tu dois te battre, Tim. Laisse-le-moi Luigi.

Le concerné sourit à pleines dents. Luigi, quant à lui, hésita un instant avant de se résigner à le laisser combattre. Il se mit légèrement en retrait, prêt à intervenir tout de même. Tim s'avança vers sa cible en faisant tournoyer sa lame d'un mouvement de poignet. Les deux adversaires se jaugèrent du regard. Le traître se lança avec force sur Ali qui para, tout en reculant, avec son épée, ce qui annonça le début du combat. Les échanges étaient violents et rapides. Ni l'un ni l'autre n'était prêt à se laisser dominer par l'adversaire. L'espace n'était pas adéquat pour le duel et Ali s'en rendit vite compte. Les meubles étaient de véritables obstacles. Plus d'une fois, son épée se retrouva coincée dans une table ou une chaise. À chaque fois, son adversaire en profitait pour lui lancer une attaque directe.

De leur côté Luigi et Doc' regardaient leur protégé se défendre plus qu'attaquer. Ils regrettaient de lui avoir dit oui pour le combat. Dehors, ils entendaient l'écho des autres combats qui y faisaient encore rage. Personne ne se doutait de ce qui se passait dans l'auberge au même moment.

La lame de Tim érafla la joue d'Ali et le sang y coula aussitôt. La colère d'avoir été blessé monta en lui. À quoi cela avait servi ses heures d'entraînement avec Maïwan, Vlad et les autres ? Pourquoi n'arrivait-il à rien ? Soudain la voix du second de l'équipage lui envahit l'esprit.

« Arrête de te battre avec tes émotions. Tu dois te maî-triser et observer ton adversaire pour trouver sa faille. La colère ne t'aidera pas. »

Tout en parant une nouvelle attaque, il inspira profon-dément, remettant ses idées en place. Tim revint plus vio-lemment, mais son coup fut stoppé net par l'épée de son adversaire. Il n'eut pas le temps de comprendre ce qu'il se passait qu'il fut propulsé au fond de la salle. Intérieure-ment, Ali sourit. Il avait réussi enfin à utiliser son pouvoir. Il ne laissa pas le temps à Tim de se relever qu'il lui asséna un nouveau coup. Sa magie consistait ni plus ni moins à repousser son adversaire en lui renvoyant la force de son attaque. Dans un sens, cela lui servait de bouclier. Quand il arrivait à combiner avec sa propre force, cela augmentait la violence de son attaque. La situation était dorénavant in-versée et Ali avait repris l'avantage sur son adversaire. Au bout de quelques attaques, l'épée de son ennemi fut éjectée à nouveau au loin. Il pointa sa lame sur la gorge de celui qui était désormais à terre, à moitié sonné.

— D'après le code de la piraterie, j'ai gagné. Plus ja-mais, tu ne lèveras la main sur moi.

— Alors, tue-moi, lui cracha-t-il au visage. Je préfère mourir, que vivre dans la honte d'avoir perdu.

— Non, je veux que tu te rappelles pourquoi tu es en vie à chaque instant, lui répondit-Ali après un instant d'hésitation. Je ne t'ai jamais rien fait et je ne comprends pas ta haine envers moi.

Il rengaina son épée et se dirigea vers ses amis. Tout se déroula ensuite comme au ralenti. Tim s'était relevé et avait saisi une dague à sa ceinture. Il se jeta vers son adversaire en hurlant. Instinctivement, Ali dégaina à nouveau se retourna et lança un estoc. Sa lame traversa de part en part Tim. Tout son être se raidit aussitôt et il lâcha son épée. Le corps inerte de Tim s'affala sur lui, l'entraînant dans sa chute.

Doc' et Luigi accoururent vers lui et le dégagèrent du corps ensanglanté. Doc' vérifia aussitôt l'homme à terre et secoua négativement la tête. Tim était mort.

— Je, je…. Je ne voulais pas le tuer, finit-il par dire la voix tremblante. Je ne voulais pas…

— Ali, chut, c'est fini. Tu n'avais pas le choix. C'était lui ou toi.

— Mais Luigi…

Les sanglots s'échappèrent en un cri de désespoir. Luigi posa une main sur son épaule tout le temps que durèrent les larmes silencieuses. Ce n'était jamais facile de prendre la première fois la vie de quelqu'un. Doc' se chargea de couvrir le corps du défunt.

Au bout de quelques minutes qui semblèrent avoir duré des heures, la porte s'ouvrit sur Maïwan, John et les autres pirates. Quand le second et le quartier-maître virent le chaos, ils se dirigèrent vers leurs subordonnés. Luigi lui fit signe vers le corps recouvert d'un drap. Maïwan le souleva et reconnut Tim. Personne ne dit rien et tous restèrent en retrait. Doc' qui s'était rapproché d'eux, leur murmura quelque chose. Maïwan regarda alors Ali, dont les yeux fixaient un point dans le vide. Il voyait bien qu'il était encore dans un état second. S'avançant vers lui, il le redressa et l'emmena à l'étage. Il s'en voulait de ne pas avoir agi avant. Il se sentait coupable que leur jeune recrue eût dû tuer un des leurs. Avant de disparaître dans l'escalier, il jeta un œil à John qui opina de la tête, lui indiquant qu'il allait nettoyer les traces du combat.

Ali se laissa emmener telle une marionnette sans vie. Son regard était complètement vide. Maïwan le fit asseoir sur le lit, pendant qu'il alla faire couler l'eau dans la baignoire. Il revint vers lui et le déshabilla, balançant au loin les vêtements tachés de sang. Il le nettoya minutieusement enlevant toute trace de sang. Ali se laissa faire. Il donnait l'impression d'être complètement déconnecté de la réalité. Maïwan le sécha et lui mit une nouvelle tenue avant de s'accroupir devant lui. Il n'aimait pas le voir dans cet état-là.

— Ali.

— …..

— Ali, s'il te plaît, parle-moi.

— Maïwan, je ne voulais pas. Je ne voulais pas le tuer, parvint-il à dire la voix complètement brisée.

— Tu as fait ce que tu avais à faire.

— Mais c'était un membre de l'équipage !

— Il n'a pas hésité à vouloir ta mort. Dans la piraterie, c'est tuer ou être tué.

— Oui je sais, mais…

— Ali. La seule chose que je regrette, c'est que ton premier mort soit un membre de l'équipage. J'aurais dû m'en occuper moi-même.

— Non, lui dit-il en attrapant sa chemise. C'était à moi de m'en charger. Il en avait uniquement après moi. Je voulais juste qu'il comprenne qu'il se trompait.

— Je le sais. Allez, repose-toi maintenant.

— Ne pars pas, s'il te plaît, le supplia-t-il sans le lâcher.

— Je vais juste me laver, donner les directives pour tout le monde et je reviens. Promis, je ne te laisserai plus tout seul.

C'est avec regret qu'il le lâcha. Pris d'une soudaine pulsion, Maïwan prit le menton d'Ali entre ses doigts, approcha son visage du sien et déposa ses lèvres sur les siennes. D'abord surpris, ce dernier finit par fermer les yeux. La sensation des lèvres de Maïwan l'enivra. Il sentit une douce chaleur au creux de son ventre. Il laissa échapper un son signalant son plaisir qui fit sourire le second. C'est un peu à contrecœur qu'il mit fin au baiser.

— Je me dépêche. Repose-toi en attendant.

Il hocha la tête. Maïwan se leva et quitta la chambre. Il descendit dans le salon, où tout le monde avait fini de nettoyer. Il donna quelques nouvelles et conseilla à tout le monde d'aller se coucher pour récupérer des dernières heures. Le corps de Tim avait déjà disparu, sûrement mis avec ceux des pirates de Ronald. Pour sa trahison, il n'avait aucun droit à des funérailles habituelles. Mais le corps ne pouvait pas être jeté n'importe où sur cette île. En temps normal, quand cela arrivait, le mort était jeté à la mer sans plus de cérémonie.

Quand il remonta dans la chambre, il trouva Ali endormi, le bout de ces doigts sur ses lèvres. Il sourit face à ce tableau. La fatigue avait eu raison de lui. Maïwan ne put toutefois, s'empêcher de serrer des poings, quand il remarqua la balafre sur la joue. Il utilisa son pouvoir pour diminuer la cicatrice. Ali était trop jeune pour avoir ce genre de marque sur sa peau.

12

Le soleil était déjà très haut quand Ali commença à sortir des limbes du sommeil. Sa nuit fut agitée et à chaque cauchemar, il avait senti des bras le serrer, des lèvres se poser sur sa nuque et des mots de réconfort être soufflés à son oreille. Aussitôt, cela l'apaisait. Il s'étira comme un félin dans les bras de Maïwan. Ce dernier, réveillé depuis longtemps, n'avait pas bougé et l'avait regardé dormir dans ses bras. Cette position, il ne l'avait pas quittée une seconde. Il avait voulu lui apporter ce réconfort dont il avait besoin. Il déposa un baiser sur l'épaule qui se présenta à lui.

— Bonjour. Bien dormi ?

— Hum, déjà eut mieux comme nuit.

— Je me doute bien. Que dirais-tu si l'on passait la journée tous les deux à profiter de l'île ?

— Mais, les autres ?

— À part une équipe de surveillance, c'est quartier libre pour tous pendant deux jours.

— Génial, je vais pouvoir visiter ce merveilleux endroit.

— Bien. Je te laisse te préparer, je vais juste faire mon rapport à Bahtiyar.

— Ton rapport ? Tu vas lui parler de…

— Il le faut, mais tu n'as rien à craindre. Il ne t'en voudra absolument pas. Tu étais dans ton droit le plus strict. Allez, Ali, souris et pense à ces deux prochains jours. Je t'attends au salon dans une demi-heure.

Il se leva et quitta la chambre. Ali mit quelques minutes avant de l'imiter. Ses muscles le faisaient un peu souffrir. Il se regarda dans le miroir et posa ses doigts sur la cicatrice que lui avait faits Tim. Vu la profondeur, il allait en garder une trace. Il enfila la seule tenue qu'il avait encore intacte. Quand enfin, il descendit, Maïwan était toujours en communication avec Bahtiyar. Ali rejoignit Luigi et Doc' qui étaient en pleine écoute des récits des combats contre les navires de Ronald. Devant la table, tout le monde se tut, le mettant involontairement mal à l'aise.

— Viens là Ali, il reste une place, intervint un certain Bud, s'il se rappelait bien son nom.

— Merci.

— Alors maintenant que tout est fini, as-tu des projets pour ces deux jours de repos ?

— Visiter l'île. Maïwan m'a dit qu'il allait me faire faire le tour.

— Alors tu es sûr de voir les meilleurs endroits.

— Et toi, tu vas faire quoi ?

— Aller voir les sirènes. Il y a des maisons closes avec ces charmantes demoiselles. Elles ont quelque chose d'exotique.

Les discussions allèrent bon train pendant un moment. Personne ne fit allusion au combat d'Ali et à la mort de Tim. Doc' en profita pour désinfecter la plaie sur la joue. Tous essayèrent de faire rire Ali, à travers des remarques et des blagues plus ou moins douteuses. Ils savaient d'après Luigi et Doc' que leur dernière recrue avait tué hier pour la première fois et que cela fut un choc émotionnel.

Maïwan vint interrompre les discussions pour enlever Ali à l'équipage, sous les sifflements de ce dernier. Avant de quitter l'auberge, il avait réglé les derniers détails, laissant John gérer le tout pendant vingt-quatre heures. Il avait informé leur capitaine de la mort de Tim des mains d'Ali. Comme il l'avait prévu, le paternel n'en voulut aucunement à leur recrue et espérait que cette triste expérience ne la traumatiserait pas trop. Ce n'était pas anodin et sans conséquence ce genre d'acte, même si c'était de la légitime défense.

Maïwan put donc embarquer Ali pour une visite de l'île. Il avait déjà tout organisé pour lui faire passer un bon moment. Ils prirent place sur le dos d'une raie gigantesque qui se glissa sur une route d'eau. Ali s'extasia devant les paysages qui défilaient sous ses yeux, tout était nouveau pour lui.

— Dis, Maïwan, comment il peut y avoir la vie sous la mer comme si on était sur terre ?

— Très bonne question. Je ne connais pas l'histoire exacte de ce lieu, mais nous sommes entourés par une bulle qui apporte tout ce dont la vie a besoin pour s'épanouir. Elle filtre l'eau pour qu'on puisse la boire. La lumière est artificielle, elle provient de milliers de micro-organismes phosphorescents.

— C'est prodigieux.

— Dis-toi qu'il s'agit d'un parmi tous les endroits inimaginables qui existent en ce monde.

Ils descendirent dans le quartier touristique. Il y avait d'immenses boutiques de part et d'autre. Les gens qu'ils croisaient étaient chaleureux. Ali ne savait plus où donner de la tête. Lui qui n'était pas branché shopping ne pouvait se défaire de cette envie de tout voir. Ils déambulèrent un long moment allant d'une vitrine à une autre, jusqu'à ce que l'estomac d'Ali se rappela à son bon souvenir. Maïwan le conduisit dans un restaurant tenu par des sirènes. Il put découvrir tout un tas de spécialités locales. L'espace d'un instant, il avait oublié tout ce qu'il s'était passé la veille.

Les heures s'écoulèrent agréablement pour les deux hommes. Maïwan veillait à ce qu'Ali passât un très bon moment. Il lui fit découvrir des endroits insolites. Il le voyait sourire et honnêtement cela n'avait pas de prix.

La fatigue commença à se faire ressentir pour Ali vers la fin de l'après-midi. Maïwan l'entraîna vers une auberge différente de celle où ils logeaient.

— On a déjà une chambre près du port, commenta Ali.

— Je sais, mais ce soir, nous ne serons que tous les deux et tu vas pouvoir apprécier les services qu'ils proposent ici.

— Comment ça ?

— Tu verras, c'est une surprise.

Ils entrèrent et furent accueillis par un triton qui était le gérant de l'établissement. Maïwan demanda une chambre bien précise. Elle se situait à l'écart. L'intérieur était sobre, mais assez grand pour ne pas se marcher dessus. Ali tourna sur lui-même, admirant les lieux. Il y avait une porte-fenêtre. Il s'y dirigea et découvrit un bassin dont l'eau avait l'air merveilleusement chaude.

— Ceci est une source chaude naturelle et privative. À part nous, il n'y aura personne. De plus, les utilisateurs de magie, feu, air et eau n'ont pas de risque de s'y noyer.

— Trop cool. C'est vraiment tentant.

— Alors, il ne faut pas hésiter. Viens, il y a des serviettes prévues pour, dans la salle de bains.

Il l'entraîna dans la pièce à côté afin de se changer. Il aimait venir ici quand il faisait escale. L'auberge appartenait à la famille de Noé. Ali ressentit une certaine gêne. Il n'avait pas oublié les lèvres de Maïwan sur les siennes. Tout était bien réel. Il tourna volontairement le dos à son supérieur et se déshabilla rapidement.

Ali sortit de la salle de bains au bout de quelques minutes, après avoir bataillé avec ses cheveux afin de les nouer pour ne pas être dérangé. Il s'avança prudemment du bassin.

C'était une source naturelle dans la roche. La vapeur qui s'en échappait empêchait de voir le fond. Instinctivement, il s'agrippa d'une main à Maïwan tout en avançant. Celui-ci sourit et posa sa main sur le bas du dos pour le guider. Il le fit entrer puis se dirigea vers une plate-forme légèrement immergée. Il s'assit et l'invita à le rejoindre. Ali tenta de mettre une distance raisonnable entre eux, mais Maïwan l'attira en lui attrapant l'avant-bras. Il le fit pivoter pour l'installer entre ses jambes, le dos du garçon contre son torse. Ses bras l'enveloppèrent sans pour autant le retenir.

Quand Ali sentit le corps du second contre lui, il ne put s'empêcher de rougir et de se raidir légèrement. La scène de la veille tournait en boucle. Son cœur se mit à battre à tout rompre. Il était persuadé que Maïwan l'entendait. Il sentit ce dernier poser sa tête sur son épaule.

— Alors cela te plaît-il ?

— O.. ou.. ouais, bredouilla-t-il.

— Tu as l'air nerveux. Ne me dis pas que c'est moi qui te mets dans cet état-là ?

— Pas du tout.

— Hum, tant mieux. Je ne voudrais pas que tu le sois à cause de moi. Je te préfère détendu entre mes mains.

Ali ne savait plus où se mettre. Les paroles soufflées à son oreille l'avaient fait frissonner. Il se demandait bien à quoi il jouait. Cela le mettait dans tous ses états. Il avait envie de se laisser aller, mais cela l'effrayait un peu. Il n'était pas tenté pour être officiellement « la putain du second », comme lui avait craché Tim. Ce souvenir lui soutira une grimace.

— Qu'est-ce qui ne va pas ? questionna aussitôt Maïwan.

— Rien du tout.

C'était vraiment le mauvais moment pour que son cerveau ne se mette à réfléchir. Il sentit les doigts de Maïwan dessiner des arabesques sur sa peau. Il finit par fermer les yeux et laissa son corps reposer contre le torse offert. Il voulait oublier ce qui tournait dans sa tête.

— Tu es un très mauvais menteur. Je le sens à travers ta peau que tu me caches quelque chose.

Maïwan déposa ses lèvres sur le cou le faisant frissonner. Il n'était pas doué avec les mots et était encore moins fleur bleue. Il préférait l'action à des heures de discussions, même en amour. Pouvait-il vraiment appeler ça l'amour ? Pas forcément, mais il ne pouvait nier qu'il n'était plus intéressé par d'autres personnes actuellement. Il préféra ne pas réfléchir à cela pour l'instant.

Il continua son manège pendant un bon moment, profitant du calme et détendant Ali de gestes habiles. Il l'entendait soupirer d'aise de temps en temps. Il commença à déplacer ses baisers le long de l'épaule. Instinctivement, Ali pencha sa tête, lui laissant un total accès. La bouche goûta amplement cette peau douce dont Maïwan avait envie depuis un moment. L'une de ses mains remonta le long de ce corps. Il lui saisit le menton et effleura ses lèvres. Ali rouvrit en grand les yeux à ce contact. Il croisa aussitôt celui du pirate et s'y perdit dedans. Il ne vit aucune moquerie ni tromperie. Quand elles se déposèrent à nouveau en appuyant un peu plus, il referma les yeux, savourant la délicieuse sensation. Son corps pivota légèrement et ses bras passèrent autour du cou du second de l'équipage. La tentation d'en goûter plus était trop forte pour qu'il y résistât plus longtemps. Il pouvait sentir force et douceur en même temps. Il avait l'impression que ce n'était pas le même homme qui le serrait et l'embrassait que celui qu'il côtoyait tous les jours.

Un éclair de lucidité frappa Maïwan et il mit fin au baiser un peu à contrecœur. Il appuya son front contre celui qui bouleversait son être.

— Si tu ne me dis pas stop maintenant, je ne pourrais pas m'arrêter. J'ai envie de toi depuis le début. Dis-moi d'arrêter avant que j'aille plus loin.

La déclaration quoique maladroite électrisa Ali. Les discussions de Doc' et Luigi lui revinrent en mémoire. Ainsi, ils avaient raison. Maïwan le désirait. Il tourna sa bouche vers l'oreille de Maïwan et lui souffla quelques mots, s'étonnant de son audace.

— Moi aussi.

Il n'en fallut pas plus à Maïwan pour sortir de l'eau, entraînant derrière lui Ali. Il était tellement excité qu'ils avaient perdu en chemin leurs serviettes qui scindaient leurs tailles. Ils n'allaient plus en avoir besoin vu les projets que le pirate avait pour eux. Il s'arrêta aux pieds du lit et reprit l'étreinte stoppée quelques instants plus tôt.

Ali répondait à ses gestes par des mouvements maladroits. Il se retenait de rire, ne voulant pas froisser le jeune homme qu'il avait entre les mains. Ce n'était finalement pas ce soir qu'il pourrait prendre complètement son pied. Mais il comptait bien lui donner un aperçu de ce qui l'attendait dorénavant. Il pouvait bien prendre son mal en patience, encore un peu. Il le fit basculer sur le lit avant de se positionner au niveau des chevilles et de remonter lentement. Après tout, la soirée ne faisait que commencer.

13

Ali fut réveillé en sentant une main effleurer ses hanches et des lèvres se posaient en haut de son dos. Il s'étira dans les bras de son amant de la nuit dernière. Finalement, ce qu'il avait pris pour un simple rêve ne l'était pas. Il garda quelques minutes les yeux fermés, se délectant de ce moment.

— Bien dormi ?

— Je pourrais rester ainsi toute la journée.

— Malheureusement, ce n'est pas possible. Comment va ta blessure ?

— Toujours en place., mais je ne ressens presque plus rien. Il est quelle heure ?

— Plus de dix heures déjà. Que dirais-tu d'une bonne douche et d'un copieux petit-déjeuner avant de retourner au port ?

— Oui, je meurs de faim, maintenant que tu le dis.

Maïwan se leva le premier et fut suivi quelques minutes plus tard par Ali. Il profita de ce rare moment d'intimité pour amener une nouvelle fois son amant aux portes du plaisir. Il fut tenté de le prendre, mais il ne voulait pas non plus l'effrayer avec sa libido active depuis quelque temps. L'abstinence n'était pas forcément une bonne chose. Ils descendirent ensuite petit-déjeuner. L'estomac d'Ali fut comblé avec le buffet à volonté. Ils utilisèrent le taxi aquatique pour retourner au port. Aucun des deux ne parla au sujet de ce qui se passait entre eux.

*

Il y avait déjà une certaine effervescence sur place. Les deux équipages, sous la direction de John, remplissaient les navires. Le symbole de Bahtiyar avait été remis en place à l'entrée de l'île. Ali alla aider le Doc' dans le réapprovisionnement de sa pharmacie, laissant son supérieur reprendre son rôle, le côté intime se rangeant au fond de chacun d'eux durant les périodes de travail.

John fit un rapide topo à Maïwan et lui annonça que Tim et les morts abandonnés de l'équipage de Ronald avaient été enterrés sur l'île avec l'aide de Telma à la limite de la forêt des épaves.

Les habitants de l'île préparèrent pour le soir même un gigantesque banquet. Ils voulaient remercier les pirates avant leur départ. Tout le monde but, mangea et dansa jusqu'à ce que chacun tombe de sommeil. Durant la fête, John, le Doc' et Luigi remarquèrent que quelque chose avait changé entre Maïwan et Ali. Ces derniers avaient passé la soirée à se chercher du regard.

— Cela faisait longtemps que je n'avais pas vu Maïwan se comporter ainsi, commenta Luigi.

— Oui, cela fait des années. La dernière fois, c'était avec Joy, feu la timonière, confirma John.

— J'espère qu'il ne va pas le surprotéger. Cela risquerait de se finir en combat. Ali a le sang chaud.

— Voyez l'avantage, il n'y a plus besoin de lui chercher un lit dans un des dortoirs sur L'Agentière, rajouta le Doc' avant de rire suivi par les autres.

Maïwan les rejoignit, mais ne sut jamais pourquoi ses amis riaient. Peu après une heure du matin, il entraîna discrètement Ali dans leur chambre de l'auberge.

*

Quelques heures plus tard, tout le monde ou presque se réveilla avec une gueule de bois. Après une distribution du remède miracle, les pirates de Bahtiyar s'apprêtèrent à lever les voiles pour rejoindre l'Argentière. Comme à chaque fois, il y avait du monde pour leur dire au revoir. Ali fut un peu triste de partir maintenant, mais il ne repartait pas les mains vides. Telma lui avait donné un sac rempli de joyaux et pièces d'or et de cartes en tout genre. Il espérait revoir cet ancien pirate un jour.

Les deux navires quittèrent l'île des sirènes pour se rendre directement dans le Territoire du Nord où les autres se trouvaient déjà. Comme pour la descente, le minimum de pirates travaillait sur le pont. Ali s'était installé au bureau de Maïwan afin de commencer à écrire son propre journal, relatant ses aventures. Tout était paisible à bord du navire. On avait du mal à croire, dans ces moments-là, que c'était un navire rempli de gens sans foi ni loi.

Au bout de deux heures de navigation, le navire commença à être secoué. Ali décida d'aller voir Luigi à la barre pour lui demander ce qui se passait. Il le trouva en pleine discussion avec Maïwan. Les deux hommes lui expliquèrent que les bateaux allaient utiliser un courant afin de remonter vers la surface. Le courant formait un tunnel. Quand ils pénétrèrent, les navires furent propulsés. Ali s'agrippa tant bien que mal à la rambarde. Il crut sa dernière heure arriver. Finalement, Le Canal des Hurleurs était calme à côté. Le navire fut projeté dans les airs avant d'atterrir sur une mer déchaînée.

— Mais qu'est-ce qui se passe ? demanda-t-il.

— Le point d'arrivée sur le côté est de notre territoire est une zone en permanence en pleine tempête, lui répondit Maïwan. On ne compte plus le nombre de bateaux qui ont disparu par ici.

— Vous voulez vraiment ma mort.

— Nous non. Par contre, en face, oui.

Ali regarda droit devant lui et aperçut plusieurs navires de la Marine. La sphère de Maïwan s'illumina.

— Il y a un sacré comité d'accueil, Maïwan. Ils sont plutôt loin de chez eux.

— J'ai vu, John. Mais avec ce temps pourri, ce serait prendre un gros risque. On va partir chacun d'un côté et les contourner.

— Pas de problème.

Maïwan donna les instructions à son équipage. Son navire vira à bâbord, tandis que celui de John partit à tribord. Ali regarda tout le monde s'activer, ne comprenant pas un traite mot. Il lança un regard perdu à Luigi qui éclata de rire.

— Demande à Maïwan l'un de ses livres sur la navigation. Si un jour, tu te retrouves seul en pleine mer que ferastu ?

— Du bateau-stop, répondit-il fièrement.

— Mignon comme tu es, je suis sûr que tu auras un grand nombre de navires qui te repêcheraient.

— Qui repêcherait qui ? demanda Maïwan qui arrivait au même moment.

— Ali a trouvé une idée géniale s'il…

— Stop Luigi !!! Ou je ne te parle plus pendant un mois entier.

— Eh, mais j'ai envie de savoir.

— Désolé, mais un mois sans lui parler, c'est trop cruel pour moi.

Maïwan n'insista pas, devant se concentrer sur les navires de la Marine qui les poursuivaient et leur tiraient des boulets de canon. Toutefois, il murmura quelque chose à l'oreille d'Ali qui le fit rougir jusqu'aux oreilles.

*

Il faisait presque nuit quand enfin le calme revint. Les deux navires séparés s'étaient retrouvés. Maïwan avait rejoint John sur son navire pour faire le point tranquillement. Ali donnait un coup de main à la cuisine avant d'aller dans sa cabine prendre des vêtements et se rendre dans la cabine de Maïwan pour se glisser sous l'eau de la douche. La journée fut riche en émotions et la fatigue le gagna. Il avait en prime quelques courbatures d'être resté si longtemps tendu.

Il n'entendit pas Maïwan entrer dans la salle de bains. La vue que celui-ci eut réveilla un désir qu'il devait absolument assouvir.

Il se déshabilla prestement et colla son corps contre celui d'Ali. Ce dernier sursauta sous l'effet de la surprise. Les mains de Maïwan se posèrent sur ces hanches. Il mordilla l'épaule le faisant frémir. Il avait découvert cette réaction la veille.

— Pourrais-je savoir maintenant de quoi vous parliez avec Luigi ?

— Non, c'est un secret.

— Il va falloir que j'utilise la manière forte alors pour te faire parler.

— Comment ça ?

— Comme ceci, dit-il en l'embrassant dans la nuque et sur les épaules. Et comme cela, en attrapant le membre couvert de mousse.

Maïwan l'excita plusieurs minutes, réveillant en lui le même désir qui l'habitait. Ali se mordait les lèvres, retenant le moindre son de plaisir. Il savait très bien que l'isolation du navire n'était pas très épaisse. Maïwan voyant son manège le retourna et se mit à genoux. Il posa ses mains sur les cuisses après avoir rincé le membre et le saisit avec sa bouche. Ali se mit à gesticuler sous la montée en puissance de son plaisir.

— Alors tu n'as toujours rien à me dire, questionna son amant en le relâchant.

— Ce n'est pas du jeu, Maïwan, dit-il.

— Dis-le-moi et j'abrège ton supplice.

— J'avoue, j'avoue.

Maïwan se releva, le sourire aux lèvres, et saisit les deux membres pour entamer un rapide va-et-vient.

*

Les deux amants étaient maintenant allongés dans le lit, se remettant de leur émotion.

— Je te hais Maïwan.

— Hum, tu as l'air très convaincant.

— Je ne vais pas oser sortir de la cabine demain. C'est ta faute.

— Ce n'est pas ce que tu disais il y a quelques minutes.

Il lui donna une claque sur le torse.

— On rejoint comment l'équipage, s'il est en pleine mer ?

— Grâce à cette boussole. Chaque gradé qui peut commander un de ces navires en possède une. Elle a une particularité, elle détient ce qu'on appelle le souffle de vie d'une personne. Suivant la couleur, on sait si elle va bien ou pas et où elle se trouve, enfin la direction à prendre.

— Tu en as une toi ?

— Bien évidemment. Je t'en donnerai une, pour le cas où tu en aurais besoin.

— Je doute de te perdre sur le navire.

— C'est sûr, aucune chance.

*

Le lendemain matin, Ali se réveilla seul dans le lit. Le soleil était déjà bien haut. Cela changeait de la veille. Il s'habilla rapidement et quitta la cabine sans oublier son épée. Il ne put échapper aux remarques grivoises de ses compagnons de bordée surtout concernant ses prouesses vocales. Il se promit mentalement de lui faire payer à la première occasion.

Vers le milieu de l'après-midi, un pavillon noir inconnu se rapprocha d'eux, les capitaines décidèrent de le laisser s'approcher afin de dérouiller un peu les armes. Le navire ennemi s'approcha lentement et lança l'abordage sur le navire de John. Pendant que ces derniers se défendaient, les pirates sous le commandement de Maïwan envahirent le bateau ennemi. Ali se glissa dans les cabines et avec l'aide d'autres, les vida de leur trésor.

— Eh, Luigi, regarde ce que j'ai trouvé ! s'écria-t-il.

— Oh une carte au trésor. Cela pourrait être amusant.

— Je la prends alors.

Moins d'une demi-heure plus tard, le bateau ennemi s'enfonçait dans la mer avec les survivants. Tout le butin fut déposé à fond de cale. Ali montra la carte qu'il avait trouvée. Maïwan lui annonça que la carte lui revenait de plein droit. C'était celui qui en découvrait une qui en devenait le propriétaire. Le butin de la pêche du jour serait réparti plus tard en partie égale entre les équipages.

La nuit commençait à tomber quand l'Argentière fut en vue. Maïwan annonça leur retour. Il fallut encore une bonne heure pour que les bateaux se rejoignent.

Une fête improvisée fut organisée pour fêter la victoire de l'équipage. Mais avant cela, Ali dut se rendre dans la salle de commandement. Quand il arriva, tous les gradés se trouvaient dans la pièce.

— Approche Ali. Tu n'as rien à craindre.

— On ne le dirait pas quand je vois vos têtes trop sérieuses.

— Maïwan m'a tenu informé de l'agression que tu as subie et du dénouement de cette affaire. Sache qu'à aucun moment, tu n'as été en tort. Tim a préféré la mort au pardon et en aucun cas, tu ne dois te sentir coupable. Tous ceux présents ici pensent la même chose.

— Facile à dire pour vous, lui répondit-il en retenant ses larmes qui menaçaient de s'écouler. Je sais très bien que l'on ne peut pas plaire à tout le monde, mais dès que je ferme les yeux, je revois son regard empli de haine et je ressens en permanence la lame qu'il m'a plantée. Sans compter que selon lui je suis la trainée du second.

Ali n'avait pu retenir sa dernière phrase. Il la gardait en lui depuis trop longtemps.

— Pourquoi tu ne me l'as pas dit avant ? demanda Maïwan en se rapprochant de lui pour lui apporter un soutien.

— Tu sais Ali, c'est notre rôle de gradés aussi d'être à l'écoute des membres que l'on a sous notre commandement. Il ne faut pas hésiter, rajouta Taddéo.

Chaque personne alla de sa consolation et encouragement. Ce fut pour Ali comme si un poids s'était enlevé de son cœur.

Pour la fête, il s'était mis à côté de Maïwan. Toutes les émotions de ces derniers jours eurent raison de ses forces et il finit par s'endormir contre l'épaule du second malgré le bruit environnant.

— Quel cachottier, tu fais Maïwan, quand même, lança Taddéo !

— De quoi ?

— Il n'y a pas de "de quoi ?". Tu aurais pu prévenir tes meilleurs potes que tu avais conclu avec Ali.

— C'est trop récent pour parler comme ça. Et puis c'est ma vie privée.

— Tellement privée que tes hommes ont entendu tes exploits la nuit dernière, renchérit Vlad.

— Au moins je suis doué pour le faire crier de plaisir.

Tout le monde, y compris Bahtiyar, rigola de bon cœur. Ali ne se douta même pas que ce fût de sa relation avec Maïwan qu'il fût question. Au bout de quelques heures, il réveilla Ali et l'entraîna.

14

La routine reprit à bord de l'Argentière pour tout le monde. Ali vit, par contre, son emploi du temps se charger. Tout en continuant d'aider aux cuisines, il jonglait entre ses entraînements et les cours de navigation que lui prodiguèrent ceux qui occupaient la barre. Il n'avait pas le temps de s'ennuyer, et souvent, il tombait littéralement de fatigue, le soir venu. Quand Maïwan le rejoignait, il ne pouvait que constater le sommeil profond de celui-ci. Ali avait repris l'habitude de dormir sur le lit d'appoint au grand désarroi de son amant.

Régulièrement, l'Argentière était la cible de la Marine ou d'autres équipages pirates, mettant du piment dans leur quotidien. Les escales étaient assez rares, mais à chaque fois, grandement appréciée. Des bagarres éclataient régulièrement dans les ports.

Ali s'habituait enfin à cette vie de hors-la-loi. Ses entraînements apportaient une modification de son corps, sculptant plus ses muscles. Le soleil qui se reflétait sur l'eau avait fait brunir sa peau. Ses cheveux avaient pris plusieurs centimètres, l'obligeant à passer des heures pour les démêler. Un matin, il en eut vraiment marre, et alla voir Héloïse afin de lui demander de lui couper ses cheveux pour qu'ils ne fussent plus si longs. Après une heure de coupe, il se retrouva avec un carré descendant aux épaules. Cela lui changea les traits du visage et le vieillit légèrement.

*

Pendant ce temps sur l'île des rêves
— Ça y est, ça recommence, la capitaine a encore tout ravagé.

Le pirate qui avait parlé était connu sous le nom de Cortes, le second de la Veuve Noire. Fidèle à la capitaine depuis la création de l'équipage, Cortes était captivé par cette femme pétillante, un véritable tourbillon d'énergie. La première fois qui l'avait vu se mettre en colère sans réel motif, ce fut au cours d'une partie de poker. Il avait même cru un instant qu'elle était possédée. Elle avait énormément de dégât ce jour-là et pour la première fois, elle avait écopé d'une mise à prix.

Depuis, il en avait l'habitude. Le plus spectaculaire était quand elle reprenait normalement le cours de sa vie, comme si jamais rien ne s'était passé. Cette capitaine était vraiment unique au monde. Une des rares femmes à s'émanciper des carcans de la société.

Il fallait dire qu'elle était orpheline et avait dû survivre par ses propres moyens. Une fille aux allures de mauvais garçons. Voilà ce qui pouvait la résumer. Ses longs cheveux noirs étaient entourés d'un bandana. Elle portait tout le temps une chemise blanche, outrageusement ouverte sur la naissance de sa poitrine. Un sarouel brun, scindé d'une large et longue bande de tissus jaune terminait sa tenue. Soan, de son prénom, était la femme avec la plus grosse prime. Près de trois cents millions de Rikas pour sa capture, morte ou vive. Elle était respectée de ses hommes. Les quelques rares personnes qui avaient tenté quelque chose de déplacé en avaient pris pour leur matricule.

Cela faisait deux jours que l'équipage était arrivé sur l'archipel. Il était parti se restaurer dans une taverne très fréquentée. Comme à son habitude, leur capitaine s'était mise en colère, effrayant les civils s'y trouvant. Maintenant, elle était à moitié écroulée sur la table encore intacte, la tête tournant légèrement après avoir ingurgité une ou deux bouteilles de Whisky.

La porte s'ouvrit brutalement et des agents de la Marine entrèrent, à la main. Les membres présents de la Veuve Noire furent pris au dépourvu.

— Tiens, tiens, tiens. Mais qui voilà ? demanda un haut gradé de la Marine qui semblait avoir un certain âge. En voici une belle brochette d'idiots.

— Mais, c'est le Vice-Amiral d'escadre Gidéon !

Ledit Gidéon s'approcha du capitaine enivré.

— Alors mécréante, c'est comme ça que tu me remercies pour tous les sacrifices que j'ai faits pour toi, rugit ce dernier tout en donnant un violent coup de pied dans la chaise.

— Bordel, mais qui est l'imbécile… Pourquoi tu es là, toi ?

— Mon port d'attache est juste à côté. Tu passes dans le coin et tu ne viens même pas me dire bonjour. Bon, vous autres, sortez tous d'ici. Je dois parler à cette crétine.

— Faites ce qu'il vous dit les gars, je gère.

Pirates, Marine et civils quittèrent rapidement les lieux, laissant les deux individus seuls.

— J'espère que tu n'es pas venu me dire de rentrer dans la Marine ou m'arrêter, tu perdrais ton temps.

— Je le sais très bien. J'avais pensé que tu en avais plus que ça dans ta tête. Mais non, tu n'écoutes rien. Des fois, je me dis que j'aurais dû te laisser à la rue.

— Je ne t'ai jamais rien demandé.

— Enfin bref, je ne suis pas venu pour me battre. Cela fait presque cinq ans que l'on ne s'est pas vu. Tu as beaucoup changé.

— Et toi, pas du tout. Tu es venu m'arrêter ?

— C'est vrai que je le pourrais, ici et maintenant, mais tu es comme ma fille. On dira que tu m'as échappé.

— Que vont dire tes supérieurs, s'ils apprennent que tu fricotes avec des pirates ?

— Le premier qui se la ramène, je lui ferme le clapet. À ton âge, tu devrais être mariée avec une ribambelle de mioches dans tes jupons.

— Franchement, tu me vois vraiment mère au foyer ?

Le silence s'installa quelques secondes avant qu'un rire gras ne résonnât dans la taverne.

*

Sur l'Argentière.

— Regardez tous, Ali a sa première mise à prix, s'écria Luigi.

— Quoi ? Une prime sur ma tête ! Fais voir.

— On dirait que tu as pris la pose pour la photo. Tu ne te prendrais pas un peu pour un playboy ?

— Comment se fait-il qu'ils aient une photo de moi ? Je n'ai jamais donné mon accord pour ça !

— Eh ben, soixante-dix millions de Rikas pour une première, je suis très impressionné, lui dit Maïwan en lui tapant sur l'épaule. En plus, tu es à ton avantage sur la photo. Quoiqu'un peu trop sexy dessus. Je vais devoir t'avoir à l'œil en permanence. Et surtout, ce sera une chemise boutonnée jusqu'au col.

— Non, mais attends. Ça veut dire, fini la tranquillité quand on fera escale ! Et je m'habille comme j'en ai envie.

— Pourquoi, tu trouves que c'est tranquille ?

— Non, c'est vrai. Qu'est-ce que j'ai fait au ciel pour être puni comme ça ?

— Tu m'as gentiment suivi.

— Non, je remets les faits dans l'ordre, tu m'as enlevé.

— Tu regrettes ?

— Au début oui, mais plus maintenant. Enfin ça dépend des jours.

— Je crois que je vais aller voir Taddéo, dit soudain Luigi. Je ne veux pas voir ça.

— Voir quoi ? demanda Ali.

— Je pense qu'il croit que je vais te prendre sur le pont.

— Hein !!! Pas du tout !!! Au secours, je suis chez les fous.

Tous les pirates présents éclatèrent de rire. Le soir même, tous les pirates fêtèrent la prime d'Ali.

*

Une nouvelle semaine passa et Ali prit enfin une grande décision. Il alla voir Rogue, le tatoueur de l'Argentière et lui demanda de lui tatouer le symbole de Bahtiyar sur le haut du torse. Ce qu'il ne savait pas et découvrit rapidement avec horreur était que la zone de tatouage choisi était extrêmement sensible. Il serra les dents, se retenant de hurler pendant près de trois heures, mais il ne put empêcher les larmes de couler. Quand Rogue eut fini, il lui donna quelques consignes et lui annonça qu'il devrait faire quelques retouches d'ici quelques semaines. Ali alla directement dans sa cabine pour attendre que la douleur s'atténue. Il ne voulait pas entendre les autres se moquer de lui.

Maïwan vint le trouver après le dîner, s'inquiétant de ne pas l'y avoir aperçu.

— Quelque chose ne va pas ? On ne t'a pas vu de l'après-midi ni au dîner.

— J'ai décidé de souffrir en solitaire, dit-il de sous la couette.

— Souffrir ? Qu'est-ce que tu as ? Tu as mal quelque part ? Tu veux que je t'ausculte ou que j'appelle Doc' ?

— Non pas la peine. Rogue a dit que j'allais déguster quelques jours.

— Rogue ? Mais qu'est-ce qu'il a à voir avec ta douleur ? Attends, ne dis rien. Montre-moi où tu l'as mis.

À contrecœur Ali se releva un peu et retira la couverture. Maïwan vit tout de suite la marque de l'équipage.

— Je ne savais pas que c'était si douloureux à cet endroit-là.

— Tu aurais dû m'en parler avant, je te l'aurais dit. Et puis je t'aurais accompagné.

— Je suis assez grand pour y aller seul. Et je dois y retourner dans quelques semaines pour des retouches.

— Tu veux manger un bout ? Taddéo, tu as fait un plateau spécial.

— Pourquoi pas. Si c'est Taddéo qui l'a préparé.

— Je vais aller te chercher un antidouleur pour la nuit.

— Merchi, je chuis preneur.

— Ne parle pas la bouche pleine.

Maïwan quitta la cabine. Il décida de passer voir les autres avant d'aller à l'infirmerie.

— Comme ça, il s'est enfin décidé à entrer définitivement chez les pirates.

— Même sans la porter, il faisait déjà partie de la famille.

— C'est vrai qu'Ali fait partie du décor, intervint Taddéo. Sans lui, le tableau serait fade. Dommage que notre cher second l'ait découvert en premier.

— Serais-tu jaloux, Taddéo ?

— Pas du tout. Moi au moins, je peux continuer à aller voir ailleurs lors de nos escales. Et puis il y en a toujours un qui a besoin d'un petit coup de main.

— C'est vrai que la personne qui s'enticherait de toi devrait te partager avec toutes tes conquêtes, renchérit Vlad.

— Que veux-tu, ils tombent tous sous mon charme.

Maïwan discuta un moment encore avant de retourner dans sa cabine. En y rentrant, il entendit le bruit de l'eau de la salle de bains et s'y dirigea tout en se déshabillant.

*

Quelques jours plus tard à bord de l'Argentière

— Capitaine, as-tu vu les dernières nouvelles ? interrogea Taddéo.

— Tu veux parler de ce nouvel équipage qui est entré sur notre territoire ?

— Encore une jeune imbécile.

— Apparemment, elle aurait déjà noué un pacte avec Wassim. Cela m'ennuie un peu. Elle a l'air vraiment très intéressante. Rester auprès de ce gredin ne fera que lui porter une fin précoce. Où a-t-elle été vue la dernière fois ?

— Du côté d'Angélia.

— Bien, alors, dirigeons-nous là-bas. J'ai envie de voir de quoi est capable cette tête brûlée.

— Je vais prévenir Maïwan.

Taddéo laissa Bahtiyar seul dans sa cabine et se rendit sur le pont pour informer le second de leur nouvelle destination.

— Il n'est pas sérieux là ? Ça va encore faire grand bruit, surtout si Wassim est dans les parages.

— Je le sais Maïwan, mais il y tient. Tu sais comme moi qu'il aura toujours le dernier mot.

— Comme d'habitude. Bon, alors cap sur Angélia.

— Tiens, au fait, où est Ali ?

— Avec Vlad. Il lui montre une de ses bottes de combat.

— Toujours envie d'apprendre notre petit prodige.

— Oui, enfin après ça dépend quoi. J'ai abandonné la navigation. Il n'a aucun sens de l'orientation.

— On ne peut pas exceller en tout.

— Oui, c'est sûr. Mais là, c'est jusqu'à ne pas différencier bâbord de tribord.

Maïwan donna les instructions à Luigi pour mettre le cap sur l'île où se trouvait Soan.

15

— Maïwan, trois navires de la Marine droit devant, s'exclama le pirate de la vigie.

— Déjà ! Je ne pensais pas qu'ils reviendraient à la charge si rapidement.

— On ne peut pas dire que l'on manque d'action en ce moment, renchérit Vlad.

— Tout à fait, mais tous les navires que l'on a croisés se dirigeaient vers notre destination. Pourtant l'information n'a pas filtré de chez nous.

— Tu crois qu'ils ont en vue la capitaine de la Veuve Noire ?

— Possible. Je vais voir père. Mais on va devoir sûrement s'en débarrasser avant d'arriver.

Depuis qu'ils avaient changé de cap, ils croisèrent une dizaine de navires de la Marine. Les pirates se battaient à tour de rôle. Maïwan utilisait à grand coup sa magie pour gagner du temps. Alors qu'il venait de recevoir les nouvelles instructions, il croisa Ali.

— On va encore se battre ?

— Eh oui. Cette fois, ce sont les équipes d'Héloïse et de Théo qui s'y frottent.

— Maïwan !

— Tu veux y aller ?

— Non. Mais toi, tu y vas ?

— Il faut bien surveiller que tout se déroule sans accroc. Mais je reviens vite.

— Ton pouvoir a l'air de te fatiguer.

— Ce sont les effets secondaires rien de dramatique. Mais ne t'en fais pas, j'ai l'endurance pour tenir encore un moment.

— Si tu le dis, mais fais attention quand même.

— Promis, lui répondit-il en déposant un baiser sur ses lèvres.

Maïwan rejoignit les unités qui partaient au front. Il planait avec la chaleur de ses flammes. Comme à chaque fois, le combat fut assez rapide et les trois navires de la Marine rejoignirent les autres épaves au fond de l'océan.

Quand Maïwan revint, il passa le relais à Vlad et Taddéo. Il partit à la recherche d'Ali afin de l'emmener dans leur chambre. Il avait à lui prouver qu'il était toujours en forme. Ce dernier ne voulut pas le suivre, ne se sentant pas du tout fatigué, se retrouva jeté sur l'épaule du second.

— Maïwan lâche moi tout de suite. Je ne veux pas me coucher en pleine journée.

— Ne t'inquiète pas, je vais m'occuper de toi pour t'épuiser. Tu vas voir comment je tiens la route encore.

Les pirates à proximité rigolèrent et lancèrent des blagues grivoises. Ali les foudroya du regard et leur promit de se venger à son retour.

Comme promis, Maïwan s'occupa de son amant qui n'était plus qu'un être consumé par le désir, sous ses mains expertes. Quand ils atteignirent le point de non-retour, Ali ne put retenir un cri de plaisir. Il s'endormit le premier, suivit de peu par Maïwan.

Sur le navire, tout le monde avait évité de passer dans le couloir des cabines des hauts gradés, afin de laisser au couple un peu d'intimité.

*

L'île de destination fut enfin en vue au loin. L'Argentière fit escale derrière un récif. Le plan d'intervention était en cours d'élaboration. Pour le terminer, ils attendaient encore les informations que collectaient les éclaireurs. Dans le lot, Luigi et Ali faisaient équipe. Les deux prirent place sur une barque de sauvetage et réalisèrent un détour afin de pénétrer sur l'île sans être découverts.

— Tu vois les deux rochers ? demanda Luigi.

— Oui.

— On va y planquer notre embarcation et nous longerons la forêt à pied. La nuit ne va pas tarder. Tu devras faire un maximum attention, nous ne pourrons pas utiliser de torche.

C'était la première fois qu'Ali participait à une mission aussi périlleuse. En plus de l'adrénaline qui coulait dans ses veines, il y avait un soupçon d'appréhension. Allait-il être à la hauteur ? Il ne voulait pas être un fardeau pour son partenaire.

Ils marchèrent durant un bon quart d'heure avant d'apercevoir à quelques mètres de la plage, le navire de la Veuve Noire. Celui-ci avait jeté l'ancre entre les rochers. La lune rendait le navire encore plus sinistre que sa réputation. D'un signe, Luigi dirigea les opérations et guida Ali avec une aisance plutôt déconcertante.

L'équipage ennemi se trouvait en bordure de sentier. Ils repérèrent chaque membre qui le composait, tout en étudiant leur mouvement. Sans prendre la moindre note, Luigi semblait tout retenir.

— Nous avons terminé. Rebroussons chemin et retournons sur L'Argentière.

Par chance pour eux, le trajet inverse se fit sans rencontrer d'obstacle. Les pirates étaient en train de festoyer sans la moindre crainte. Ali et Luigi ramèrent, éclairés par la lune. L'ambiance était étrange pour le dernier venu. Malgré le danger, Luigi ne paraissait pas le moins du monde tendu. Quand ils approchèrent du navire, ils furent aidés pour remonter à bord.

— Alors Luigi ? demanda aussitôt Maïwan en s'approchant d'eux.

— Nous avons compté dix-sept membres à terre. Il doit y en avoir quatre ou cinq sur leur navire. La sécurité est au minimum.

Luigi traça sur une feuille qu'on lui avait tendue, un plan schématique de l'île, ainsi que la position de L'Argentière et celle de la Veuve Noire. Maïwan écouta attentivement chaque détail. Derrière eux, Bahtiyar ne loupait rien non plus de l'échange.

— Très bien, très bien. Attendons la fin de la nuit avant d'amarrer.

— En tout cas, leur capitaine semble bien tenir l'alcool, indiqua Ali. Elle a une de ses descentes.

— Oh, oh, notre petit mousse serait tombé sous le charme d'un ennemi, accusa Taddéo. Attention, ça sent le serrage de bride.

— Mais pas du tout. Je n'ai fait qu'observer.

— Allez, dis-moi tout, serais-tu intéressé par cette donzelle ? lui chuchota Taddéo.

— Qui veut aller voir ailleurs ? intervint Maïwan tout en faisant craquer ses doigts.

— P... Personne. Je dois aller me changer. Bonne nuit tout le monde.

Ali disparut en un éclair dans les couloirs du bateau. De son côté, Maïwan était parti dans la salle de commandement avec toutes les personnes concernées pour finaliser enfin l'attaque.

— Vu que la Marine cherche à la capturer à tout prix, elle doit être très balaise, rajouta Taddéo.

— Et Wassin semble aussi intéressé. Ses navires suivent la même trajectoire, renchérit Vlad.

— Il n'y a aucun doute que sa force et son caractère serait un atout plus qu'intéressant pour notre équipage. Pour autant, elle n'est pas seule et il ne faut pas négliger les autres membres. Nous avons essuyé de nombreuses pertes au cours de ses derniers mois. Les avoir sous notre pavillon renforcerait notre puissance, expliqua Bahtiyar.

— Alors il faudra faire en sorte de les capturer sans les tuer, en déduisit Maïwan.

*

L'attente parut durer une éternité pour tout le monde. Chacun attendait sur le pont principal les ordres du capitaine. Ali se trouvait avec son groupe sous la direction de

Maïwan. Comme les autres, il ne connaissait toujours pas les directives et il commençait à s'impatienter.

— Tu crois que tout le monde va pouvoir descendre ? demanda-t-il à Luigi.

— Je ne pense pas. Il n'y a pas énormément d'adversaires en face et nous voulons ramener chaque ennemi à bord pour les enrôler, si j'ai bien compris.

— Pourquoi ne pas discuter avec eux alors ?

— Tu te vois dialoguer comme des amis ?

— Peut-être pas comme ça, mais bon, on n'est pas des sauvages non plus.

— C'est sûr. Nous ne sommes que des pirates.

— Bien, les équipes de Maïwan et Taddéo, vous allez descendre. On s'amuse, mais on ne tue pas, commanda Bahtiyar.

Ali se retint de sauter de joie.

— Pas de problème. Tu viens Ali ? questionna Taddéo.

— Oui ! J'arrive s'écria-t-il en lui emboîtant le pas.

— Dis Maïwan, tu es sûr qu'Ali est toujours un garçon innocent ? demanda Vlad.

— Je crains que nous ayons déteint sur lui, répondit-il en levant les yeux au ciel.

*

De leur côté, les pirates de la Veuve Noire somnolaient sur la plage. Il n'y avait pratiquement plus personne en état de monter la garde.

Une partie des pirates de L'Argentière s'étaient réparti le travail et tandis que les autres se dirigeaient vers le bateau, les équipes de Taddéo et Maïwan entouraient ceux qui comataient à l'extérieur. Luigi et Maïwan étaient les plus proches de la capitaine. Alors que le signe allait être donné, un membre de l'équipage adverse sonna l'alerte.

— Nous sommes attaqués !!!

Aussitôt, tout le monde se remit sur leurs jambes, armes à la main. Les lames des épées s'entrechoquèrent. Dans chaque camp, la rage de vaincre semblait les rendre invincibles. Les coups étaient violents, personne ne voulait perdre la partie. Malheureusement pour les membres assaillis, la partie était pratiquement bouclée. Ils n'étaient pas assez nombreux pour faire face et les restes de la soirée arrosée se faisaient encore ressentir.

Ali se battait avec son épée et le sourire jusqu'aux oreilles. Ses adversaires n'étaient pas de petits pirates de pacotilles. Il se retrouva face à face avec le second de l'équipage. Il était vraiment très doué et surtout très rapide. Malgré sa concentration, Ali rata un coup qui vint entailler sa cuisse légèrement.

— Et merde, Maïwan va me passer un savon.

— Qu'est-ce que tu racontes le mioche ? Tu aurais dû rester dans les jupes de ta mère.

— Pour qui me prends-tu ? Je vais te faire ravaler tes paroles.

Ali sentit la rage monter en lui. Il détestait vraiment qu'on le prenne de haut. Avec sa colère, il déclencha involontairement son pouvoir. Les pirates autour de lui non habitués tombèrent comme des mouches, projetés au loin, l'adversaire d'Ali y compris.

— Ben alors, qu'est-ce qui t'arrive ? questionna Taddéo en se rapprochant de lui.

— Désolé, je ne sais pas ce qui s'est passé.

— Je dirais que tu as libéré une fois de plus ta magie.

— Qu'est-ce qui se passe ? demanda Maïwan en arrivant à son tour.

— Disons qu'ils sont tous tombés sous mon charme, répondit Ali avec un sourire d'ange. Tu avais raison, je suis irrésistible.

— Je crois surtout qu'il ne faut pas t'énerver, rajouta Taddéo. Bon ceux qui restent debout, vous feriez mieux de vous rendre. On est gentil pour une fois, on vous laisse le choix entre nous rejoindre ou repartir à zéro. Alors que choisissez-vous ?

Après quelques instants, les hommes de la Veuve Noire jetèrent leurs armes à terre. L'équipe de Taddéo se chargea donc de faire embarquer ceux qui acceptaient de devenir des subalternes de Bahtiyar.

— Putain de merde, pesta Ali en s'appuyant sur sa jambe blessée.

— Quelle vulgarité venant de toi, commenta Maïwan. Qui a osé t'apprendre ça ?

— Ces expressions sont venues à moi naturellement, sans professeur pour les enseigner.

— Il ne t'a pas loupé l'autre, remarqua Taddéo. Tu vas être bon pour les points de suture.

— Ah ! Hors de question. Ma cuisse va très bien. Un pansement et se sera parfait, paniqua Ali.

— Tu n'aurais pas pu me le dire plus tôt, s'insurgea Maïwan.

— Je n'y ai pas pensé. Mais ce n'est rien de grave.

— Allez, je t'emmène te faire soigner.

— Non, c'est bon, je n'en ai pas besoin, dit-il en reculant tout en serrant des dents.

— Ali, ne me mets pas en colère, insista Maïwan en se rapprochant.

— Je ne veux pas qu'on me recouse, gémit-il d'une toute petite voix.

— Attends, ne me dis pas que tu as peur des aiguilles ? réagit Taddéo soudainement. Tu t'es quand même fait tatouer il y a peu.

— C'est différent. S'il te plaît, Maïwan, oublie que je suis blessé. C'est qu'une égratignure, supplia-t-il.

— Hors de question, lui répondit ce dernier en l'attrapant et la jetant sur son épaule.

— Maïwan, repose-moi tout de suite.

— Je suis ton supérieur, alors tu vas obéir gentiment.

— Taddéo, pitié, sauve-moi.

— Désolé beau gosse, mais je me range du côté de Maïwan.

— Bande de traîtres !

— Tu nous remercieras plus tard qu'on ne te coupe pas la jambe à cause d'une infection. C'est si vite arrivé.

Maïwan le conduisit à l'infirmerie et resta avec lui en attendant le Doc'. Quand ce dernier arriva, il trouva une Ali plus pâle qu'un fantôme. Maïwan lui raconta la dernière phobie de son subordonné.

— Eh, ce n'est pas pareil un tatouage et se faire recoudre, s'offusqua-t-il. Et puis ce n'est rien de grave, un petit pansement suffira.

— C'est moi le médecin et au vu de la taille de la plaie, je dirais une dizaine de points de suture.

— Non ! s'écria-t-il.

Ali voulut tenter de fuir, mais Maïwan le maintint. Avant qu'il ne puisse réagir, Doc' lui injecta un anesthésiant. Il sentit ses paupières devenir lourdes et sombra dans l'inconscience non sans avoir maudit son supérieur.

— Il va -t'en vouloir à son réveil, commenta Doc'.

— Sa santé d'abord. Et comment va Soan ?

— Elle va sûrement dormir une paire de jours. Tu n'y es pas allé de main morte.

— Et ses hommes ?

— Ça va. Taddéo y a été pour une fois avec le dos de la cuillère. Des blessés légers. Je pense que c'est plus la défaite qui les a blessés dans leur amour propre. Que va-t-on en faire ?

— Le capitaine les intégrera prochainement aux différentes équipes suivant leurs compétences.

— Ça va être animé dans les semaines à venir.

— Je le pense aussi

16

— Encore gagné ! Génial !!! Par ici, la monnaie, s'écria Ali.

— Non, mais, je n'y crois pas, s'insurgea Taddéo. Ça fait quatre parties d'affilée que tu gagnes, alors que ce matin, tu ne savais même pas y jouer.

— J'ai de bons professeurs, que veux-tu !

— Je vous avais prévenu qu'il apprenait très vite ce genre de chose, rappela Maïwan

— Dommage que tu n'apprends pas plus vite le reste, commenta Taddéo.

— Tu dis juste ça, parce que tu es mauvais perdant.

— Je vois que vous vous amusez bien ici, s'exclama Doc'.

— Salut Doc'. Comment va Soan ? demanda Ali.

— Elle ne devrait pas tarder à se réveiller, je pense.

— Tant mieux, j'ai hâte de pouvoir discuter avec elle. Une femme capitaine pirate, ça ne doit pas être facile tous les jours.

— Tu es vraiment sûr de vouloir discuter avec elle ? Tu sais, elle avait l'air assez hargneuse avant de perdre connaissance et le fait d'avoir perdu contre moi, risque de ne pas arranger les choses, intervint Maïwan.

— On verra bien. De toute façon, nous l'avons déjà accueilli ici.

— J'en connais un qui n'a pas accepté tout de suite la proposition non plus.

— Ce n'est pas pareil. Tu m'as kidnappé.

— Et on est reparti pour un tour, commenta Taddéo. Tu as vraiment la rancune tenace. Et aux dernières nouvelles, on vient de faire la même chose pour tout un équipage.

— Bon, on se refait une partie ou on continue de parler dans le vide ?

— Je vais devoir arrêter, c'est l'heure de préparer le dîner.

— Ah chouette et c'est quoi au menu ?

— Soupe d'algues et requin.

— D'ailleurs, Ali, tu n'as pas aussi quelque chose à faire ? demanda Maïwan.

— Ah !!! J'ai oublié que je suis à la vigie jusqu'à minuit. Maïwan, tu peux récupérer mes gains et Taddéo, garde-moi un menu pour ma fin de service, dit-il en partant en quatrième vitesse.

— Ne t'en fais pas, je te mets ça au chaud. Dis donc Maïwan, c'est qu'il devient autoritaire notre petit Ali.

— Ne m'en parle pas. Il prend de plus en plus d'assurance.

Ali monta rapidement à la vigie et se retrouva avec Luigi. C'était devenu son binôme depuis leur première aventure. Luigi était devenu pour Ali comme un grand frère. Le temps de surveillance passait toujours très vite. Mais cela n'empêchait pas pour le plus jeune de détester les tours de garde qui empiétaient sur son sommeil. La seule chose dont il était sûr, c'était que Maïwan l'attendait en remplissant le journal de bord de l'Argentière.

Depuis l'affrontement entre les pirates de Bahtiyar et ceux de la Veuve Noire, le calme régnait en maître à bord. Les hommes avaient été répartis au mieux. Désormais l'Argentière naviguait en continu avec deux autres navires pour ne pas être trop serré à bord. Seul Cortes, l'ancien second de Soan, refusait d'en intégrer une tant que son capitaine n'avait pas pris sa décision. Tout le monde semblait respecter ce choix plus qu'honorable.

*

Le lendemain matin, Ali partit en mission de ravitaillement avec l'équipe de Théo. Cela ne faisait que quelques heures qu'il était en route, que sa sphère s'illumina.

— Ne me dis pas que je te manque déjà, Maïwan.

— Oh comme le navire est vide quand tu n'es plus là.

— Taddéo !!! Qu'est-ce que tu fais avec la sphère de Maïwan ?

— Il me l'a prêté pour que je puisse t'annoncer que Soan s'est réveillée et que tu as loupé sa tentative de meurtre.

— Pourquoi je loupe le meilleur à chaque fois ?

— Ne t'en fais pas, tu reviens dans deux jours et elle ne sera pas partie. Je te raconterai tout.

— Tu as intérêt à n'oublier aucun détail. Je veux absolument tout savoir.

— Pas de soucis. Allez, à plus tard.

Ali retourna auprès de Théo. Ils arrivèrent sur une île dédiée aux commerces vers le milieu de l'après-midi. Ali ne savait plus où donner de la tête, au vu de tous les étals de part et d'autre. Ils firent dans un premier temps la commande pour le ravitaillement de l'Argentière avant de faire des emplettes personnelles. Pour tout le monde, ce fut un moment de pur bonheur. Ali disposait d'assez d'économie pour se faire plaisir. Il acheta en premier des vêtements pour le quotidien, facile à porter surtout en cas de combat. Voyant qu'il lui restait encore une certaine somme, il décida de trouver un cadeau pour Maïwan.

Il ne voulait pas jouer les romantiques, mais un petit souvenir de l'île lui plairait probablement. Seulement, il n'arrivait pas à arrêter son choix. Ali se rendit compte à quel point, il ne connaissait pas réellement son amant. Il finit par partir à la recherche de Théo, afin de solliciter son aide. Ce dernier, très étonné dans un premier temps, finit par accepter.

— Tu sais, Maïwan n'est pas difficile à contenter. Un livre sur la médecine ou les cartes lui plaira à coup sûr.

— Vraiment ? Des livres lui suffisent ?

— Tout à fait. Tu ne l'as jamais vu avec un ouvrage à la main ?

— Je n'ai jamais fait attention.

— Et toi, qu'est-ce qui te rendrait heureux ?

— Moi ? Faire un tour dans une armurerie.

— Tu vois, il n'y a donc aucune différence entre toi et Maïwan. Pour vous faire plaisir, il suffit de satisfaire votre passion.

Les deux pirates trouvèrent une librairie et après une demi-heure de recherche, trouvèrent des ouvrages assez rares. Ali était content de sa journée sur l'île et regretta même que cela fût aussi court.

Il passa une partie de la soirée à parler avec Maïwan via leur sphère. Il lui relata sa journée, omettant de lui signaler ses achats. Alors que leur discussion s'achevait, Ali entendit un bruit sourd provenant de l'Argentière.

*

La sphère en main Maïwan se dirigea sur le pont. De là, il vit de la fumée provenant de la chambre de Bahtiyar.

— Je dois te laisser. Soan vient de faire du grabuge. À bientôt.

— Attends Maïwan.

Maïwan rangea la sphère dans sa poche et rejoignit son capitaine au plus vite. Ce dernier n'avait pas perdu de temps et avait déjà donné les ordres pour éteindre le début d'incendie qui s'échappait de la cale avant. Maïwan n'avait pas à chercher le ou plutôt la coupable qui était plaquée au sol par deux hommes. C'était à prévoir que Soan n'accepterait pas si facilement d'intégrer l'équipage.

*

Soan n'abandonna pas facilement et recommença à trois reprises de saborder le navire ou de fuir avant le retour d'Ali. Elle échoua à chaque fois à son grand désarroi. Tout le monde reconnaissait son courage, mais aussi sa folie à s'obstiner de la sorte. Personne ne comprenait son geste. Elle n'était pas prisonnière. Chacun y allait de son hypothèse.

Ali rencontra pour la première fois Soan le lendemain de son retour. Il était le premier debout, Maïwan ayant été de surveillance toute la nuit. Il se glissa hors du lit, s'habilla prestement et quitta la cabine pour se rendre en cuisine où il était sûr d'y retrouver Taddéo. En passant sur le pont, il aperçut Soan accoudée au bastingage. Il vit alors enfin la possibilité de lui parler. Ali avança vers lui tranquillement avant de sauter pour s'asseoir sur la rambarde.

— Salut, on ne s'est pas encore rencontré. Je m'appelle Ali. Et toi, c'est Soan ?

— Et qu'est-ce que cela t'apporte de connaître mon nom ?

— Ben, c'est plus sympa pour discuter, de connaître le prénom de l'autre.

— Je n'ai pas envie de discuter forcément avec toi.

— Ah bon. C'est dommage. Je suis sûr qu'en plus, on doit avoir plein de points communs.

— Ah ouais, comme quoi ?

— Ben, tout d'abord, nous venons tous les deux de la même région, si j'ai bien lu ta biographie dans le journal la dernière fois. Ensuite, il y a…, voyons voir… Ah oui, je sais. Toi et moi, on a été embarqué de force sur l'Argentière.

— Pourtant, on ne le dirait pas, pour ton cas.

— Oh, tu sais, les débuts ont été très difficiles. Quand Maïwan a débarqué sur mon île et m'a kidnappé, ce fut très dur pour moi. Cela ne fait que quelques mois que je suis devenu pirate par la force des choses. Bon après, je me dis que c'est quand même mieux que ce que ma mère prévoyait.

— Et elle te prévoyait quoi ?

— Me marier pour que je me tienne enfin tranquille. Une vie en enfer, quoi.

— Ah ! ah ! Tu m'étonnes. Mais pourquoi tu n'as pas tenté de t'enfuir ?

— J'ai fait un deal avec Maïwan. Je restais quelque temps avec eux pour découvrir la vie de pirates et si vraiment cela ne me plaisait pas, il me ramenait chez moi. Mais aujourd'hui, je n'ai plus la moindre raison de vouloir partir. Ils m'ont tous accueilli à bras ouverts, ils sont vraiment sympas quand on les connaît. J'avoue que des fois, ils sont trop envahissants et protecteurs avec moi, mais je les remets en place. Pour moi, c'est devenu une seconde famille.

— Dans la piraterie, il ne peut y avoir de famille, lui répondit-elle en se renfermant sur elle-même. Tôt ou tard, il y a toujours quelqu'un pour trahir.

— Pourtant, c'est le cas, ici. Enfin presque, rajouta Ali avant de se taire en repensant à l'affaire qui s'était conclue par la mort de l'un des leurs.

Ali observait du coin de l'œil Soan, tentant de comprendre ce qui pouvait la bloquer autant. Elle devait certainement cacher quelque chose, et cela n'en émoustilla que plus sa curiosité.

— Dis Soan, pourquoi essayes-tu de couler le navire, tous les jours ?

— Pour récupérer mon équipage et anéantir l'homme qui se dit puissant.

— Et ça t'apporterait quoi ? Tu aurais tous les pirates de ce navire sur le dos. Tu ne t'en sortirais pas vivante.

— Tu es un mec, tu ne peux pas comprendre.

— Eh ! C'est quoi ces propos misogynes ? J'ai l'impression d'entendre Vlad ou Théo quand ils parlent des infirmières. Ce n'est pas parce que tu es une fille qu'ici on te ménagera ou qu'on te regardera autrement. Tu es ce que tu veux laisser paraitre. Si tu ne veux pas qu'on te prenne pour une de ces nanas des bas quartiers, alors affirme-toi devant tout le monde.

Soan voulut lui répondre, mais l'estomac d'Ali fit un boucan d'enfer.

— Ah oui, c'est vrai, je me suis levé parce que je mourrai de faim. Tu viens ? Il doit y avoir des croissants bien chaud.

— Non, je n'ai pas faim pour le moment.

— Comme tu veux. À plus tard alors.

Durant le petit-déjeuner, Ali réfléchit à son échange avec Soan. Quelque chose le chiffonnait, mais il n'arrivait pas à mettre le doigt dessus.

*

Ali passa les jours suivants dans une certaine routine en parlant tous les matins à Soan, même si c'était lui qui faisait la discussion avec de longs monologues. Cela se terminait par le départ du jeune pirate pour le petit-déjeuner.

Durant la journée, Soan tenta continuellement de saboter le navire, mais elle échouait à chaque fois. Elle finissait de temps à autre à l'eau. Bien évidemment cela ne changeait pas les habitudes de l'équipage mettant juste un peu d'animation à leur quotidien. Maïwan ou Taddéo s'occupaient de veiller à ce qu'elle mangea un minimum. Ils ne désespéraient pas de lui faire changer d'avis.

*

Un mois entier s'écoula à nouveau sans de grands changements. Taddéo revint de mission en début d'après-midi avec une grande nouvelle.

— Salut Maïwan. Comment ça va depuis la semaine dernière ?

— Salut Taddéo. Rien de neuf, toujours dans le même quotidien. À croire que les ennemis ont décidé de se calmer. Et toi alors ? Apparemment, l'équipage que tu as affronté était balaise.

— En effet, mais nous en sommes venus à bout. Dis-moi, où se trouve mon petit feu follet ?

— Comme d'habitude, il essaye de battre Vlad à l'épée.

— Il est aussi borné que Soan.

— Oui, mais pour elle, je pense que cela a assez duré. Il est grand temps qu'elle nous donne sa décision définitive. Nous avons été plus que patient. Ça commence à créer des tensions dans l'équipage.

— Tu as raison. Je vais retrouver Ali, j'ai des nouvelles concernant sa carte au trésor.

— Ah non, ne lui remets pas ça en tête. Il va me harceler pour qu'on s'y rende.

— Je suis sûr que père sera d'accord.

Maïwan se dirigea vers Soan afin de lui donner son assiette. Cette dernière était assise toujours à la même place et ne prit pas la peine de lever la tête. Elle ruminait encore de sa défaite plus tôt dans la journée. Maïwan s'installa contre le bastingage et regarda vers l'horizon.

— Dis, pourquoi ne m'avez-vous pas encore viré du navire ?

Maïwan le regarda et sourit avant de lui répondre.

— Tout simplement parce que le capitaine a décidé que tu avais les tripes pour rejoindre notre équipage. Quand il a une idée en tête, il ne s'en défait pas si facilement. Et puis qu'as-tu à perdre en abandonnant ton ancien pavillon ?

Maïwan allait retourner sur le pont principal quand il sentit une tornade le percuter, le faisant presque tomber.

— Maïwan !!! cria Ali en arrivant vers lui en courant.

— Ne me brise pas les tympans et descends de là. Tu n'es pas un singe.

— Pas tant que tu n'as pas dit oui.

— Je vais massacrer Taddéo.

Le couple entendit un rire et leva la tête pour apercevoir Soan en train de retenir tant bien que mal un fou rire.

— Soan, s'il te plaît. Aide-moi à le convaincre.

— Ah non, ne me mêle pas à ça. Et je ne sais même pas de quoi il est question.

— D'une carte au trésor. Taddéo a trouvé des infos sur ma carte. Mais Maïwan refuse de me laisser y aller. S'il te plaît, Maïwan, dis oui !

— Ce n'est pas moi qui prends ce genre de décision.

— Bon, je vais aller voir le capitaine. Je suis persuadé qu'il me dira oui.

Sur ces mots, Ali se redressa et partit en direction de Bahtiyar. Il s'arrêta avant de se retourner.

— Soan, tu as intérêt à dire que tu restes quand je reviens, c'est-à-dire dans quelques minutes.

Soan et Maïwan le regardèrent partir avant d'éclater de rire.

— Bon, je crois que je ne vais pas avoir le choix, finit par dire Maïwan, une fois le fou rire passé. Et toi non plus, d'ailleurs.

— Il veut toujours avoir le dernier mot ?

— Toujours. On se prend souvent la tête pour ça. Il a tendance à oublier qui c'est l'autorité.

— Cela ne doit pas être évident tous les jours.

— C'est vrai. Cependant, il ne serait pas vraiment notre Ali s'il était trop docile et raisonnable.

— Tu as sûrement raison.

*

Le soir même, une grande fête fut organisée pour l'intégration officielle de Soan, mais aussi pour la prochaine aventure qui se profilait à l'horizon. L'île pour la chasse au trésor ne se trouvait qu'à une journée en bateau. Une dizaine de volontaires allaient accompagner Ali dont Noé et Héloïse.

17

— Tu as pensé à prendre tout ce dont tu as besoin ?

— Pour la dixième fois, Maïwan, oui. Et je ne pars pas loin. Dans moins d'une semaine, je serais de retour. Ce n'est pas la première fois que je pars sans toi.

— Je sais, mais je ne veux pas que tu fasses un cinéma à Héloïse et Noé parce que tu auras oublié quelque chose.

— Tu interprètes cela de cette manière, car le capitaine a donné son accord alors que tu n'étais pas favorable à mon départ. Je ne suis pas inexpérimenté en matière d'aventure.

Il déposa un rapide baiser sur les lèvres de son amant et quitta sa cabine pour rejoindre tout le monde sur le pont.

— Ça y est, Ali, prêt pour le grand départ vers l'aventure ?

— Oui Taddéo. Je te confie mon enflammé. Empêche-le de se morfondre ou il risquerait de s'éteindre.

— Il sera fait selon tes désirs. Mais tu vas me manquer aussi.

— Je reviens vite. Vous n'êtes pas possibles tous les deux. Ils sont où les redoutables pirates ?

— Tu marques un point.

— On y va ? demanda Héloïse qui arrivait à leur hauteur.

— Oui je suis prêt pour cette escapade. À bientôt tout le monde.

Ali monta à bord du navire d'Héloïse. Sur le pont du bâtiment principal, les pirates faisaient des grands signes, auxquels ceux qui partaient répondirent. Rapidement, l'Argentière ne fut plus qu'un petit point sur le grand océan. Héloïse lui fit visiter ses nouveaux quartiers. Bien que l'extérieur fût identique à tous les autres, l'intérieur était totalement différent. Il put tout de même avoir sa propre cabine. Héloïse réussit à l'intégrer facilement dans le quotidien de son groupe.

— Vu qu'on se déplace avec la grande voile et que le vent est avec nous, on sera sur l'île plus vite que prévu.

— J'ai trop hâte de démarrer cette chasse au trésor.

— Même si cela a l'air amusant, il ne faut pas oublier le danger. Donc pas de précipitation. On réfléchit avant d'agir.

— J'ai l'impression d'entendre parler Maïwan.

— Tu sais, j'en ai vu du monde s'enthousiasmer pour une chasse au trésor qu'ils en oubliaient le danger et qui y sont restés.

— Ne t'en fais pas, je serais très prudent. Je tiens à retourner sur l'Argentière.

— Bien. Et si on étudiait ta carte un peu.

Ali sortit sa carte ainsi que le carnet où il consignait toutes ses notes. Pendant plus de trois heures, ils étudièrent l'ensemble des données. Pendant ce temps, ce fut Noé qui s'occupa de la navigation. La journée défila rapidement et la routine de l'appel de Maïwan, le soir, reprit.

*

Sur l'Argentière, Soan se faisait peu à peu à sa nouvelle situation. Sa première journée fut consacrée à la visite du navire par Taddéo, ainsi que la pose de l'emblème de Bahtiyar sur son épaule. Le fait que tout le monde l'ait accepté sans problème la gênait un peu. Elle ne comprenait pas comment ils pouvaient lui pardonner d'avoir tenté de saborder le navire et comment le capitaine faisait pour agir comme si rien ne s'était passé. En déambulant dans les longs couloirs, elle entra dans la bibliothèque. Elle était vraiment immense. Elle trouva Maïwan en train d'étudier plusieurs ouvrages.

— Salut Soan.

— Salut Maïwan. Je ne te dérange pas trop.

— Pas du tout. C'est pour tout le monde.

— Tu lis quoi ?

— Je fais des recherches sur l'île où s'est rendu Ali avec Noé et Héloïse.

— Tu n'as pas l'air tranquille.

— Non en effet. Quelque chose me chiffonne, mais je n'arrive pas à mettre le doigt dessus.

— Pourquoi ne l'as-tu pas accompagné alors ?

— Je suis avant tout le second de l'Argentière. Je dois gérer pas mal de tâches avec toutes les responsabilités qui vont avec. Et puis, il tient à son indépendance.

— Tu veux que je t'aide à chercher ?

— Pourquoi pas ? Plus vite, ce sera fini et plus vite, je serais fixé.

Soan prit l'un des ouvrages et durant les heures qui suivirent, ils épluchèrent livres et journaux. Ils ne trouvèrent malheureusement rien de concret sur l'île comme si elle n'existait pas.

*

Le lendemain, Ali se leva aux aurores, ne tenant plus en place. Après un rapide petit-déjeuner, il monta à la vigie afin de voir en premier l'île. Le temps était vraiment calme et agréable. Vers le milieu de la matinée, l'île fut enfin en vue. Noé et Héloïse se mirent d'accord pour accoster à l'écart des habitations, afin de ne pas attirer l'attention sur eux. Quelques pirates restèrent sur le navire pour le surveiller. Ils débarquèrent sur une plage isolée, s'enfoncèrent prudemment dans les terres et pénétrèrent dans une forêt.

Ali eut un frisson et une étrange impression qui lui enserra le cœur. Quelque chose ne le rassurait pas dans cet endroit. Voyant que les autres n'avaient pas l'air inquiets, il préféra se taire.

Ils marchèrent ainsi jusqu'au petit-déjeuner, et s'arrêtèrent dans un coin assez dégagé afin de se restaurer. Ali n'arrivait pas à sortir cette sensation qui l'oppressait. Cela lui coupa même l'appétit. Son instinct le mettait en garde et jusqu'à maintenant, il ne l'avait jamais trahi.

— Quelque chose ne va pas ? demanda Noé.

— Non, non, tout va bien. Ne t'en fais pas. Je réfléchissais, c'est tout.

— En effet, depuis notre arrivée dans cette forêt, tu as observé que je fronce les sourcils, ce qui est souvent le signe de mon inquiétude. Tu me connais bien après tout ce temps. De plus, tu as remarqué que je n'ai pas touché à mon sandwich.

— Je ressens aussi une étrange impression depuis notre arrivée sur l'île. Il est possible que ce soit juste le fruit de mon imagination débordante et du stress lié à cette aventure. C'est en fait ma première véritable expédition sans accompagnateur.

— Non, tu as raison. Il y a quelque chose de louche. On l'a senti nous aussi. Mais pour le moment, on n'en sait pas plus. Tu veux que l'on rebrousse chemin ? intervint Héloïse. Ce n'est pas grave, on pourra retenter plus tard.

— Non je veux aller jusqu'au bout. On va être prudent, c'est tout. Je ne veux pas que Maïwan me sorte « *tu vois, j'avais raison* ».

— Quoi ! Prudent ? Une once de sagesse en toi. Si Maïwan pouvait t'entendre. Là, j'en suis sûre, une catastrophe nous attend, commenta Héloïse.

— Faut pas lui dire, sinon j'en entendrai parler en continu, répondit-il avant d'éclater de rire.

— Il faudrait que l'on reprenne la route, informa Noé.

Tout le monde termina son repas et la colonne de pirates reprit la route. Au bout de deux heures de marche, ils arrivèrent dans un endroit plus éclairé. Héloïse regarda la carte avec attention afin de se situer.

— Nous sommes actuellement ici, si je ne me trompe pas. Si nous voulons atteindre notre objectif, il va falloir prendre plus à l'est puis grimper une colline.

— On ne pourra pas franchir la colline cette nuit. Il faudrait s'en rapprocher et établir notre campement pour la nuit, intervint Noé.

— Tu as raison. Je pense que cet endroit pourrait faire l'affaire. Nous devrions y être dans trois heures à l'allure actuelle. Qu'en penses-tu, Ali ?

— Euh oui c'est une bonne idée.

Ils se mirent en route en longeant la rivière. Le chemin était moins escarpé pour arriver où ils voulaient se rendre, mais aussi le plus long. Les cailloux étaient très glissants, rendant la marche difficile. Quelques-uns prirent un bain en tombant dans l'eau, faisant rire les autres. Cela eut au moins l'avantage de détendre un peu tout le monde, même si les deux commandants restèrent sur leur garde grâce à leur expérience et leur don de perception.

Le site du campement se trouvait au bord d'une étendue d'eau. Des bâches furent tendues pour le cas où il se mettrait à pleuvoir. Le confort pour la nuit n'était pas luxurieux, mais Ali adorait le concept du camping. Un grand feu de camp fut préparé au milieu du bivouac. Il découvrit que le mot discrétion ne faisait pas forcément partie de leur vocabulaire.

Quand la nuit tomba, tout le monde se réunit autour du feu et les plus vieux se mirent à raconter des histoires à faire frissonner. Une équipe fut désignée afin de monter la garde pour le premier quart de la nuit. Lors de ce genre d'expédition, tout le monde était mis à contribution. Ali fut de garde le deuxième quart avec trois autres pirates. Quand on vint le réveiller, un brouillard épais s'était levé, rendant la visibilité encore plus difficile. Plus rien ne les éclairait. Le pirate qu'il releva lui donna quelques conseils pratiques pour surveiller efficacement. Une fois seul, il ne put réprimer un nouveau frisson. Tous les bruits semblaient feutrés. Il entendait à peine le ronflement de ses camarades. Le brouillard continua de s'épaissir, l'isolant de plus en plus. Ali n'avait qu'une hâte que le jour se lève enfin.

*

Du côté de l'Argentière

— Revoilà l'équipe de Théo, annonça l'homme à la vigie.

— Sa mission a duré moins longtemps que prévu finalement, commenta Vlad.

— Ce n'était qu'une mission de routine, intervint Taddéo.

Théo fut accueilli par les autres capitaines. Il raconta brièvement sa mission qui n'avait rien de très palpitant et écouta ce qu'il avait loupé.

— Il était temps qu'elle accepte de faire partie de l'équipage. Mais au fait, je n'ai pas vu notre rayon de soleil. Maïwan, ne me dis pas que tu le séquestres ?

— Non, il est parti à une chasse au trésor avec Héloïse et Noé.

— Et tu l'as laissé partir ?

— Je n'ai pas eu le choix. Il a supplié le capitaine qui a accepté. Ça fait maintenant deux jours. L'île n'est qu'à une journée, ils devraient bientôt revenir.

— Attends, tu as bien dit, une île à un jour d'ici ?

— Oui, pourquoi ? Il y a un problème ?

— Tu pourrais me montrer sur la carte. Je me trompe peut-être.

Maïwan et Théo allèrent en salle de commandement. Le second déploya la carte de la zone maritime.

— Nous sommes actuellement dans ce secteur et l'île se trouve par là. Noé doit revenir avec des relevés topographiques pour qu'on la rajoute. Est-ce que cette île te parle ?

— Malheureusement oui. Si je ne me trompe pas, il s'agit de l'île de la sorcière. Ce n'est pas son nom qui effraye le plus, mais ce qui s'y passe. Cette île cache des ventes de femmes. Ils les attirent soit en coulant les navires soit pour les pirates avec de fausses…

— Des fausses cartes aux trésors, comme celle d'Ali.

— Exactement. Ce qui veut dire qu'ils sont en danger sans le savoir. Surtout Héloïse.

— Merci de m'en avoir informé. Je vais la contacter pour leur dire de revenir rapidement ici.

Maïwan essaya d'entrer en connexion avec la sphère d'Héloïse, mais n'obtint aucune réponse. Il renouvela l'opération avec celle de Noé et d'Ali, mais rien n'aboutit, créant au fond de lui une boule d'angoisse.

— Je vais m'y rendre immédiatement. Ce n'est pas normal, au moins l'un d'eux aurait dû me répondre.

— N'y va pas seul. Tu as beau être le feu, tu n'es pas un surhomme.

— Je vais voir avec Bahtiyar.

Maïwan partit en direction de la salle de commandement, où pendant près d'une heure, il échangea avec le capitaine. À l'extérieur, plusieurs pirates attendaient le verdict. Quand Maïwan sortit sur le pont, il avait les traits tirés comme si les années l'avaient soudainement rattrapé.

— Il me faut au moins cinq volontaires pour partir demain à l'aube avec moi.

— Il se passe quoi exactement ? demanda Soan.

— Il se peut qu'Héloïse, Noé et les autres soient tombés dans un piège. On n'arrive pas à les contacter.

— Je t'accompagne.

— Merci Soan.

— Chouette un peu d'action. Tu peux compter sur moi, intervint Taddéo.

Rapidement, l'équipe fut montée. Ceux qui ne partaient pas préparèrent le navire de Maïwan, afin que les volontaires puissent se reposer au maximum. Malgré le fait de savoir Ali avec des pirates qui roulaient depuis longtemps leur bosse, il ne pouvait s'empêcher d'être inquiet. Il fut incapable de fermer l'œil de la nuit.

Comme prévu, aux aurores, le navire prit la direction de l'île aux sorcières, dans une ambiance très tendue.

*

Le brouillard se dissipa avec le lever de soleil comme s'il n'avait jamais été présent. Les pirates se réveillèrent lentement.

— Héloïse ! Noé ! C'est une catastrophe ! s'écria un pirate.

— Que se passe-t-il ? demandèrent-ils en même temps.

— C'est Ali. Il a disparu. Il devait me réveiller à trois heures pour que je prenne sa relève, mais il n'est pas venu. Je suis désolé, je ne me suis pas réveillé seul. Et là, il est introuvable à son poste.

— Il ne doit pas être loin, répondit Héloïse. Il faut fouiller les alentours. Que tout le monde s'active.

Tous les pirates se mirent à retourner les environs. Malheureusement, il n'y avait aucune trace de leur camarade qui montrait qu'il avait quitté le camp ni qu'il pouvait signaler la venue d'un ennemi potentiel. Au bout de deux heures de recherches, ils se regroupèrent dans le campement. Héloïse tenta de joindre l'Argentière, mais rien n'aboutit. Il fut alors décidé de retourner au navire afin de tenter de demander des renforts. Ils n'étaient pas assez nombreux pour fouiller l'île. Elle laissa tout de même un indice qu'Ali était le seul à traduire, car il avait été mis au point quelques semaines auparavant, lors d'une nuit de garde commune.

*

Quelque part sur l'île

Ali avait une terrible migraine, comme s'il avait fait la fête toute la nuit, mais il était certain que ce n'était pas le cas. Il essaya de se remémorer les événements. Il se souvenait d'avoir pris son tour de garde dans un épais brouillard, d'avoir pensé aux bras de Maïwan pour se réchauffer, puis d'avoir été piqué par un moustique ou quelque chose de similaire, et ensuite tout était devenu noir. Il essaya d'ouvrir les yeux, mais ses paupières étaient encore lourdes. Il bougea son corps et un bruit de chaîne se fit entendre, ce qui le fit sortir de son état second.

Son nez fut saisi par une odeur de pourriture. Il y avait des barreaux autour de lui et surtout, il n'était pas seul. Il entendait de nombreuses voix murmurer.

— La nouvelle se réveille.

— Elle aurait dû rester inconsciente.

— Encore une qui s'est fait avoir.

— Vous croyez qu'ils ont déjà vérifié si elle était saine.

— Silence esclave où je vous roue de coups.

Les voix se turent immédiatement. Sans vraiment comprendre, Ali eut soudainement très peur. C'était la première fois qu'il était autant terrorisé.

— Maïwan, aide-moi, murmura-t-il.

18

Bien avant l'aube, tous les volontaires pour le sauvetage de l'équipe partie à la chasse au trésor étaient sur le pont. Même Bahtiyar était présent pour voir partir ses subordonnés.

— Maïwan, je compte sur toi pour garder ton sang-froid. Je sais ce que représente Ali pour toi, mais n'oublie pas tes responsabilités. Il te faudra agir comme mon second, pour ramener tout le monde ici.

— Je sais, capitaine. Merci quand même de me le rappeler. On va ramener tout le monde à bord de l'Argentière.

— Soyez prudent mes fils et revenez tous en vie.

Tous les pirates montèrent à bord du navire de Maïwan. En plus de Taddéo et Soan, Vlad, Théo et Clarence, une cinquantaine de pirates les accompagnaient. Maïwan donna rapidement les instructions et ils s'éloignèrent de l'Argentière. Une fois à une bonne distance, ils tirèrent la grande voile pour gagner l'île au plus vite.

Cela faisait maintenant deux heures qu'ils naviguaient quand la sphère s'éclaira. Maïwan l'activa aussitôt.

— Maïwan, c'est toi ?

— Héloïse ! Vous allez bien ? Qu'est-ce qui s'est passé ?

— Tout le monde va bien ou presque.

— Comment ça presque ?

— Ali a disparu durant la nuit dernière. Je suis désolée Maïwan, on n'a pas compris ce qui s'est passé.

— Ne t'en fais pas, on est en route. On vous aura rejoint dans l'après-midi. En attendant, restez où vous êtes.

— On a rejoint le navire et on s'est un peu éloigné des côtes pour appeler l'Argentière. Le capitaine m'a prévenu que vous étiez en route.

— En attendant, raconte-moi tout ce qui s'est passé depuis votre arrivée sur l'île.

Héloïse relata tous les faits, mais parla aussi de cette drôle d'impression qu'ils avaient ressentie. Une fois que Maïwan eut toutes les informations, il raccrocha afin de réfléchir à un plan et surtout essayer de trouver un indice. Il ne repartirait pas sans Ali de l'île, quitte à la mettre à feu et à sang.

*

— Lève-toi tout de suite et suis-nous sans faire d'histoire.

— Qui êtes-vous et où suis-je ? demanda Ali d'une voix cassée.

— Tu le sauras bien assez tôt.

Ali fut tiré sans ménagement par ses chaînes pour se redresser. Il ne distinguait pas les visages de ses geôliers qui étaient cachés derrière les masques. Mais il était sûr d'une chose, il s'agissait d'hommes. Malgré la peur qui le prenait aux tripes, il devait garder son sang-froid. Tout le monde devait être au courant de sa disparition à l'heure qu'il devait être. Il était persuadé que Maïwan allait venir le sauver, peu importait où il était séquestré.

Ali fut traîné à travers une multitude de couloirs sombres. Il y avait autant de prisons de part et d'autre. À l'intérieur, il apercevait des filles enchaînées comme lui. Il constata d'ailleurs qu'il n'y avait pas d'autres hommes, hormis lui. Il finit par arriver dans une salle où plusieurs personnes, dont deux hommes en blouse de médecin, attendaient.

— Mettez-la là et tenez-la fermement, le temps que l'on procède aux vérifications sur la marchandise, dit l'un des deux hommes.

— Quoi ! Lâchez-moi, espèces de primates, se débattit Ali, sans se rendre compte que ses ravisseurs le genraient au féminin.

L'un de ses geôliers le tira pour le monter sur une table où il fut maintenu de force. Il se débattit et mordit même l'un de ses bourreaux, la peur et son instinct de survie ayant repris le dessus. Il se mit à les insulter. L'un des

hommes s'approcha, déchira avec un couteau ses vêtements, le mettant à nu aux yeux de tous.

— Mais qu'est-ce que c'est ? interrogea l'un des pseu-
domédecins. Ce n'est pas une femme que vous avez rame-
née !

— Bande de salopards. Vous allez le regretter. Je vous
tuerai jusqu'au dernier. Oui, je suis un homme et je vais
vous le faire payer !

— La ferme, lui répondit un homme avant de lui envoyer sa main dans la figure. Encore un mot et je t'arrache
la langue.

Ali serra les dents. Il avait un goût métallique dans sa
bouche. Ses lèvres devaient être fendues.

— On ne pourra rien en tirer. Il faut des femmes.

— Qu'est-ce qu'on en fait alors ?

— Enfermons-le pour l'instant. Nous nous en débarras-
serons plus tard.

Ali fut ramené nu dans sa cellule. Une fois ses bourreaux loin, il laissa couler des larmes. Il se sentait violé.

*

Le soleil était encore haut quand le navire de Maïwan
arriva près de celui de Héloïse. Tous les pirates chevronnés
présents se regroupèrent pour parler du plan d'action.

Dans un premier temps, il fallait retrouver la trace d'Ali. Maïwan décida de survoler l'île grâce à ses flammes et d'utiliser son don perceptif pour tenter de le localiser, tout en faisant le tour de l'île. Les autres se tinrent prêts à intervenir dès que leur camarade serait localisé.

Maïwan prit l'apparence d'un Oiseau de feu et s'envola au-dessus de l'île. Vu du ciel, cette dernière n'était pas immense, ce qui l'arrangeait beaucoup. Il se concentra sur l'aura que dégageait son amant et tenta de le percevoir. L'île ne semblait pas si vide que cela. Ali ressentait la présence d'un grand nombre de personnes, ce qui rendait ses recherches plus difficiles. Cependant, il remarqua une concentration anormalement élevée de présences en dessous de lui. Intrigué, il descendit pour examiner de plus près. En reprenant sa forme humaine à l'écart, il s'approcha et découvrit un immense bâtiment isolé de toute habitation. Il prit sa sphère et contacta les autres.

— Tu l'as trouvé ? demanda Héloïse.

— Je n'en suis pas sûr. Mais il y a sur l'île un bâtiment isolé et je sens de nombreuses présences.

— Dis-nous où te rejoindre.

Maïwan donna un point de ralliement pour tout le monde. Mais il allait devoir patienter près de deux heures. D'ici là, la nuit serait tombée. Il choisit de surveiller de son poste actuel tous les mouvements.

*

L'estomac d'Ali retentit dans la cellule. Depuis combien de temps n'avait-il pas mangé ? Depuis combien de temps était-il ici ? Il avait l'impression que cela faisait des jours. Il devait tout faire pour s'enfuir d'ici. Son ventre émit encore un violent grognement.

— Va falloir que tu sois patient. Ils ne nous nourrissent uniquement qu'au moment de la vente, lui dit une femme brune.

— La vente de quoi ?

— Notre vente. Tu es désormais un esclave, comme nous toutes. C'est cependant étrange que tu sois encore en vie. D'ordinaire, ils tuent les hommes.

— Mais c'est quoi ce bordel ? Je veux sortir d'ici.

— On dit toutes ça au début, mais après on se résigne à notre sort. Au fait, moi, c'est Carie et toi ?

— Ali. Mais pourquoi vous résignez vous ? Il faut se battre pour sortir d'ici.

— On a essayé. Beaucoup sont mortes en tentant de fuir d'ici.

— Moi, je n'attendrai pas ici qu'on me vende ou tue. Je fais partie d'un équipage de pirate. J'ai mes amis qui doivent me chercher en ce moment même.

— T'es un pirate ? Alors tu t'es fait avoir avec une carte au trésor.

— Oui, comment tu le sais ? Tu avais aussi une carte ?

— Moi non, c'est différent. Je ne suis pas une pirate. J'étais sur un bateau de croisière qui a fait naufrage. Je me suis retrouvée sur une plage de cette île et j'ai été capturé. Mais la plupart des filles sont des pirates ici.

— Je comprends.

— Tu fais partie de quel équipage ?

— Je fais partie de l'équipage de Bahtiyar.

— Quoi ? Bahtiyar, le Roi des mers ? Ne put s'empêcher de s'écrier Carie.

— Oui, celui-là même. Mais pourquoi cette réaction ?

— Attends, tu ne connais pas la réputation de cet homme ?

— Un peu, mais ce n'est pas ce qui m'intéresse chez lui ?

— Tu crois qu'il va venir te sauver ?

— Il ne laisse aucun de ses camarades. Je suis sûr qu'ils sont déjà sur l'île.

— Tu crois qu'il pourrait nous libérer aussi ?

— Je ne sais pas. Tu sais combien il y a de gardes ici ?

— Ils sont quatre en bas. Mais toujours deux par quart de surveillance. Qu'est-ce que tu comptes faire ?

— M'échapper. Je ne resterai pas une minute de plus ici.

— Mais comment comptes-tu t'y prendre ?

— Fais-moi confiance. Par contre, j'aurais besoin de ton aide.

Ali lui expliqua son plan plutôt risqué. Mais il n'avait pas le choix. Il tourna ensuite le dos à la porte le temps de se défaire d'une de ses entraves en se déboîtant le pouce. Il serra les dents pour ne pas hurler. Il sacrifiait, pour un temps, l'une de ses mains. Une fois le pouce déboîté, il réussit à sortir sa main de la menotte. Il pouvait désormais la défaire de la chaîne. Il voulut remettre son pouce en place, mais la douleur était trop intense et son courage dans les chaussettes. Il se rallongea dos à la porte camouflant ainsi sa demi-liberté. Ce fut au tour de Carie d'entrer en scène. Elle se mit à appeler les gardes. L'un des deux vint la voir.

— Tu vas la fermer, femme.

— S'il vous plaît, aidez-le, dit-elle en montrant Ali du doigt. Il s'est effondré et ne bouge plus depuis plusieurs minutes.

— Manquait plus que cela, pesta le garde.

Il se retourna vers la cellule concernée.

— Lève-toi ! J'ai dit, lève-toi !

N'ayant pas de réponse, il prit sa clef et ouvrit la porte avant d'y entrer, de s'accroupir et de tendre la main pour le retourner. Au même moment, Ali s'appuya sur sa main valide et se retourna. Il surprit le garde et passa ses menottes autour du cou de leur geôlier. Il serra le plus fort possible jusqu'à entendre un craquement sinistre, puis laissa retomber le corps.

— Bien maintenant au suivant.

— Ali libère moi, s'il te plaît. Je veux partir d'ici.

— Tu sais te servir d'une arme ?

— Non, mais je suis prête à tout pour m'en sortir vivante.

— OK, alors. On aura plus de chance à deux pour quitter cet enfer.

Ali saisit le trousseau de clefs et finit par trouver celle qui ouvrit sa menotte au poignet. Malgré une main en vrac, il se sentit beaucoup mieux. Il libéra Carie qui se saisit de l'arme du geôlier. Alors qu'ils commencèrent à se diriger vers la sortie de la prison, un bruit sourd retentit.

— C'était quoi ça ?

— Je crois que la cavalerie est arrivée. Il faut se dépêcher.

Ils se mirent à courir dans le dédale des couloirs, bien qu'ils ne sussent pas où ils devaient se rendre.

*

Les pirates de Bahtiyar n'avaient pas traîné pour re-joindre Maïwan. Ce dernier avait fait les repérages et pré-paré un plan d'action. Lui et Soan s'étaient infiltrés dans les bâtiments pendant que les autres faisaient diversion. Bien évidemment, ils avaient choisi le face-à-face et ne faisaient pas dans la dentelle. Des explosions retentissaient autour des bâtiments. Cela eut l'effet escompté, car les deux pi-rates infiltrés ne rencontrèrent presque personne. La seule personne sur qui ils tombèrent fut interrogée sans prendre de gant.

— Bon au moins, on sait qu'Ali est ici, commenta Soan.

— Il faut qu'on descende. J'espère qu'il va bien.

— Il n'a pas l'air d'être un faible.

— Oh non. Il mettait une raclée aux mecs de son île avant notre rencontre. Allez, on y va.

Les deux pirates s'engagèrent dans un nouveau couloir d'où s'échappait une odeur nauséabonde.

*

Ali et Carie remontaient lentement. Ils avaient trouvé des vêtements pour cacher leur nudité. Ali entendit des bruits signalant qu'une ou plusieurs personnes arrivaient dans leur direction. Ils se planquèrent dans un recoin, armes à la main.

Au moment où les pas se firent très proches d'eux, Ali serra son bâton de sa seule main valide et l'abattit comme un sabre. Malheureusement, il ne percuta que du vide.

— Eh, mais attention ! s'écria une voix indignée qu'il reconnut immédiatement.

— Soan !!!

Ali lui sauta au cou, trop content de revoir un visage familier.

— Moi aussi, je suis contente de te voir. Mais Maïwan va être jaloux de passer après moi.

— Maïwan ! dit-il en sautant cette fois au cou de son amant et en capturant ses lèvres aussitôt.

— Et vous êtes ? Mademoiselle ? demanda Soan à Carie.

— Carie. Vous êtes les amis d'Ali ?

— Pour Maïwan, plus que cela. Ah oui, désolée, je ne me suis pas présentée. Je suis Soan. Bon, les amoureux, il faudrait s'activer.

Ali et Maïwan se séparèrent à contrecœur. Maïwan accepta d'emmener Carie avec eux pour le moment. Ils retrouvèrent les autres qui avaient réglé le compte aux ravisseurs. Maïwan demanda à Taddéo et Clarence de libérer les autres femmes. Au moment de partir vers le navire, Ali s'écroula dans les bras du second de l'équipage. L'adrénaline venait de retomber. Carie, leur expliqua les faits brièvement. Ce dernier eut des envies de meurtres, pour lui, le sang n'avait pas assez coulé.

L'équipage ramena Ali et Carie à bord du navire où le doc les attendait. Carie put enfin se reposer sans avoir peur dans l'infirmerie, tandis qu'Ali dormait dans la chambre de Maïwan, son pouce remit en place et sa main bandée. Ils furent réveillés pour le dîner. Tout le monde était revenu et les deux navires avaient repris leur route pour retourner vers l'Argentière, non sans avoir anéanti cet ignoble trafic d'humains.

19

Une fête fut organisée à bord des deux navires. Maïwan prit un moment pour s'isoler et parler à Bahtiyar. Il lui révéla l'arrivée d'une femme et le rôle important qu'elle avait joué.

Ali retrouva avec bonheur son amant dans leur chambre une fois son travail terminé. Il avait l'impression que cela faisait une éternité qu'ils ne s'étaient pas vus. Maïwan embrassa Ali avec passion, le surplombant. La main d'Ali, d'abord derrière la tête de Maïwan, descendit le long de son cou avant de se glisser sous sa chemise entrouverte. Maïwan ne resta pas inactif et entreprit de déshabiller Ali qui commençait à gémir. Sa bouche descendit le long de sa mâchoire, puis sur sa gorge et vers son torse. Il saisit l'une des pointes déjà tendues avec ses dents et la mordilla tout en la suçant, pendant que son autre main massait le deuxième téton. Ali se cambrait sous les délicieuses attentions de son amant, laissant échapper des gémissements sans retenue. Maïwan passa ensuite au deuxième téton et lui fit subir le même traitement. Il poursuivit son exploration en descendant toujours plus bas, remontant de temps en temps. Il retira méthodiquement les vêtements qui pouvaient gêner, observant Ali se tendre. Son regard descendit et il ressentit une colère sourde en découvrant les ecchymoses en forme de doigts. Il ramena ses mains vers le visage d'Ali.

— Ali, regarde-moi, n'aie pas peur.

Le jeune homme laissa échapper des larmes le long de ses joues, rien qu'à l'idée de l'épreuve terrible qu'il avait endurée.

— Est-ce qu'ils t'ont violé ? Dis-le-moi. Je veux savoir ce que t'ont fait ces ordures. En aucun cas, tu n'es responsable. Alors, dis-moi tout.

— Ils… ils ne.. Ne m'ont… pas violé. Ils ont juste voulu voir si j'étais encore vierge. J'ai essayé de les en empêcher. Et quand ils ont découvert que j'étais un homme, ils…

Ali fut interrompu par les lèvres de Maïwan, qui demanda l'accès. Il ouvrit légèrement la bouche et sentit aussitôt la langue de son amant entrer. Les deux langues entamèrent une danse langoureuse qu'ils interrompirent lorsque le manque d'oxygène se fit sentir. Maïwan le fixa de son regard intense, mêlant dureté et passion.

— Tu n'as pas à pleurer. Je suis fier de toi, car tu as lutté. Tu n'as pas abandonné. Tu as été fort. C'est une situation à laquelle tu ne pouvais t'y attendre.

— Je t'aime Maïwan. Je t'aime tellement.

— Moi aussi.

Maïwan enveloppa son amant dans une étreinte chaleureuse, caressant doucement son dos pour l'apaiser. Peu à peu, il sentit la tension de celui-ci se dissiper, le laissant sombrer dans un sommeil profond et réparateur.

*

Ali avait retrouvé l'Argentière il y a quelques jours déjà. Il avait du mal à se dégager de l'attention étouffante de ses camarades. Bien sûr, il appréciait d'être choyé, mais là, c'était vraiment trop. Malgré tout, il avait bien surmonté sa mésaventure, surtout depuis qu'il était aux côtés de Maïwan. Sa présence avait un effet apaisant sur son esprit. Ne pouvant participer aux corvées en raison de sa main blessée, il passait beaucoup de temps avec Carie. Il n'allait pas trop se plaindre de ce côté-là.

Après une discussion avec Bahtiyar, il fut convenu de déposer leur hôte sur l'une des îles placées sous leur protection. Bien qu'ils lui aient proposé de devenir pirate, elle déclina poliment, préférant la terre ferme et la tranquillité. Il leur fallut une semaine pour atteindre l'île. Étant peu nombreuses à bord, les femmes, Carie en particulier, eurent droit à un bain de larmes. Une fois la jeune fille confiée à des amis, tout l'équipage reprit la mer.

Ali ressentit une pointe de tristesse en perdant une amie à bord. Cependant, il savait que c'était la vie et l'acceptait. Depuis son arrivée à bord, il avait tissé plus de liens d'amitié qu'il ne l'aurait cru possible.

De son côté, Soan s'impliquait pleinement dans la vie à bord de l'Argentière. Elle avait su rapidement trouver sa place au sein de cette grande famille. Sa réputation grandissait au fil du temps, ses exploits étant relatés dans les journaux. Elle passait de longs moments avec Taddéo, qui lui enseignait avec enthousiasme tout ce qu'elle devait savoir sur l'équipage et son fonctionnement. Quand elle n'était pas avec lui, elle restait aux côtés d'Ali, avec qui elle avait développé une complicité. Ils échangeaient souvent sur leur enfance et leur vie avant d'être à bord de l'Argentière.

*

Le lendemain, Soan se fit taquiner par Ali sur ses petits yeux fatigués dus au manque de sommeil.

Le navire accosta près d'une île peu après le déjeuner. Afin d'accorder un peu de répit à Soan, Maïwan confia à Ali la tâche du ravitaillement en compagnie de Taddéo. À quai, de nombreux équipages de pirates étaient présents. Ali observa les pavillons, mais aucun ne lui sembla familier. Il avait du mal à les retenir en mémoire. En compagnie de Taddéo, ils arpentèrent l'artère principale de la ville. La rue était large, bordée de boutiques et de tavernes. Au détour d'une rue, des hommes se battaient.

— Taddéo, je peux te poser une question ?

— Bien sûr, Ali.

— Tu ne craquerais pas pour Soan, par hasard ?

— Quoi ! Mais d'où te vient cette idée ?

— Depuis une semaine, vous passez beaucoup de temps ensemble et même certaines nuits.

— Tu nous espionnes ?

— Non, mais Soan a un rire qui porte et les parois sont fines.

— J'avoue que le bruit passe bien, surtout quand tu cries : "Maïwan, je t'aime".

— Hé ! On ne parle pas de moi et je ne crie pas, rétorqua Ali tout en détournant le regard.

— Tu n'as pas de chance, on ne fait que parler et rien d'autre.

— Mais tu aimerais qu'il y ait plus. Que diraient toutes ces filles qui te courent après si, elles savaient que tu craques pour une belle ténébreuse ?

— Évite de ruiner ma réputation de tombeur. D'ailleurs, quand est-ce que tu me rejoins pour une partie de galipettes ? Je suis plus doué que Maïwan.

— Uniquement dans tes rêves, et puis, ce n'est pas mon objectif. Je risquerai de ne pas avoir assez de mouchoirs pour ces dames. Mais tu devrais te lancer sans trop tarder.

— Tu veux jouer les entremetteurs ?

— Pourquoi pas ? Cela occuperait les temps calmes sur le navire.

Ils achevèrent rapidement leur mission et regagnèrent l'Argentière. Sur le pont, ils croisèrent Soan et Maïwan. Ali sauta littéralement sur son amant avant de l'entraîner avec lui. En passant, il se tourna vers Taddéo.

— Bonne chance.

Ce dernier n'eut pas le temps de répondre que les deux tourtereaux avaient disparu.

— Pourquoi te souhaite-t-il bonne chance ? Quelle mouche l'a piqué ? demanda Soan.

— Je te le dirai tout à l'heure. Tu viens me filer un coup de main, les caisses de provisions sont arrivées et il faut les ranger.

— Tu n'as pas peur que j'engloutisse tout ?

— Si tu fais ça, je t'attache.

— Hum, je demande à voir ça, lui lança-t-elle avant d'aller vers la réserve où les premières caisses étaient déjà déposées.

*

— Je peux savoir pourquoi tu es si pressé ?

— J'ai envie de m'entraîner.

— Alors qu'on est à quai et qu'il y a plein de boulot à faire ? Tu aurais pu demander à Soan.

— Non, je veux avec toi.

— Toi, tu me caches quelque chose.

— Mais non, tu te fais des idées.

— Très bien. Si je gagne, tu devras tout me dire. Et ne t'attends pas à ce que je te fasse des cadeaux.

— Ah non. Tu sais bien que je n'ai aucune chance, dans ces cas-là.

— Assume, lui dit-il avec le sourire.

Les deux amants se placèrent en position de combat. Comme à leur habitude, Maïwan laissa Ali prendre l'initiative. Ce dernier attaqua, mais Maïwan esquiva aisément les assauts. Les mouvements d'Ali étaient encore trop prévisibles en combat rapproché. Après avoir paré une deuxième attaque, Maïwan contre-attaqua en balayant les jambes de son adversaire, le faisant chuter sur le dos, le souffle court. Il le maintint au sol et lui offrit un sourire complice.

— C'est une impression où tu te ramollis ?

— Tu m'énerves. Et non, je ne me suis pas ramolli. J'avais juste envie de te laisser gagner pour une fois.

— Mais oui, je vais te croire. Si tu me disais maintenant ce que tu caches.

— J'ai promis de ne rien dire.

— Donc tu préfères faire des cachotteries à ton supérieur.

— C'est dans l'intérêt collectif.

— L'intérêt collectif ? Dis-moi de quoi il est question et je jugerai si c'est l'intérêt collectif ou non.

— Non, je ne dirais rien. J'ai promis à Taddéo.

— Hum. Donc il s'agit de notre cher Taddéo.

— Je n'ai rien dit.

— Tu as promis à Taddéo, donc ça le concerne. Avoue tout, car tu en as trop dit. Et si tu me dis de quoi il retourne, ce soir, tu me remercieras.

— C'est du chantage.

— Normal, je suis un pirate.

Ali finit par capituler et raconta ce qu'il avait découvert sur Taddéo et Soan.

*

En soirée, Maïwan, Soan, Taddéo, Ali et Vlad décidèrent de se rendre dans l'une des nombreuses tavernes de la ville pour prendre un verre. L'atmosphère était survoltée, de nombreux clients étant déjà bien éméchés. Les pirates de Bahtiyar savouraient tranquillement une chope de bière, tout en riant aux anecdotes de Taddéo. Ce dernier, tout en animant la conversation, n'hésitait pas à flirter avec Soan, allant jusqu'à jouer aux pieds avec elle. À un moment donné, elle emprisonna son pied entre les siens.

L'ambiance était parfaite jusqu'à ce qu'un pirate chute sur la table, la brisant. La surprise se lit sur tous les visages. Ali, quant à lui, laissa éclater sa colère. Il se retrouva trempé de bière, collant déjà à la peau. Se relevant d'un bond, il agrippa le pirate responsable de cet incident par le cou. La colère décuplait en lui une force incroyable. Il rapprocha le visage du pirate du sien.

— Je rêve ou tu viens de briser mon verre ?

— Calme-toi Ali, c'est juste un peu d'alcool, intervint Vlad.

— Non, je suis trempé, collant et je pue. Sans compter qu'il a ruiné ma tenue. Il va me le payer.

— Qui a dit qu'on s'ennuierait ce soir ? demanda Taddéo.

— Ouais, enfin un peu d'action, commenta Soan en se préparant à l'altercation imminente.

li projeta violemment le pirate qu'il avait attrapé. Les compagnons de ce dernier saisirent l'opportunité pour engager une bagarre, voulant défendre leur camarade. Ils se jetèrent sur Ali, prêts à en découdre, mais furent stoppés net par l'intervention de Soan.

— Ce n'est pas très joli de s'attaquer autant à la fois à un jeune homme.

— T'es qui toi ? T'es sa copine ? cracha l'un des adversaires.

— Non, c'est moi et je déteste qu'on pose la main sur mon copain les gars, rajouta Maïwan et enflammant l'une de ses mains.

— Rien à foutre, il n'avait qu'à rester à sa place.

La bagarre éclata, plongeant le bar dans une confusion totale. Malgré leur supériorité numérique, les adversaires se retrouvèrent rapidement dépassés par les cinq membres de l'équipage de Bahtiyar. Ces derniers mirent fin à la bagarre en mettant tout le monde KO. Les dégâts dans le bar furent considérables, mais cela n'apaisa pas la colère d'Ali. Maïwan dut employer la manière forte en le soulevant sur son épaule et en le ramenant dans leur cabine. Il le déposa brutalement sur le sol de la douche et ouvrit le jet d'eau froide.

— C'est glacé, Maïwan !!! hurla-t-il.

— T'es calmé ou je continue ?

— C'est bon.

— Bien. Maintenant, déshabille-toi. Tu empestes l'alcool et la sueur.

— Ce n'est pas de ma faute. Eh ! Qu'est-ce que tu fais ?

— Je suis tout aussi sale que toi, vu que j'ai dû te porter. Et je n'ai pas envie d'attendre.

Il se débarrassa rapidement de ses vêtements et se précipita vers son amant qui luttait avec ses propres vêtements. Pour gagner du temps, il n'hésita pas à déchirer sans ménagement le tee-shirt d'Ali. Un cri s'échappa de la bouche de ce dernier.

— Mon tee-shirt !!!

— T'en as plein.

— Là n'est pas la question. C'était mon préféré.

Il dévêtit Ali avec empressement et fit couler l'eau chaude. Collant le dos de son partenaire contre son torse, il passa ses bras autour de sa taille. Ses mains caressèrent les hanches puis le ventre avant de remonter lentement. Sa bouche laissa des marques dans le cou d'Ali. Un cri s'échappa de sa bouche lorsque Maïwan lui pinça les tétons. Profitant du peu de lucidité qui lui restait, il les nettoya tous les deux rapidement, en prenant soin de le préparer pour la suite. Il l'entraîna dans la chambre et, sans perdre de temps, le pénétra dès qu'il fut allongé sur le lit. Il fit monter leur plaisir en intensité. Quelques minutes plus tard, Ali redescendit de son nuage en entendant des gémissements en provenance de la chambre voisine.

— Je crois qu'ils ont conclu, commenta-t-il.

20

— Il est grand temps de se lever la belle au bois dormant, dit Taddéo tout en déposant des baisers dans le dos de son amante.

— Hum, encore cinq minutes.

— Il est presque midi. On a mis les voiles et j'en connais un qui ne tardera pas à venir ici. Il te cherche depuis plus d'une heure.

— Et pourquoi me cherche-t-il ? On n'avait pas d'entraînement ensemble ce matin.

— Ah non, ce n'est pas pour ça. Il veut juste savoir comment ça s'est passé entre nous deux, la nuit dernière.

— Comment le sait-il ?

— C'est lui qui m'a poussé à agir.

— Oh, je vois. On dirait que ça s'agite pas mal sur le pont, remarqua-t-elle, s'étirant avant de quitter le confort du lit.

— Oui, Théo part en mission.

— Ce n'est que ça.

— Tu voulais partir avec lui peut-être ?

— Pas spécialement.

— Oh la grande Soan qui ne veut pas d'aventure, cela n'est pas normal.

— J'ai eu ma dose d'aventure la nuit dernière et tu n'y es pas allé de main morte non plus. Je ne sens plus mon corps.

— Désolé pour ça. J'ai répondu à la fougue de l'âge. Je ferai attention la prochaine fois.

Les deux amants quittèrent finalement la cabine et se dirigèrent vers le réfectoire, où les autres membres de l'équipage étaient déjà réunis. Ali et Maïwan les rejoignirent quelques minutes plus tard. Une atmosphère pesante régnait autour de la table, Ali restant muet. Taddéo, décontenancé par ce silence, tentait désespérément de le briser, mais Ali se contentait de répondre par des hochements de tête et des "hum" évasifs. Ali termina son repas avant les autres et quitta la pièce sans un mot. Une fois hors de vue, Taddéo se tourna vers Maïwan.

— Qu'est-ce qu'il a ?

— Il pensait que je ferais impasse sur son refus d'obéissance aux ordres de la veille. Il a déchanté quand je lui ai donné sa sanction.

— Et c'est quoi, pour le mettre dans cet état ?

— Il doit nettoyer les quarante-trois canons de l'Argentière.

— Ah oui, tu n'y es pas allé avec le dos de la cuillère.

— Ce n'est pas la première fois, et même si on est ensemble, il n'a pas de privilège et il est aux mêmes règles que tout le monde.

— Je le plains, le pauvre, commenta Soan.

— Tu peux toujours le rejoindre.

— Euh non merci. Je donne mon tour.

Les trois pirates rigolèrent.

*

Pendant ce temps, Ali s'était rendu pour chercher le matériel nécessaire au nettoyage des canons. Pendant les longues heures de cette corvée, il maudit Maïwan et jura de se venger comme il se devait. Il acheva sa tâche bien après le dîner. Durant tout ce laps de temps, il ne croisa ni le second ni aucun autre officier encore présent.

Après avoir terminé son travail, Ali se rendit à la cuisine et découvrit un plateau portant son nom, avec une signature en forme de cœur qu'il reconnut comme celle de Taddéo. Il prit le plateau et se dirigea vers sa cabine pour enfin profiter de sa fin de journée. En entrant dans la pièce, il vit Maïwan assis derrière son bureau en train d'écrire, ses lunettes posées sur son nez. Décidant de l'ignorer, Ali s'installa sur le lit et dégusta les sandwichs et les mini viennoiseries. C'était l'une des façons qu'avait Taddéo de soutenir Ali moralement. Une fois le festin terminé, Ali alla prendre une douche, veillant à bien fermer la porte de la salle de bains. Ensuite, il se glissa directement sous les couvertures, continuant de tourner le dos à son amant.

Maïwan observait attentivement le comportement d'Ali et ne put s'empêcher de soupirer. Ces instants lui rappelaient inévitablement leur différence d'âge. Il oubliait parfois qu'il était bien plus jeune que lui. Malgré tout, son amour pour Ali était indéniable. Il décida donc de prendre son mal en patience, attendant qu'Ali termine de lui bouder. Rien que d'y penser, il se massa les tempes en signe de frustration. Il comptait bien lui faire comprendre qu'il ne prendrait pas l'initiative, étant soucieux de séparer leur intimité de leur relation hiérarchique en tant que pirate et supérieur. Il devait lui aussi apprendre à respecter cette frontière. Après avoir rapidement mis à jour le journal de bord, il se coucha de son côté. Malgré tout, cette nuit-là, les deux amants eurent du mal à trouver le sommeil.

*

Quand Ali émergea, la place à côté de lui, habituellement occupée par Maïwan, était froide. En jetant un œil à l'horloge, il réalisa qu'il était déjà plus de neuf heures. Après s'être étiré, il se leva précipitamment, ne voulant pas que son amant le taquine pour sa grasse matinée. Mais dès qu'il se tint debout, un vertige et des nausées le saisirent. Il eut tout juste le temps de se précipiter vers la salle de bains, se rinçant la bouche pour chasser la sensation désagréable. Son ventre se contracta en de longs spasmes pendant plusieurs minutes. En apercevant son reflet dans le miroir, une vague de peur le submergea. Il essaya de redonner un peu de couleur à son teint avant de rejoindre les autres sur le pont.

Ali décida de sauter le premier repas de la journée, ne se sentant pas en état d'avaler quoi que ce soit. Il se rendit au tableau des services pour vérifier s'il avait des tâches à effectuer. Ne trouvant pas son nom, il opta pour flâner sous le soleil sur le pont. D'un rapide coup d'œil, il repéra Maïwan en compagnie de Vlad près de Bahtiyar. Préférant être seul, il se dirigea de l'autre côté et s'assit près de Luigi qui entretenait ses armes.

— Pas la grande forme, on dirait.

— Fatigué, pourtant, j'ai dormi. J'ai aussi l'impression d'avoir attrapé le mal de mer.

— Tu ne nous couverais pas quelque chose par hasard ? demanda Luigi en arquant un sourcil.

— Non. Je ne tombe jamais malade. C'est passager. Ça ira mieux demain.

Après avoir prononcé ces mots, Ali ferma les yeux et s'endormit aussitôt. Luigi le réveilla pour le repas, mais Ali ne parla presque pas et mangea à peine. Son estomac refusait toujours de lui accorder le moindre répit. Les autres pirates à sa table remarquèrent son état, mais préférèrent ne rien dire, attribuant son humeur maussade à une punition de la veille. En fin d'après-midi, Ali commença à se sentir un peu mieux et participa même à quelques parties de cartes avec d'autres pirates.

Tout au long de la journée, les deux amants ne se parlèrent pas, se contentant d'échanger des ordres. Cette situation perdura pendant plusieurs jours, limitant leurs interactions. L'état d'Ali ne s'améliora pas vraiment et il avait tendance à disparaître sans prévenir.

*

Une semaine s'écoula et Théo revint avec de nouvelles recrues, ce qui donna lieu à une grande fête en leur honneur. Ali écouta attentivement les récits du canonnier relatant la bataille brillamment menée par son équipe. Malgré les plats et les boissons qui défilaient à leur table, Ali ne toucha à rien, comme il le faisait depuis plusieurs jours, ce qui n'échappa pas à Théo. Il attendit que le jeune pirate se retire pour parler à Maïwan.

— J'ai loupé un épisode, je crois. Vous n'êtes plus ensemble ?

— Si on est toujours ensemble, mais il a décidé de faire la tête depuis ton départ suite à la sanction qu'il a écopée.

— Une sanction ne le mettrait pas dans cet état-là. Qu'il fasse la tête oui. Mais il a perdu du poids et il n'a rien mangé.

— Je lui ai posé plusieurs fois la question s'il était malade, et à chaque fois il répond que non. Je ne sais pas ce qu'il a et il garde le silence à ce sujet. Ne pense pas que je ne suis pas préoccupé. Depuis une semaine, il est dispensé de toute tâche et je lui permets de se reposer autant que nécessaire. De plus, il n'a aucun contact avec les personnes de l'infirmerie.

— Tu veux que je tente de lui parler demain ?

— Si tu as du temps à perdre, vas-y. Moi, j'attends qu'il se décide enfin à parler.

— Pour toi qui est aussi médecin ne trouve pas ce qu'il a, c'est qu'il cache bien son jeu.

La fête se prolongea jusqu'à tard dans la nuit. En rentrant dans sa cabine, Maïwan trouva Ali profondément endormi et remarqua sa pâleur inquiétante. Il prit la décision ferme de le conduire de force à l'infirmerie dès son réveil. S'il refusait de recevoir des soins, Maïwan passerait par Doc'.

*

Au lever du jour, Maïwan se leva et se mêla aux premiers éveillés. Il confia sa tâche matinale à Taddéo pour pouvoir consacrer du temps à Ali. Retournant à leur refuge commun, il s'installa à sa table de travail et attendit en silence et avec contemplation que le sommeil libère son bien-aimé endormi. Au bout d'une heure de patience, Maïwan vit Ali se lever précipitamment, faillir tomber et se précipiter vers la salle de bains. Le bruit qu'il entendit lui indiqua clairement ce qui se passait. Il prit une serviette propre dans la commode et rejoignit Ali. Il le trouva assis par terre, la tête penchée au-dessus de la cuvette.

— Tu as vraiment une mauvaise mine et ne me dis pas que ce n'est rien.

Ali sursauta, ne l'entendant pas arriver. Il le vit s'agenouiller, lui tourner le visage et le nettoyer avec un linge humide, avant de l'aider à se relever. Il le conduisit au lit et l'allongea. Pendant un moment, ils restèrent silencieux. Puis Maïwan se leva, quitta la cabine en lui ordonnant de ne pas bouger jusqu'à son retour.

Maïwan se rendit directement à l'infirmerie et revint peu après avec le médecin. Il fut invité à quitter sa propre cabine le temps de l'examen médical.

— Alors, ce n'est pas la grande forme ?

— J'ai l'impression d'avoir le mal de mer en permanence. Pourtant, cela fait quelques mois que je suis en mer. Je ressens autant de douleur dans mon corps que si j'avais passé toute la journée à faire des exercices abdominaux.

— Je vais te poser plusieurs questions et réponds moi honnêtement.

— Pourquoi je mentirai ?

— Je préfère prévenir. Cela fait combien de temps que tu es malade ?

— Environ une semaine et demie.

— De la fièvre ?

— Je ne crois pas.

— Diarrhée qui ne passe pas ? Des crampes d'estomac ?

Ali se sentit soudain gêné et rougit. C'était une question trop personnelle.

— J'ai besoin de savoir Ali.

— Oui.

— D'accord. Je vais devoir t'examiner. Je vais aussi te faire une prise de sang, mais je pense savoir de quoi tu souffres.

Ali n'était pas rassuré. Doc' dû user de beaucoup de patience pour l'examiner. Quand enfin, il eut fini, son verdict ne faisait aucun doute, mais il allait faire tout de même le test sanguin.

— Tu as attrapé la dysenterie.

— Mais c'est impossible. J'ai toujours veillé à ce que je mange et bois.

— Comme Taddéo qui prend soin des denrées qu'il cuisine. Mais tu n'es pas le seul dans cet état et probablement pas le dernier. Je vais te donner des calmants. Tu devras rester au lit autant que possible et tu n'as pas le droit de quitter la chambre. Nous devons éviter au maximum la contagion, même si je crains que cela ne soit déjà trop tard.

— Mais…

— Pas de mais qui tienne. On obéit aux ordres du médecin. Je vais revenir, repose-toi pendant ce temps.

Doc' laissa son nouveau patient et retrouva Maïwan dans le couloir.

— Il rejoint les dix autres malades. Il va falloir trouver une île rapidement pour refaire le plein et désinfecter le navire de la cale à la vigie.

— Je vais informer Bahtiyar et trouver un endroit où nous pourrons jeter l'ancre.

— Je pense que tu es probablement déjà infecté.

— Sûrement. Je ferais attention.

La nouvelle d'une épidémie se répandit comme une traînée de poudre. Bahtiyar réunit tout le monde sur le pont avant la fin de la matinée.

— Silence ! ordonna le capitaine. Nous naviguons ensemble depuis longtemps, pour la plupart sous la même bannière depuis le début, ce n'est pas notre première fois. Chacun doit garder son calme. Les malades vont être séparés du reste du groupe. Le premier dortoir servira d'infirmerie. Faites le nécessaire pour que tout soit nettoyé de fond en comble avant l'installation des premiers malades. Nous atteindrons une île sous une semaine. D'ici là, ceux qui sont en forme remplaceront ceux qui sont alités.

L'équipage obéissait aux ordres sans broncher. Chacun connaissait et respectait la sagesse de leur capitaine. Certains naviguaient sous son commandement depuis près de trente ans. Malgré l'agitation régnant à bord, le navire semblait étrangement silencieux. Maïwan avait passé de longues heures à répartir les tâches et à assurer une gestion efficace avant de pouvoir enfin retourner auprès d'Ali.

21

Le lendemain, une zone d'isolement fut mise en place et se remplit rapidement. De nouveaux cas étaient apparus dans la nuit. Personne ne fut épargné, que ce furent les simples pirates ou les gradés, tout le monde était touché. Les plus résistants aidaient comme ils le pouvaient les malades. À la fin du premier jour, un tiers de l'équipage était alité. Les trois médecins, ainsi que Maïwan, étaient surchargés de travail. Ce dernier avait même confié son rôle de second à Vlad, encore en forme pour manœuvrer. Les quatre groupes restés à l'extérieur du navire furent contactés pour leur interdire de revenir pour le moment. Il était hors de question pour le capitaine d'augmenter davantage le nombre de malades.

Peu avant minuit, Maïwan retourna dans sa cabine. Comme tous les autres, il avait besoin de repos après les heures éprouvantes passées à mettre sa propre magie au service de tous. Le planning de roulement était enfin établi. En entrant dans la pièce, il vit Soan endormie sur une chaise, profondément assoupie. Il réalisa qu'elle avait abandonné ses tâches de travail. À travers les parois, il pouvait entendre les ronflements de Taddéo. Au moins, il ne semblait pas perturbé par l'absence de son amante à ses côtés. Cependant, Maïwan ne pouvait le laisser dans cette position inconfortable. Il la déposa sur la couchette qui avait servi un temps à Ali.

*

La nuit fut agitée pour tous. La seule chance qu'ils eussent, fut l'absence de tempête. Il n'aurait manqué plus que ça. Maïwan commençait à ressentir les premiers symptômes. Même s'il parvenait pour l'instant à s'occuper des autres, son rythme avait ralenti. En se levant, Ali semblait enfin apaisé et dormait paisiblement. Maïwan aurait aimé rester aux côtés de son amant pour profiter de ce repos dont il avait besoin, mais il savait que l'on allait bientôt venir le solliciter.

Le lit voisin était vide et les draps étaient bien rangés. Soan avait dû quitter la cabine il y a un moment déjà. C'était étrange, car d'ordinaire, Maïwan percevait tout ce qui se passait autour de lui, mais il n'avait pas entendu Soan quitter la pièce. Dehors, il y avait beaucoup moins de monde. Le brouillard enveloppant le navire rendait la progression difficile. En observant les faibles remous, Maïwan en déduisit que l'ancre avait dû être jetée pour plus de sécurité.

— Encore debout, Vlad ? interrogea Maïwan tout en le rejoignant.

— Malheureusement, Naël est à son tour tombé malade.

— Tu aurais dû me réveiller.

— Ne t'en fais pas. Je suis en pleine forme. On dirait que je suis immunisé. En revanche, tu as l'air fatigué.

— Cela ne sera pas un problème pour moi. Mon pouvoir atténue grandement la maladie. Je vais voir pour te trouver un remplaçant. De toute façon, pour l'instant nous ne pouvons pas naviguer, autant en profiter pour que l'équipe se repose au maximum.

Maïwan fit le tour de l'équipage afin de prendre des nouvelles de chacun et de donner quelques conseils pour ceux et celles qui commençaient à ressentir les premiers symptômes. Il termina sa tournée par les malades. Malheureusement durant la nuit, quatre des leurs avaient succombé. Il fit son rapport au capitaine avant d'attaquer enfin sa journée.

*

Il fallut une semaine au navire pour enfin accoster sur une île. Au final, un cinquième de l'équipage périt durant la traversée. Les corps furent jetés au fur et à mesure. Il n'y avait pas le temps de faire la moindre cérémonie pour le moment.

Les équipes, qui se trouvaient hors de l'Argentière, avaient installé un campement le long de la plage pour accueillir leurs camarades malades. Ces derniers furent répartis par stade de leur pathologie.

Tout comme les autres, Ali fut transporté à l'extérieur. À peine le dernier patient descendu, les équipes non infectées se chargèrent de faire le grand nettoyage du navire. Un grand feu brûlait sur la plage avec toutes les literies contaminées.

Durant presque deux jours entiers, ce ne fut qu'un ballet incessant. Maïwan, lui aussi, jonglait avec toutes ses tâches et dès qu'il avait un peu de temps restait auprès d'Ali. Ce dernier commençait à aller mieux. Il dormait encore énormément, mais les vomissements avaient cessé depuis quelques jours. La fièvre diminuait aussi lentement. Pour le second, c'était un soulagement de voir que son amant allait s'en sortir.

Ce ne fut qu'au bout de trois semaines de lutte que l'épidémie fut enrayée. Il ne restait plus qu'une poignée de convalescents. Ali reprenait lentement sa routine au sein de l'équipage. Il restait très pâle, malgré ses heures au soleil. Il essayait de se rendre aussi utile que possible.

Alors qu'il remettait en place le mobilier de leur cabine, il entendit la cloche du pont principal retentir. Aussitôt il se précipita, prêt à se battre, et percuta Maïwan.

— Oh là, doucement, Ali.

— Mais on est attaqué !

— Quoi ? Non, pas du tout. Le capitaine a une grande nouvelle à annoncer à tout le monde.

— Et c'est quoi ?

— Viens et tu sauras.

Maïwan attrapa la main d'Ali et l'entraîna avec lui.

— Mes chers enfants, après des semaines à devoir lutter contre la maladie et après avoir pleuré nos morts, j'ai la joie de vous annoncer l'arrivée de nos alliés du Détroit de Glace. Dès demain, nous nous préparerons à les accueillir comme il se doit.

Des cris de joie répondirent à la nouvelle. Ali ne comprenait pas trop ce qui se passait. Il n'arrivait pas à rejoindre cet état de liesse. Il lui fallut patienter que le calme revienne pour avoir les explications.

— Une sorcière ?

— Elle est surnommée ainsi, car elle a les cheveux couleur de glace. Et son caractère est aussi froid.

— Et Maïwan c'est de quoi, il parle, commenta Taddéo en arrivant à leur hauteur.

— Comment ça ? questionna Ali, intrigué.

— Il s'avère que cette capitaine occupa ta,…

— Pas un mot de plus, Taddéo, gronda Maïwan. Ou tu risques de ne plus pouvoir satisfaire Soan.

— Qu'est-ce que tu allais dire, Taddéo ? Je veux savoir. Dis-le-moi, vu qu'apparemment Maïwan ne semble pas disposer à me le dire.

— Désolé, mon joli, mais je tiens à mes bijoux de famille.

Ali tenta à plusieurs reprises de connaître le fin mot de l'histoire, mais Maïwan l'évita pour le reste de la journée. Le soir venu et après tout le travail effectué durant la journée s'endormit avant le retour de son amant.

*

Le jour de la réunion avec l'équipage du Détroit des Glaces arriva et ce fut sur la plage que le banquet fut installé. Ali accompagné de Luigi monta la garde afin de prévenir Bahtiyar de l'arrivée de leur alliée. Il était impatient de rencontrer l'un des équipages alliés. Il avait entendu parler souvent de ce genre de relation qu'entretenait Bahtiyar, mais n'en avait pas encore vu, à part Telma.

Le navire de la sorcière fut en vue vers le milieu d'après-midi. Sur la plage, on aurait cru à la reconstruction du pont du Baleine bleue, mais en plus grand encore. Les différents gradés se tenaient près de Bahtiyar. Ali était émerveillé par le spectacle. On aurait dit un véritable cérémonial, ce qui tranchait énormément avec le statut de pirate.

— On dirait une entrée royale comme dans les livres.

— Ah, ah, ah, ah. Le capitaine est quand même l'un des cinq rois des mers.

— Ouais, mais hors la loi. Vu d'ici, c'est magnifique. Alors c'est elle, la sorcière de glace ?

— Eh oui, Illona du Détroit des Glaces. Elle dirige d'une main de fer près de deux cents hommes.

— La proue de son navire est bizarre.

— En effet. Ce n'est pas une proue ordinaire, mais un brise-glace. Peut-être qu'un jour, tu visiteras son île et tu comprendras.

— Salut la compagnie, intervint un dénommé Will. On vient vous relevez, ordre de Maïwan.

— Chouette, on va pouvoir faire la fête, s'exclama Ali.

— Pensez à nous garder un bout.

— Pas de soucis. À tout à l'heure, les gars.

Maintenant habitué à la manœuvre, Ali descendit sur le pont avec l'habilité d'un singe sous les rires de Luigi. Une fois sur la plage, ils rejoignirent Soan. Ali s'extasiait devant la beauté de la femme à la chevelure d'un blanc si pur.

Pendant près d'une heure, les deux capitaines discutèrent d'affaires sérieuses. La fête ne débuta qu'une fois que Bahtiyar leva sa coupe. Musique, rire, buffet et boissons en tout genre rythmèrent la soirée. Ali était en compagnie de son équipe quand Maïwan s'assit derrière lui et le prit dans ses bras, tandis que la femme pirate prenait place en face.

— Je rencontre enfin le seul homme sur mer à avoir pris le cœur du phénix.

— Ne le dis pas comme ça, Illona. Il s'en vantera après pendant des jours, commenta Maïwan, un brin de rire dans la voix.

— Eh, j'ne suis pas si prétentieux que cela. Ce n'est pas moi qui me vante auprès des autres de mes exploits au lit. Et pourquoi tu l'appelles phénix ?

— En raison de son pouvoir. Je suis ravie que quelqu'un d'aussi charmant ait réussi enfin à lui mettre le grappin dessus. J'espère que ce n'est pas trop dur de repousser la concurrence.

— Euh non, ça va pour le moment.

— Tant mieux.

— Tu connais Maïwan depuis longtemps ?

— Quelques années. C'est lui qui m'a battu et m'a entraîné dans cette grande famille.

— Je vois que vous préférez vous battre contre des femmes pour gagner.

— Hé, ce n'est pas vrai.

Ali et Illona éclatèrent de rire. Ali apprit énormément sur la sorcière de glace avant de finalement s'endormir contre le torse chaud de son amant.

22

Illona et les pirates de Bahtiyar se dirent au revoir au bout de deux jours. Ali avait eu la chance de visiter le navire allié. Il avait rapidement sympathisé avec cette femme au caractère bien trempé. Cette dernière n'hésita pas à lui donner des conseils pour pimenter sa vie privée.

L'Argentière reprit peu après la route pour de nouvelles aventures. La vie reprit aussi son cours normal. Soan commençait à faire parler de plus en plus d'elle et sa prime ne cessait de grimper pour son plus grand bonheur. Quand elle était sur le navire principal, elle passait du temps à se battre avec Ali, faire des parties de cartes ou s'isoler avec Taddéo. Le dernier couple ne se cachait même plus.

Un soir, alors qu'Ali et Soan étaient de vigie jusqu'à minuit, Taddéo et Maïwan furent convoqués par Héloïse dans sa cabine. Ils ne savaient pas ce que voulait la seule femme charpentière du navire. En entrant dans la cabine de cette dernière, ils la découvrirent avec le visage le plus sérieux possible.

— Quelque chose ne va pas, Héloïse ? demanda Maïwan.

— En effet, il y a quelque chose qui ne va pas.

— Cela ne me rassure pas. L'un de nos membres a-t-il créé des problèmes ? questionna Taddéo.

— Non, c'est pire que ça. Dites-moi, est-ce que vous savez ce qu'il y a dans deux jours ?

— Rien de particulier, à moins que tu aies rendez-vous avec la Marine, ne tenta Taddéo.

— Non, Taddéo, c'est la nouvelle année et c'est vrai que cette année, on n'a rien préparé avec les derniers événements.

— Les gars, vous êtes sérieux là ? Dans deux jours, c'est l'anniversaire de Soan et d'Ali. Ne me dites pas que vous ne le saviez même pas ?

— Ben non, confirma Maïwan. Ce n'est pas quelque chose que je lui ai demandé.

— Moi non plus, j'avoue.

— Vous êtes irrécupérables. Et je suis sûre que rien ne va vous venir à l'idée pour être un peu original.

— Trouver un navire à détrousser, proposa Maïwan.

— Oh mon dieu. Heureusement que je suis là alors.

— Pourquoi ? Tu as mieux à proposer ?

— On est à quelques heures de l'île Férya. Il nous faudra plusieurs jours pour faire le plein complet et la remise en état du navire, comme chaque année. Vous n'avez qu'à prendre tous les deux votre moitié et vous éloigner durant quarante-huit heures de l'équipage.

— Comme si on pouvait se le permettre, Héloïse. On a du boulot à ne plus savoir par quoi commencer généralement, intervint Maïwan.

— Il ne semble pas que quatre personnes feraient une réelle différence. De plus, Maïwan, je te rappelle que tu viens de traverser une terrible épreuve avec Ali, qui a frôlé la mort. Passer du temps rien qu'à deux pourrait vous être bénéfique. Quant à toi, Taddéo, vous pourriez assouvir votre libido avec Soan, à l'abri des regards et des oreilles de tous.

— Oh, mais ma chère Héloïse, serais-tu jalouse ?

— Pas du tout, Taddéo, mais avouez qu'un peu plus d'intimité ne vous déplairez pas.

— C'est vrai, tu as raison. Finalement, ce serait peut-être une bonne idée. T'en penses quoi, Maïwan ? Et puis Ali et toi n'êtes pas non plus discrets.

— De ce côté-là, tout le monde pense que vous faites une compétition.

— Ali avait adoré notre dernière escapade en amoureux alors pourquoi pas. Et puis, cela ne serait que deux jours. Mais au fait, dis-moi Héloïse, comment se fait-il que tu connaisses la date d'anniversaire d'Ali ?

— On s'est fait une soirée vigie, il n'y a pas longtemps. C'est fou comme ce genre de soirée peut être enrichissante.

Maïwan tomba des nues devant le fait qu'il ne connaissait pas ce genre de détail et qu'une autre personne en sache plus que lui sur son amant. Il se promit de rattraper cette négligence au plus vite. Chacun retourna dans sa cabine, réfléchissant à la proposition d'Héloïse.

Taddéo était tellement absorbé par ses pensées, qu'il ne fit pas attention à l'heure.

— C'est gentil de m'attendre, mais je croyais que tu étais de corvée demain matin à la première heure.

— Oh ! Ne t'en fais pas pour ça, il y aura bien quelqu'un pour me remplacer au pire. J'ai un second, ce n'est pas pour rien.

— Je crois qu'Ali a vraiment hâte d'arriver en ville.

— Et toi alors ?

— Généralement en ville, ça finit toujours en baston, dit-elle tout en se déshabillant sous le regard satisfait de son amant.

— Il faudrait que je t'évite de déclencher une bagarre durant notre séjour.

— Comme si c'est moi qui cherchais.

— Je ne dirais pas ça, commenta Taddéo qui s'installa au-dessus de son amante.

*

L'Argentière accosta sur l'île en début de matinée. Les équipes de Maïwan et Taddéo attendaient sur le pont que leur chef respectif daigne enfin sortir. Ali, au côté de Luigi, s'impatientait. Au bout de vingt minutes, enfin, leur attente fut récompensée. Bahtiyar suivit les deux gradés.

— Luigi et Rob, vous remplacerez respectivement Maïwan et Taddéo pendant les deux prochains jours. Ali et Soan, vous partez avec vos responsables, annonça Bahtiyar.

— Mais pourquoi ? Demandèrent les deux concernés en même temps.

— Vous verrez bien, annonça Maïwan. Vous avez dix minutes pour prendre des affaires.

Les deux pirates se regardèrent et partirent rapidement vers leur cabine. Ali ne savait pas ce qu'il devait prendre exactement, mais par sécurité, il prit trois tenues.

— Alors, prêt ? demanda Maïwan le faisant sursauter.

— Je ne sais même pas où on va et pour quoi faire, alors comment veux-tu que je sois prêt ?

— Je te fais confiance pour ça et ne t'en fais pas, tu le découvriras bien assez tôt.

Ali le regarda d'un air suspicieux.

— Toi, tu me caches quelque chose.

— Rien qui ne soit primordial. Bon, on y va avant que les deux autres partent sans nous.

— Je te suis, vu que je n'ai pas le choix.

Maïwan se retint de rire. Il aimait ce côté enfantin que prenait Ali quand il ne maîtrisait pas les choses. Taddéo et Soan attendaient sur le port. Les quatre pirates s'enfoncèrent dans les rues de la ville. Partout, c'était le festival, la ville était en ébullition. Ils finirent par arriver à un carrefour où ils se séparèrent. Maïwan entraîna Ali dans le dédale des rues pendant encore un bon quart d'heure. Il s'arrêta une fois devant un grand bâtiment luxueux.

— Euh, Maïwan, ne me dis pas que l'on va ici, s'inquiéta-t-il.

— Si, c'est bien ici pour les deux prochains jours.

— Et les corvées. On ne peut pas laisser les autres faire tout à notre place.

— Ne t'en fais pas pour ça. On y va ou tu veux faire le pied de grue ici.

— Oui, mais tu aurais pu me prévenir plus tôt.

— Allez viens, profite du moment présent.

Maïwan entraîna son amant dans le bâtiment. Se dirigeant vers l'accueil, il récupéra une clef avant d'aller vers un escalier. Ils montèrent jusqu'au dernier étage. Ali avait l'impression de rêver. Tout était trop beau pour être vrai. Son amant ouvrit une porte et il eut l'impression de ne plus pouvoir respirer. Ce n'était pas une simple chambre, mais une suite royale. Il pénétra avec hésitation, trop impressionné pour réagir normalement.

Derrière lui, Maïwan sourit, heureux de l'effet produit. Il referma la porte et s'approcha d'Ali qu'il entoura de ses bras pour le faire avancer.

— Alors, cela te plaît-il ?

— Non… euh je veux dire oui, mais ce n'est pas possible.

— Tout est possible, quand on le veut.

— Pourquoi, tout ça ?

— Demain, c'est ton anniversaire et depuis l'île sous-marine nous n'avons pas eu de temps pour nous. C'était le bon moment. Et si on regardait notre petit paradis pour les deux prochains jours.

Cela eut le mérite de réveiller Ali qui partit presque en courant. La suite était immense. La surprise fut encore plus grande en voyant la vue qu'ils avaient de la terrasse. Au loin, ils pouvaient même apercevoir l'Argentière. Ils mirent fin à la contemplation quand le ventre d'Ali se rappela à son bon souvenir. Le second décida d'aller manger sur la place du marché au milieu de toute cette ambiance de fête. Ils croisèrent de nombreux camarades qui semblaient aussi faire la fête.

— Ce soir, c'est le réveillon de la nouvelle année. Tout le monde va donc faire la fête en ville. Chaque année, nous venons ici. La plupart ont même une conquête sur cette île. C'est pour cela que l'on reste plusieurs jours.

Ils s'installèrent dans une petite taverne où ils retrouvèrent Taddéo et Soan. Ils mangèrent ensemble. Les deux plus jeunes échangèrent longuement sur leur surprise. Soan expliqua comment Taddéo l'avait conduit dans une auberge à l'extérieur du centre-ville, mais avec une superbe vue sur la mer. C'était un endroit très calme et avec tout le confort nécessaire pour eux. Les deux couples se séparèrent ensuite afin de profiter de leur tête-à-tête.

La journée se passa tranquillement, allant de découverte en découverte pour Ali. Jamais il n'avait assisté à des festivités de la sorte. Ils retournèrent dans leur suite à la nuit tombée. Ali se laissa tomber sur le lit, découvrant à quel point il était moelleux.

— Si on pouvait avoir le même matelas sur le navire, ce serait le paradis.

— Et tu l'apprécieras beaucoup moins lors de nos escapades, lui répondit-il en s'allongeant sur lui.

— T'es lourd Maïwan !

— Hum, tu n'as surtout pas assez de muscles. J'espère que tu n'es pas encore fatigué.

— Qu'as-tu au programme, second de l'équipage ?

— De quoi te tenir éveillé toute la nuit.

Sur ces mots, il captura avec faim les lèvres offertes et de sa langue, demanda l'accès qu'il ne lui refusa pas. Un gémissement ne tarda pas à s'échapper. Cela faisait si longtemps qu'ils n'avaient pas été si intimes que ça lui avait terriblement manqué.

Ali passa les bras autour du cou de Maïwan. Ce dernier en profita pour se relever, le portant comme un petit singe. Il se servit de sa perception aiguisée pour rejoindre la salle de bains. En chemin, son amant perdit une partie de ses vêtements. Il avait aussi retiré les siens, se retrouvant nus avant Ali. Il le déposa sur un banc, l'allongeant dessus afin de terminer son œuvre. Tout en descendant avec sa bouche, parcourant le corps sous lui avec des baisers, ses doigts se glissaient déjà le long de la ceinture du short qu'il portait. Il ouvrit ce dernier avant de commencer à lui ôter lentement, prenant au passage le sous-vêtement. La bouche de Maïwan arriva à l'intérieur des cuisses qu'il dévora. Il sentait Ali s'arquer sous lui et gémir.

Sans prévenir, il mit fin à la douce torture de son amant. Ce dernier tenta de le rattraper, mais il lui échappa avec une facilité déconcertante. Ali le vit se diriger vers la douche et la régler. Maïwan se retourna vers lui quand l'eau fut assez chaude et le vit se mordre les lèvres tout en le reluquant.

— La vue est-elle assez plaisante pour tes yeux ? demanda-t-il d'un ton aguicheur, tout en descendant une de ses mains vers le bas de son corps.

— Ne me dis pas que tu as décidé de te mettre à la torture psychologique.

— C'est une idée qui reste à développer. Maintenant si monsieur veut bien se donner la peine de venir. À moins que tu ne veuilles pas que je nettoie chaque pouce de ton corps.

— Je pourrais aussi bien avoir un beau spectacle d'ici. La vue est déjà merveilleuse.

— Oh, tu veux jouer à cela ? Tu risques de te brûler les ailes.

— Mais j'ai apparemment un phénix pour prendre soin de moi.

Maïwan sourit et se mit sous la douche. Il se plaça bien en face de lui et ne quitta pas son regard. L'eau coulait sur son corps. Saisissant le gel douche, il l'étala sur sa poitrine tatouée, cachant l'emblème de Bahtiyar sous une couche épaisse de savon. Ses mains descendirent lentement sur son corps pour enfin arriver à son entrejambe où son membre se dressait fièrement.

Ali, sur le banc, bavait littéralement devant les gestes de son amant. Il ne se lavait pas, mais le chauffait littéralement. Il sentait son propre membre se tendre et une chaleur exquise grandissait dans son bas-ventre. Sans même s'en rendre compte, ses mains descendirent pour se caresser et tenter de calmer la tension.

— Interdiction de te toucher. Si tu veux quelque chose, il va falloir venir me voir.

— Même ici, tu me donnes des ordres. Tu es trop loin pour que je bouge.

— Allez, un peu de courage. Tu verras, tu ne le regretteras pas.

Après voir fait mine de réfléchir, Ali se leva et se dirigea d'une démarche affreusement lente vers Maïwan qui continuait son petit jeu. Une fois à sa hauteur, il n'eut pas le temps de faire quoique ce soit, qu'il fut plaqué contre le torse musclé de Maïwan. Il l'avait placé de telle sorte qu'il lui tournait le dos. Ses mains descendirent vers l'entrejambe d'Ali et se mirent à caresser son sexe. Il ne fallut pas longtemps à Ali avant de se mettre à gémir et à quémander plus. Les lèvres de Maïwan qui embrassaient sa nuque ne l'aidaient pas. Soudain, il se fit écarter les jambes et sans plus de cérémonie, sentit le membre de son amant le pénétrer. Il laissa échapper une longue plainte de gêne et de douleur.

— J'aimerais bien t'entendre crier ainsi à chaque fois. Tu ne peux pas imaginer à quel point cela m'émoustille.

— Parle pour toi. Tu aurais pu faire un peu plus d'effort dans la préparation.

Maïwan maintint Ali et augmenta la cadence. La position n'était pas des plus confortable, mais cela ne semblait pas les gêner. Il fallut un moment pour qu'Ali ressente enfin du plaisir et ses muscles se resserrèrent sur Maïwan qui le rejoignit aussitôt. Ils restèrent quelques instants sans bouger avant que Maïwan ne décidât de les rincer. Il attrapa les serviettes et entraîna son homme vers le lit où ils s'installèrent. Ali se lova dans le moelleux de la couverture.

— Ce n'est pas l'heure de dormir. On est qu'au début des réjouissances.

— Tu m'as épuisé.

— Je suis sûr que tu as encore des ressources cachées.

Une explosion se fit entendre les faisant redresser la tête. Ils aperçurent le début du feu d'artifice. La fatigue d'Ali disparut aussitôt et il se releva pour aller à la fenêtre. Maïwan le suivit et une fois contre lui, défit sa serviette à peine mise.

— Non, je veux voir le feu d'artifice avant.

— Mais je ne t'en empêche pas, dit-il en s'agenouillant et en écartant les jambes de celui-ci. Ne t'occupe pas de moi.

— Cela va… être… difficile, haleta-t-il.

— Prends cela comme un entraînement. Concentre-toi sur le feu d'artifice et dis-moi ce que tu vois, lui demanda-t-il.

Maïwan tournait le dos à la fenêtre, profitant de la magnifique vue qu'il avait sur la fine toison qui entourait le membre au repos. Il attendit que son amant commençât à parler pour se mettre à l'œuvre. Il se mit à le lécher et le sucer. Sous l'exquise torture, Ali posa ses mains contre la vitre et ses jambes s'écartèrent un peu plus, lui laissant un meilleur accès. Il essaya de garder sa concentration, mais la sensation de cette bouche autour de son membre ne l'aida pas. Une idée germa dans l'esprit de Maïwan et il comptait bien la mettre en application.

La respiration d'Ali se fit de plus en plus difficile et maintenant, il ne pouvait plus se concentrer sur le spectacle. Maïwan l'empêcha de tomber sous les sensations de plus en plus fortes, qui déferlèrent en lui.

— Par les dieux des mers, Maïwan… ar… Arrête…

Mais ce dernier sachant très bien ce qui se passait continua son œuvre tout en souriant. Tous les muscles d'Ali se contractèrent violemment. Ses yeux étaient brillants et sa bouche grande ouverte, mais aucun son n'en sortit. Maïwan aspira jusqu'à la dernière goutte avant de se redresser et de le porter jusqu'au lit alors qu'il était toujours plongé dans les limbes de la jouissance. Il l'allongea sur le lit et le pénétra avec douceur. Il était très sensible et il lui fit le plus délicatement possible l'amour.

Une heure après, Maïwan tenait Ali à moitié endormi dans ses bras. Il lui embrassa tendrement la tête.

— Bon anniversaire.

*

À l'autre bout de la ville dans une auberge, les gémissements de deux autres pirates retentissaient. Connaissant bien ce qu'aimait son amante, Taddéo avait sorti le grand jeu et avait décidé de lui faire l'amour tout en jouant avec la nourriture. Il n'avait pas hésité à acheter chantilly, confitures, fruits et autres mets consommables. Soan avait frémi de bonheur durant leur petit jeu qui avait fini sous la douche. Après s'être correctement nettoyés, ils se couchèrent. Soan était déjà au pays des songes à peine la tête sur le torse du cuisinier de l'équipage.

Les deux jours en amoureux pour les deux couples passèrent très rapidement et le moment de rejoindre les autres arriva trop vite. Bien évidemment leur absence n'était pas passée inaperçue et Soan et Ali eurent le droit à toutes les blagues grivoises disponible au sein de l'équipage.

— Ne t'en fais pas Soan, on s'y habitue vite à ce genre de commentaires. Ils sont juste jaloux.

— Bon, quand vous aurez fini de papoter, les corvées vous attendent. Ali, tu iras donner un coup de main pour remettre le cordage en état. Soan, le groupe de Taddéo a besoin de mains pour nettoyer la cale à provision, intervint Maïwan.

— À vos ordres, dirent-ils à l'unisson.

— Dis-moi comment tu fais pour le supporter dans ces cas-là ?

— Je pense à la vengeance que j'exercerai plus tard. Mais hors de la cabine, je t'avoue que c'est un vrai bourreau, souffla-t-il.

Un bang retentit et les deux pirates se frottèrent la tête.

— Je crois avoir mal entendu, Ali. Au boulot tout de suite, tous les deux.

23

— Incroyable, s'exclama Luigi. Il a enfin réussi à développer un bouclier.

— Il était temps, avec tous les entraînements qu'il subit depuis des semaines, rajouta Taddéo. On va pouvoir fêter cela.

— Allez, Soan, debout, s'exclama un pirate du nom de Sano. Tu ne vas pas te laisser battre par un gringalet.

Soan était étendue sur le pont. Son propre pouvoir ne lui avait été d'aucune utilité face à la défense d'Ali. Son adversaire était désormais bien plus fort dans le combat rapproché. Elle se releva péniblement, essuyant le sang qui coulait au coin de sa bouche. Son regard se posa sur Ali, qui était sous le choc de l'exploit qu'il venait d'accomplir. Si désormais il maîtrisait un bouclier, elle allait devoir redoubler d'efforts.

— Ne t'inquiète pas pour moi, Sano. C'est la seule fois où un gamin aura réussi à m'en mettre une. Dorénavant, je n'ai plus besoin de retenir mes coups, n'est-ce pas Ali ?

— Quoi ? Non, mais… Je ne sais même pas comment j'ai réussi ça.

— Tant pis pour toi. Tu vas devoir rapidement retrouver comment faire. Après tout, il s'agit de ta propre magie.

Ali recula face au regard et au sourire sadique qui se dessinait sur le visage de Soan. Il évita de justesse un crochet.

— Reste concentré, Ali. Sinon je te démolis ton joli minois.

— Tu n'oserais quand même pas ? Maïwan ne serait pas content, tu sais. Surtout si c'est une fille qui me défigure.

— Alors là, rien à faire. Allez, bats-toi correctement.

Soan enchaînait les coups, veillant à modérer la force de ses impacts pour ne pas blesser son partenaire de combat. Celui-ci esquivait au dernier moment grâce à sa perception affûtée. Tentant de se concentrer pour se rappeler comment il avait activé son pouvoir plus tôt, tout allait trop vite pour réfléchir. Malgré tout, il tenta une offensive et se jeta sur Soan. Leurs poings se rencontrèrent violemment, projetant les deux combattants par-dessus bord sous le choc de l'impact.

— Vite, que quelqu'un aille les repêcher, s'écria le type de la vigie.

Luigi n'avait pas hésité et plongea dans l'eau. Noé l'imita aussitôt. Les deux combattants se retrouvèrent rapidement allongés sur le pont, en train de cracher de l'eau.

— Je crois qu'on peut dire qu'il y a match nul, déclara Taddéo.

— Vous êtes pires que des gosses tous les deux, commenta Maïwan qui arrivait vers eux. Soan, prends tes affaires, tu accompagnes Vlad en mission.

— Chouette, un peu d'action s'exclama de joie la concernée.

— Et moi ? Et moi ? demanda Ali.

— Il te faudra patienter un peu. Je veux que tu t'entraînes à la maîtrise de ton pouvoir. Dès demain, Taddéo et moi-même, nous prendrons en charge ton entraînement. Nous ne voulons pas que ce genre de situation se reproduise en cas d'affrontement.

— Bonne chance le gamin, lui annonça Soan en partant.

— Je te maudis. Quand tu reviendras, il n'y aura plus que toi qui finiras à la flotte.

— Je ne demande qu'à voir.

Ali lui tira la langue avant d'être attrapé comme un sac à patates par son supérieur, qui l'emmena jusqu'à la douche pour lui retirer le sel. Malgré ses protestations devant tout le monde, il se réjouit une fois seul avec lui.

*

Le lendemain fut, comme à l'accoutumée, difficile pour la tête, et de nombreux membres de l'équipage durent rendre visite aux infirmières. Il était indéniable que la nouvelle victoire de Soan contre un navire ennemi ne laissait personne indifférent. Ali et Soan furent réveillés en sursaut en entendant le bruit d'un flash.

— Celui qui a osé prendre une photo, vient de signer son arrêt de mort, marmonna-t-il, les yeux fermés.

— Vous êtes plutôt mignons tous les deux comme ça. Il fallait bien garder un souvenir.

— Maïwan !!! Sale traite. En plus, tu m'as abandonné sur le pont.

— Qu'est-ce qui se passe ? demanda Soan en s'étirant.

— Maïwan nous a pris en photo en train de dormir.

— Oh. Tu me montreras la photo ?

— Pas de soucis.

— Non, mais tu ne vas pas t'y mettre toi aussi !

— Allez-vous doucher, les corvées ne se feront pas seules.

— Dommage, pourtant, répondit Ali avant de détaler pour éviter le courroux du second.

Soan partit en direction du dortoir qu'elle partageait avec l'équipe de Taddéo. Pour ce dernier, cette situation ne pouvait plus durer. Taddéo voulait que les choses s'officialisent, pour ne plus faire semblant.

Il fallut encore une semaine avant que Soan ne prît ses quartiers définitivement dans la cabine de Taddéo. Les deux amoureux passaient de plus en plus de temps ensemble à l'abri des regards.

Ce changement eut un effet sur le moral d'Ali, qui, malgré le fait qu'ils furent sur le même navire, voyait moins Soan. Cela finit par le déprimer au plus haut point. Les semaines passaient et Ali sentit un manque s'installer au plus profond de ses entrailles.

Un après-midi, alors qu'il lézardait sur le pont, une ombre se dessina au-dessus de lui.

— On m'a dit que tu étais malade.

— Ah, c'est toi doc'. Non, je vais très bien, ne t'en fais pas.

— Ben alors, qu'est-ce qui se passe ?

— Je déprime. Cela fait maintenant trois mois que je n'ai pas pu partir en mission, que Soan n'a plus une minute à elle et pour couronner le tout, Maïwan est parti il y a quelques jours pour plusieurs semaines avec toute l'équipe, sauf nous deux. Sans compter que mon île me manque un peu par moment.

— Tu as été voir les autres encore présents ? Tu as bien des affinités avec d'autres pirates à bord.

— Ouais, mais ce n'est pas pareil. Maïwan m'a dit que je repartirai en mission, seulement quand je maîtriserai mon pouvoir. Mais j'ai l'impression de stagner.

— Malheureusement, je ne peux pas t'aider pour ça. Tu devrais demander à Vlad.

— Oui, mais ce n'est pas pareil qu'avec Soan.

— Tu ne serais pas tombé amoureux de belle brune, tout de même ?

— Non, non, pas du tout. Elle est plutôt comme une grande sœur pour moi. Tu sais que j'ai grandi dans une famille pas très aimante. Quand Soan est arrivée ici, j'ai eu l'impression qu'on avait un passé similaire. Elle ne m'a jamais parlé de sa famille, mais comprend ce que je ressens. Mais là, on se croise à peine.

— Je vois, je vois. Cela te tente de faire l'inventaire de la pharmacie avec les infirmières ? Demain, on devrait arriver sur une île.

— Pourquoi pas ? Ce sera toujours mieux que rien.

Ali se leva et partit en direction de l'infirmerie. Le doc' le suivit du regard avant d'aller trouver les gradés.

— Salut doc', c'est rare de te voir venir par ici.

— Salut Taddéo. Tu crois que je passe ma vie avec les infirmières ? Je viens ici parce que j'ai un patient en pleine déprime par manque d'action et d'attention de la part d'une certaine personne.

— Ali ? demanda Soan. Qu'est-ce que j'ai fait ?

— Oh, tu te souviens de lui. Tu lui manques et encore plus depuis que Maïwan ne veut pas qu'il effectue en mission.

— Ça alors, on abandonne un jeune homme en détresse ? chambra Taddéo.

— Pas du tout, j'étais juste occupée.

— Merci doc' pour les informations. Je vais voir ce que nous pouvons faire, intervint Bahtiyar.

Le petit groupe se mit à réfléchir pour trouver une solution. En début d'après-midi, ils décidèrent d'organiser le lendemain un tournoi amical sur l'Argentière. Chaque équipe devait proposer son champion. Pour la première équipe, Ali fut désigné d'office, étant le seul combattant présent de son unité.

Le soir même, comme c'était devenu un rituel, Ali attendit l'appel de son amant. Il lui raconta l'histoire du concours et ce dernier lui donna des conseils pendant près d'une heure, notamment celui de s'amuser avant tout.

*

Le lendemain, le pont fut aménagé en conséquence. Bahtiyar procéda au tirage au sort. Les règles étaient simples : chaque duel se faisait au corps-à-corps et seuls les pouvoirs perceptifs étaient autorisés. Les coups portés sur certaines parties du corps étaient quant à eux interdits.

Lors de son premier combat, Ali se retrouva face à un pirate avec qui il avait eu des échanges par le passé. Ce pirate était très rapide et dépassait Ali d'au moins deux têtes. Malgré cela, Ali ne se laissa pas décourager et donna le meilleur de lui-même. Le combat dura une vingtaine de minutes et se termina par une victoire serrée pour Ali. Les spectateurs applaudirent son exploit. Il se retira sur le côté pour récupérer en attendant son prochain combat.

Malgré les restrictions, les matchs restaient violents en raison de l'utilisation de certains pouvoirs, et le personnel médical ne chôma pas. Ali remporta un à un ses matchs. Une pause eut lieu à l'heure du déjeuner. Le groupe de Taddéo s'était surpassé pour offrir aux combattants de quoi se revigorer.

Ali parvint, non sans peine, jusqu'à la finale. Il se retrouva face à Spike, un redoutable pirate de l'équipe de Théo, réputé aussi fort que John. Les deux adversaires se positionnèrent l'un en face de l'autre. Malgré la fatigue accumulée et la douleur dans ses muscles, Ali décida de tout ignorer pour se donner à fond. Le coup d'envoi fut donné et les deux combattants se précipitèrent l'un sur l'autre. Les échanges étaient rapides et puissants dès le début du combat. Dans la foule, chacun retenait son souffle, captivé par l'intensité de la confrontation.

Malgré tous ses efforts, Ali commença à faiblir après quelques minutes et fut rapidement submergé par l'assaut de son adversaire. Tentant de riposter, il perdit l'équilibre sous la pression de ses attaques. Il bascula en arrière, l'impact lui coupant le souffle. Profitant de cette opportunité, Spike lui asséna un coup de poing qui le mit KO. Prévenu par son instinct, Ali se concentra et esquiva le coup à la dernière seconde, avant de contre-attaquer en assénant un puissant crochet du droit à son adversaire. Il le vit vaciller puis s'effondrer, inconscient. Observant alternativement son adversaire et son poing, Ali remarqua une étrange couleur sur ce dernier. Il releva la tête avec un sourire triomphant, exhibant son bras droit.

— J'ai enfin réussi, dit-il avant de s'effondrer à son tour.

Tous se regardèrent avant d'applaudir. Les gradés et Bahtiyar étaient plus que satisfaits de ce tournoi improvisé.

— Je crois que maintenant Maïwan ne pourra plus l'empêcher de partir en mission, commenta Vlad.

— En effet, Ali a vraiment progressé ses dernières semaines, rajouta Taddéo.

— Il finira un jour ou l'autre par tous nous battre si cela continue.

— On ne va peut-être pas le laisser là ? demanda Soan. Il ne se réveillera pas avant plusieurs heures.

— Tu as raison, ma fille. Ramène-le dans sa cabine et veille sur lui jusqu'à son réveil.

— Hein ! Et pourquoi moi ?

— Mais joli cœur, n'oublie pas que tu es en partie responsable de sa déprime, intervint Taddéo.

Soan se passa une main dans les cheveux avant de se diriger vers son camarade pour le porter et le ramener dans sa chambre. Bien que la tâche se révélât plus difficile que prévu, elle parvint à le glisser sous la couverture avant de prendre place sur un siège. Épuisée, elle finit par s'endormir à son tour. Soan fut tirée de son sommeil par le son strident d'une sphère. Se levant promptement, elle répondit à l'appel.

— Salut bel ange, alors comment s'est déroulé ton tournoi ? demanda la voix de Maïwan.

— Je suis désolée de te décevoir, mais ce n'est pas Ali.

— Soan !!! Il est arrivé quelque chose à Ali ?

— Du calme, du calme. Ton beau gosse va bien. Il dort juste comme un bébé.

— Vous lui avez fait faire quoi pour qu'il soit épuisé avant la nuit ?

— Il a mis la raclée à tous ses adversaires. Tu l'aurais vu. Il en a bavé, mais il n'a jamais abandonné. Tu peux être fière de lui.

— Mais je le suis toujours. Si je suis exigeant avec lui, c'est pour qu'il puisse se débrouiller seul s'il m'arrivait quelque chose. Est-ce qu'il a réussi à utiliser son pouvoir ?

— Oui en finale contre Spike.

— Attends, vous l'avez laissé affronter le type de l'équipe de Théo, qui massacre tout le monde d'une seule main ! Mais vous êtes malade ! s'égosilla Maïwan à l'autre bout.

— Ne crie pas ou tu vas le réveiller. On a veillé à ce qu'il n'y ait pas de casse, ne t'en fais pas et il n'a pas eu besoin de notre intervention. Bon, il aura peut-être quelques petits bleus.

— Vous voulez à ce que j'ai les cheveux blancs avant l'âge, ma parole.

— Maintenant, tu n'as plus d'excuses pour l'empêcher de partir en mission.

— En effet. D'ailleurs, j'allais appeler père, mais prépare-toi à partir demain aux aurores. Tu l'emmènes avec toi. Le problème à résoudre est plus complexe et j'aurais besoin de tes capacités.

— Pas de soucis. On se mettra en chemin à la première heure.

Maïwan raccrocha pour appeler Bahtiyar et lui expliquer la situation.

Moins d'une heure après, l'équipe de Soan, formée à la hâte, reçut l'ordre de partir. Elle se résolut à réveiller Ali pour le mettre au courant. Ce dernier sauta au cou de son amie au moment où Taddéo fit irruption dans la cabine.

— Je pourrais être jaloux, si tu me piques ma femme.

— Taddéo, je pars en mission ! C'est formidable, s'exclama-t-il. Et je te rassure, je ne suis pas branché nichons.

— Je crois que toute l'Argentière doit être au courant à l'heure qu'il est. Tiens, mange tant que c'est chaud. Tu dois prendre des forces avant le départ.

Ali dévora son plateau sous le regard amusé de ces deux amis qui ne partirent qu'une fois le plateau vide. Ali se rendormit presque aussitôt, rêvant d'aventures.

*

Tout le monde fut réveillé peu avant l'aube pour un départ rapide. Comme les autres responsables de groupe, il s'impliqua dans la vie à bord du bateau avec l'ensemble de l'équipage. Si tout se déroulait comme prévu, ils atteindraient Maïwan en trois jours seulement. Pour Soan, c'était sa première mission en tant que cheffe d'équipe, depuis

qu'elle avait rejoint l'équipage. Au cours des dernières semaines, elle avait pris le temps d'apprendre à connaître
chacun des membres qui composaient son groupe, leur
style de combat et leurs domaines de prédilection.

Vers le milieu de l'après-midi, la sphère d'Ali sonna. Il
courut s'enfermer dans la cabine de Soan pour être seul et
décrocha.

— Allô, Maïwan !

— Salut, Ali.

— Je suis en route, j'ai gagné hier au tournoi. Je me suis
battu jusqu'au bout. Ce n'était pas facile et j'en ai encore
des courbatures partout. Quand je me suis frotté à Spike,
j'ai réussi à utiliser mon pouvoir.

— Eh ben dis donc, j'en ai loupé des choses. Il faudra
que tu me racontes tout en détail.

— Et toi, ça se passe comment ? J'ai trouvé bizarre que
tu aies besoin de renfort.

— Me prendrais-tu pour un surhomme, par hasard ?

— Non juste pour mon homme.

Maïwan ne put s'empêcher d'éclater de rire.

— Dis Maïwan, commença-t-il soudainement d'une
voix hésitante.

— Qu'est-ce qu'il y a ?

— Je.. J'aimerais me rendre quelque part prochainement.

— Tu veux rentrer chez toi ?

Maïwan rencontra un grand blanc face à sa question.

— Non, ce n'est pas ça. Je suis un pirate maintenant et avec une prime sur ma tête, j'aurais du mal à retourner à mon ancienne vie, chez moi. Sans compter, que deviendrais-tu sans moi ?

— Il faudrait déjà que je te laisse partir. Même si je dois t'attacher au lit, je t'empêcherai de me quitter.

— C'est juste que dans un mois, ce sera l'anniversaire de la mort de mon père.

— Je vois, j'en parlerai à Bahtiyar quand on retournera sur l'Argentière. C'est à lui de prendre la décision.

— Merci.

— Tu n'as pas à me remercier. Alors, comment ça se passe pour toi à bord ?

— Comme avec tous les autres groupes. Soan me prête même sa cabine là. Elle a dit qu'elle ne veut pas que des flammes bleues décolorent ses flammes orange.

— Elle a tout à fait raison.

— Ce soir, je suis de vigie.

Ali et Maïwan discutèrent de tout et de rien, pendant presque une heure. Ils ne s'arrêtèrent qu'au moment où Soan vint le chercher. La capitaine par intérim fit le point de la situation avec Maïwan.

24

Lorsque le navire enfin apparut à l'horizon de l'île, l'équipe de Maïwan était prise au dépourvu face à l'assaut de plusieurs navires ennemis. Celle de Soan se prépara à riposter. Malgré ses tentatives infructueuses pour contacter Maïwan, Soan réalisa que ce dernier devait être en plein cœur de la bataille.

— Il est là, je le vois, s'écria soudainement Ali en pointant un point dans le ciel.

— Ainsi, c'est à cela que ressemble le pouvoir de Maïwan.

— Eh ouais, il est beau comme ça ? Je ne l'ai aperçu qu'une fois.

— Arrête de baver pour le moment. Bon d'après le drapeau, il s'agit des navires de l'armada de Wassim.

— C'est l'un des cinq rois des mers, si je me souviens bien.

— Tout à fait. C'est dur de l'avouer, mais il est plus fort que Bahtiyar. On dit que rien ne peut le tuer.

— Donc on n'a aucune chance ! commença à paniquer Ali.

— Mais si. Wassim se déplace peu lui-même et il n'y a pas son navire. Ce ne sont que des sous-fifres. Et ne t'en fais pas, je te protégerai. Après tout, je suis ta supérieure.

— Je n'ai besoin de personne.

Soan sourit avant de donner l'ordre d'attaquer.

Les pirates ennemis étaient trop concentrés sur la première équipe pour surveiller leurs arrières. Ils furent totalement pris au dépourvu par l'arrivée de la seconde équipe, déployée sur plusieurs canots pour aborder le plus grand nombre de navires ennemis possible. Soan prit les commandes de l'un d'eux et y embarqua Ali à ses côtés. Amatrice d'entrées remarquées, elle le dirigea vers les navires ennemis.

— Maintenant, je vais avoir besoin de tes services. Tu n'as pas encore l'habitude, mais on va tenter quand même. Concentre-toi sur ton pouvoir et envoie-nous en l'air, je me charge du reste.

— Et si j'échoue ?

— On ira nourrir les poissons.

Ali obéit et Soan sauta sur son dos. Il se concentra et laissa son pouvoir les envelopper avant de prendre son élan et de sauter en l'air. Contre toute attente, de sa part, un vent les enveloppa et les propulsa. Soan attendit d'être à bonne hauteur avant d'enflammer une partie de son corps. Cela créa un courant chaud qui leur permit de se déplacer. Ali ferma les yeux, tandis que Soan quitta le dos d'Ali et réussit à faire une pirouette arrière. Il enflamma son poing.

— Soan.

Trois navires furent détruits simultanément. Les deux pirates atterrirent sans mal sur le pont de la première équipe où Maïwan reprenait sa forme humaine.

— Et la cavalerie est arrivée, annonça Soan.

— Je vois ça. Vous êtes arrivés à temps. Je ne pensais pas qu'ils reviendraient à la charge si tôt.

— Je peux savoir ce que tu fais, Ali ?

— J'apprends à voler.

— Va rejoindre l'équipe de Luigi. Il est sur le navire qui est derrière le nôtre.

— Tout de suite chef.

Ali se précipita pour rejoindre son camarade sans perdre un instant. Naviguer à travers les envahisseurs qui avaient pris d'assaut le navire fut un véritable défi. Concentré, il fit appel à son pouvoir à plusieurs reprises pour se frayer un chemin. Utilisant les cordes d'abordage, il parvint à rejoindre le navire ennemi et localisa rapidement Luigi, qui se battait courageusement contre trois pirates simultanément.

Pendant ce temps, Soan et Maïwan affrontèrent le chef des pirates les plus redoutables. Leur réussite nécessita patience et stratégie pour finalement terrasser le redoutable meneur.

La nuit était sur le point de tomber lorsque tous purent enfin souffler. Ali en profita pour récupérer son sac et le rapporter dans la cabine de Maïwan. Ce dernier était en-core en pleine discussion avec Soan sur les ripostes à envi-sager et l'état des troupes. Ali put alors profiter de la salle de bains pendant un bon quart d'heure avant d'être rejoint par son compagnon.

— Tu t'es bien battu aujourd'hui.

— Pourquoi ? Tu en doutais ? demanda-t-il.

— Pas du tout. Sinon, je ne t'aurai pas fait venir.

— C'est fini ici ?

— Oui, mais on ne repart pas immédiatement. On doit faire réparer le navire. Il nous faudra au moins vingt-quatre heures. Mais, ne pense pas te prélasser, il y a du boulot pour toi, demain.

— Dommage, j'avais besoin de parfaire mon bronzage.

— Tu pourras le faire tout en travaillant. J'aime te voir œuvrer torse nu.

Maïwan embrassa son amant avant de finir de se laver pour se coucher. La fatigue était trop présente en lui pour pouvoir profiter plus de leur moment à eux.

*

Le lendemain, Ali rejoignit à nouveau la seconde équipe pour contribuer à sécuriser la zone. Pendant ce temps, ils furent informés que, suite aux événements impli-

286

quant Wassin, Bahtiyar avait décidé de se déplacer en personne pour rétablir l'ordre.

— Ali, dis-moi, cela ne te dérange pas de faire équipe avec Illan et Will ? Ce sont des types bien.

— Pas de souci Soan.

— Merci. Vous allez vous rendre sur la pointe sud de l'île. C'est par là que peut venir l'ennemi.

— Youpi, c'est parti pour une balade.

Ali était véritablement ravi d'être à terre et, surtout, de participer à la mission. Cela lui offrait l'opportunité de mieux connaître des membres de l'équipage qu'il ne croisait pas forcément au quotidien, et surtout de découvrir de nouvelles îles. Ce n'est pas qu'il s'ennuyait à bord de l'Argentière, où il y avait toujours de quoi s'occuper, mais il recherchait davantage d'aventure.

Ils marchèrent le long de la côte pendant un certain temps. Ali avait déjà croisé Illan à plusieurs reprises sur l'Argentière, mais ce dernier restait toujours en retrait, préférant se faire discret. Peu loquace, il se tenait souvent à l'écart des festivités. Ce n'est que maintenant qu'Ali s'en apercevait. En ce qui concerne Will, il avait eu l'occasion de discuter avec lui à plusieurs reprises. Ils avaient même fait des tours de vigie ensemble.

— Je crois que l'effet Maïwan fonctionne toujours, entendit-il soudain derrière lui, le sortant de ses pensées.

— Quoi ? Pourquoi dis-tu ça Will ?

— Il semblerait que le simple mot "Maïwan" ait suffi à capter ton attention et à te faire te tourner vers nous. Illan et moi te parlons depuis cinq minutes, mais tu sembles ailleurs, la tête dans les nuages, sans nous répondre.

— C'est que notre cher second doit-être un sacré coup au lit, renchérit Illan en éclatant de rire.

— Ma… Mais pas du tout. Vous vous faites des films tous les deux.

— Tu entends ça, Illan, Maïwan ne le satisfait pas. Finalement, il ne serait pas à la hauteur de sa réputation.

— Il se fait un peu vieux. Il faudrait peut-être qu'il passe la relève. Si tu veux Ali, tu as deux hommes dans la force de l'âge qui pourront assouvir tes désirs.

— Non, mais ne dites pas ce que je n'ai pas dit ! s'écria Ali, complètement rouge pivoine. Je reste fidèle à Maïwan et sa réputation n'est pas falsifiée.

— Oh ! Oh ! On va peut-être avoir des détails croustillants.

Les deux hommes se mirent de nouveau à rire. Arrivés sur place, ils s'installèrent au bord de la falaise, contemplant l'horizon. Ils poursuivirent leur discussion variée et animée. La journée s'écoula tranquillement et les trois pirates furent heureux de retrouver les navires lorsque la relève vint prendre le relais.

Une fois de retour à bord, Ali se sépara de ses compagnons pour se rendre dans la cabine de Maïwan. En entrant, il le trouva en train de compléter le journal de bord. À l'extérieur, la nuit commençait à tomber. Ayant décidé de prendre une douche, sachant que le dîner n'était pas prévu avant trois heures, Ali se lava rapidement et sortit de la salle de bains vêtu uniquement de la serviette de son amant. Il s'approcha de Maïwan, toujours plongé dans son écriture. Une idée audacieuse germa dans l'esprit d'Ali. Pour s'assurer de ne pas reculer, il s'efforça de ne pas trop réfléchir et se lança. Passant ses bras autour des épaules de son amant, il déposa des baisers sur son cou. Malgré les attentions d'Ali, Maïwan tenta de rester concentré sur son travail en cours, désireux de le terminer avant de pouvoir pleinement profiter de la soirée sans avoir de tâches inachevées. Il sentit les mains de son partenaire descendre pour caresser son torse un peu trop bien dessiné.

— Ali, aurais-tu quelque chose à te faire pardonner ?

— Pourquoi crois-tu que j'aie quelque chose à me faire pardonner ? Tant pis pour toi, dit-il en se relevant et faisant mine de partir.

— Attends, lui répondit-il en lui attrapant l'un des poignets et en le faisant basculer sur ses genoux.

Il lui prit le menton et l'embrassa longuement. Quand il y mit fin, il vit le regard brillant de son homme.

— D'habitude, il faut que je te coure après. Tu es plutôt réservé et là tu fais des choses que tu ne ferais pas d'habitude. Forcément je me pose des questions.

— Tu réfléchis trop. Tu te rappelles c'est ce que tu me dis à chaque fois. C'est pareil pour toi. J'avais juste quelques idées et vu qu'on ne mange pas avant quelques heures, j'avais envie de les tester. Mais apparemment, cela ne te plaît pas.

— Je n'ai pas dit cela. Au contraire cela me fait très plaisir que tu prennes des initiatives.

— Alors je peux continuer ?

— Mais ne te gêne pas. Par contre, soit prêt à en assumer les conséquences si tu me chauffes trop.

— J'en tremblerais presque de peur, si je ne te connaissais pas encore, Maïwan. Je vais allumer tes flammes.

— Je demande à voir ça.

Sans plus de cérémonie, Ali descendit des genoux de son amant et laissa tomber sa serviette avant de glisser sous le bureau. Ce dernier commença à avoir une idée de ce qu'il avait prévu pour lui et doutait fort qu'il puisse terminer son rapport journalier.

— Mais vas-y, continue d'écrire, je ne voudrai pas t'empêcher de travailler.

— Si tu oses faire ça, je te ferai hurler de plaisir que les deux groupes t'entendront si ce n'est pas l'île entière.

— J'en frissonne d'avance.

Ali remonta ses mains le long des jambes de Maïwan, qui s'était replongé dans son rapport. Il s'efforça de le terminer rapidement, redoutant de perdre le fil de ses pensées et de commencer à écrire des inepties dans le journal. Avec une lenteur étudiée, Ali défit la ceinture de Maïwan puis ouvrit son pantalon pour caresser l'objet de son désir à travers le tissu, le faisant descendre jusqu'aux genoux. Maïwan l'aida en se soulevant légèrement, tout en continuant d'écrire. Mais il sentait déjà son membre se raidir d'impatience. Il n'avait jamais imaginé que son amant serait aussi entreprenant, mais cela ne le déplaisait pas, bien au contraire. C'était un changement agréable par rapport au doux Ali qu'il avait l'habitude de dominer. Maïwan se donna une claque mentale pour se concentrer et terminer enfin son maudit rapport.

Ali avait désormais une vision et un accès illimité au trésor qu'il convoitait. Soudain, il prit conscience de la situation et ne put s'empêcher de se sentir gêné par son audace. Ce n'était pas qu'il n'aimait pas le sexe, mais il avait l'habitude de laisser Maïwan prendre les devants et n'avait jamais été entreprenant. Cependant, cette fois-ci, et probablement influencé par sa discussion avec Illan et Will, il ressentit l'envie d'explorer certaines choses que son amant lui faisait habituellement subir. Il prit une profonde inspiration et dirigea sa bouche vers les genoux de son amant. Il débuta en embrassant l'intérieur des jambes tout en remontant vers les cuisses. Malgré la position inconfortable sous le bureau, il décida de faire avec. Trois coups à la porte de la cabine interrompirent sa progression. Maïwan eut un bref moment d'hésitation avant de sourire à son amant. Le bureau les dissimulait et personne ne pouvait deviner qu'il se trouvait en dessous.. Avec un de ses pieds, il lui envoya sa serviette.

— Non, Maïwan, chuchota-t-il en le suppliant du regard.

— Entrez.

La porte s'ouvrit et il retint sa respiration.

— Je ne te dérange pas Maïwan? demanda la voix qu'Ali reconnut comme étant celle de Soan.

— Pas le moins du monde. Alors comment cela s'est passé la journée avec tes nouvelles fonctions? Prends un siège.

— Merci, dit-elle en s'asseyant en face du second. Apparemment c'était assez calme d'après Illan. Ali ne t'a rien dit?

— Non. Je pense qu'il préfère que cela soit toi qui en parles.

Sous le bureau, Ali bouillonnait de frustration. Il ne pouvait croire que Maïwan engageait une conversation avec Soan alors qu'il était nu à quelques mètres d'eux. Si Maïwan voulait jouer à ce jeu de provocation, alors Ali était prêt à y participer également. Après tout, ce n'était pas lui qui se trouvait dans la situation la plus embarrassante. Il reprit alors sa position initiale et poursuivit ses caresses jusqu'au sexe de son amant, qu'il se mit à lécher. C'était la première fois qu'il s'adonnait à ce genre d'activité. Cela lui paraissait un peu bizarre, mais pas désagréable du tout.

De son côté, Maïwan ressentit un court instant de perturbation face aux actions d'Ali visant à le déstabiliser. Intérieurement, il appréciait cette touche de piment dans leur vie intime. Il continua de parler de sujets importants pour la journée à venir, mais par moments, il avait du mal à rester concentré. Son amant avait finalement pris son membre en bouche, effectuant des mouvements qui l'excitaient à chaque va-et-vient.

— Je pense que demain nous devrions avoir fini les réparations du navire. Il faudra alors…, Maïwan s'interrompit en toussant.

— Ça va Maïwan ?

— Oui, oui, tout va bien. J'ai sûrement dû attraper un peu froid avec la fatigue et tout le tralala de ses derniers jours.

— Tu devrais te reposer et demander à Ali de s'occuper un peu de toi. Si tu veux, demain je ne le mettrai pas en surveillance.

— Ne t'en fais pas pour lui. Il adore trop ses postes de surveillance. Je pense même qu'il n'a pas assez de travail.

— Comme tu veux. En tout cas, depuis que tu lui as de nouveau donné l'autorisation de partir en mission, il revit.

— Je n'en doute pas une seconde.

— Il a beaucoup mûri ces derniers temps. Il est plus réfléchi et prends des initiatives maintenant.

— Sur ce dernier point, je ne peux que t'approuver. Tu ne peux même pas imaginer à quel point.

En bas, Ali souriait. Il remarquait à travers le sexe tendu de son amant et ses jambes qui se resserraient autour de lui que ce dernier avait de plus en plus de mal à rester concentré. Sans émettre le moindre son, Ali accéléra ses mouvements. Soudain, il sentit la main de Maïwan peser sur sa tête, mettant ainsi fin à la conversation avec Soan, qui se leva et quitta la cabine.

Une fois la porte refermée et assuré que Soan était suffisamment éloigné, il fit remonter son amant sur ses genoux et, sans prévenir, le pénétra, lui arrachant un gémissement.

— C'est une idée ou le fait qu'il y ait une personne en plus dans la pièce t'a drôlement excité ? Je constate que tu as même prévu les conséquences.

— C'est possible.

— Hum, en tout cas, maintenant il va falloir assumer ton audace.

Il se redressa, toujours enfoui en lui et l'allongea sur son bureau avant de se mettre à le pilonner frénétiquement le faisant crier de plus en plus fort.

Quelques minutes plus tard, les deux amants étaient allongés sur le lit, reprenant leur souffle.

— Je crois que tu n'as pas fini d'écrire ton rapport, second.

— Et à qui la faute ? Alors comme ça, monsieur devient plus entreprenant ?

— Disons que j'ai juste confirmé à certains que tu étais un très bon coup au lit.

Maïwan se redressa, faisant face à son amant, interdit.

— Tu doutais de moi.

— Moi non, mais certains m'ont dit que tu devenais trop vieux pour ce genre d'exercice.

— Qui ça ?

— Je ne peux pas le dire. C'est un secret.

— Je te ferai parler tôt ou tard.

— Plus tard, j'ai faim maintenant.

Les deux amants se rhabillèrent pour rejoindre les autres au réfectoire de la deuxième équipe. Évidemment, ils furent accueillis par des sifflements. En passant près de

Will et Illan, Ali leur adressa un large sourire qui en disait long.

Soan était bouche bée et incapable de trouver les mots pour exprimer ce qu'elle venait de réaliser soudainement. Elle se retrouvait ni plus ni moins, à prendre part à leur jeu.

*

Le lendemain matin, Ali se retrouva avec la même équipe que la veille. Cette fois, ils évitèrent de parler des événements de la veille impliquant Maïwan. Ali essaya d'en savoir plus sur Illan, mais ce dernier répondit de manière assez évasive à chaque question.

Le temps du retour arriva enfin et il leur fallut quelques jours pour rejoindre l'Argentière. Ali retrouva son groupe, mais cela ne l'empêcha pas d'échanger des signaux avec Will lorsqu'ils étaient tous les deux de vigie sur l'autre navire.

*

Soan attendit leur retour sur l'Argentière pour parler à ses hommes.

— Attention, tout le monde, Soan va nous faire un discours, annonça Will.

— Non, non, je ne suis pas faite pour ce genre de discours. J'voulais juste vous dire merci, les gars, de m'avoir accordé votre confiance durant ma première mission en tant que responsable.

— Merci à toi Soan d'avoir redonné une cheffe à notre équipe. On ne pouvait pas rêver mieux.

Toute la flotte fit une ovation à Soan.

25

Depuis une semaine déjà, l'Argentière et ses quatre navires-compagnons voguaient en direction de l'île d'Ali. Lorsque la prochaine destination avait été annoncée, un immense bonheur avait envahi ce dernier. Il n'avait pas osé croire que cela puisse être possible. Cependant, à mesure que les navires approchaient de leur objectif, une anxiété grandissait en lui, formant une boule dans son estomac. Il ressentait le besoin impérieux de retourner une dernière fois sur son île, et surtout, de faire ses adieux à celui qui avait éveillé en lui la passion de l'aventure. Cependant, en dépit de cette joie, la crainte de la réaction des habitants de son village le tourmentait. Comment serait-il accueilli en empruntant les rues menant au lieu de repos de son père ? Comment réagiraient les villageois en découvrant la longue procession de pirates ?

Obsédé par toutes ces interrogations, Ali était incapable de savourer pleinement le moment à venir. Plongé dans ses pensées, le regard fixé dans le vide, il ne vit pas Maïwan s'approcher de lui.

— N'envisage même pas de t'échapper. Peu importe où tu tentes de te cacher, je te traquerai jusqu'au bout.

— Il y a un an, peut-être que ma réponse aurait été différente, répliqua Ali. Mais aujourd'hui, c'est une tout autre histoire. J'ai noué de véritables amitiés ici, et même construit une nouvelle famille. Je ne peux pas envisager de me séparer de tous ceux qui me sont chers.

— Et moi, je ne conçois pas ma vie sans toi à mes côtés. J'espère sincèrement que tu n'envisages pas de me quitter. Sinon, je serais contraint de te kidnapper à nouveau et de te ligoter au lit, jusqu'à ce que tu changes d'avis.

— Prends garde, tu te répètes. Et n'oublie pas que je suis plus fort désormais.

— Et moi je connais tes points faibles.

— Oh non, vous n'allez pas recommencer cela en public. J'ai eu ma dose la dernière fois, s'exclama Soan. Il m'a fallu trois jours pour m'en remettre.

— Dis Maïwan, tu vois de quoi il parle ? Parce que moi, pas du tout.

— Moi non plus.

Les deux amants se mirent à rire devant la mine déconfite de Soan.

— Ce n'est pas tout ça, mais Bahtiyar voudrait te voir, Ali.

— Ah, il y a un problème ?

— Pas du tout, ne t'en fais pas.

Ali emboîta le pas de Maïwan jusqu'à Bahtiyar. Ce dernier se tenait dans la salle de commandement, entouré de tous les responsables. Maïwan lui fit un signe pour qu'il s'approche. Sur la table était déployé leur itinéraire.

— Selon mes relevés, commença Maïwan, nous nous trouvons actuellement dans cette zone, ce qui signifie que si tout va bien, nous serons à moins de quinze jours de l'île d'Ali. Dans environ une heure, nous devrions atteindre le passage pour rejoindre la bonne mer.

— Mais je croyais qu'on ne pouvait pas traverser le détroit dans ce sens, intervint Ali.

— Pour la majorité des navires en effet, mais comme la Marine, notre navire fonctionne avec la magie de certains d'entre nous, lui répondit le second.

— Bien sûr, cela ne nous évitera pas d'affronter quelques obstacles, renchérit Taddéo.

— Finalement, ce n'était peut-être pas une bonne idée d'y aller, dit-il d'une toute petite voix.

— Ne me dis pas qu'un gamin de ta trempe a peur d'une petite bestiole, s'esclaffa Bahtiyar.

— Ces petites bestioles font quand même quelques mètres.

— Dis-moi Ali, tu connais bien ton île ?

— Assez pour l'avoir parcouru des dizaines de fois, pendant des jours entiers.

— Quel endroit est le plus sûr pour nous pour accoster ? La dernière fois nous n'avons pas eu le temps de faire du repérage.

— Je dirais la crique où Maïwan m'a enlevé. Personne n'y vient, car pour se rendre sur la plage c'est assez escarpé. Après notre île est relativement calme, la Marine a installé une base à deux jours de là, mais on ne la voit jamais passer.

— Donc on devrait être tranquille.

— Je pense. Les seuls ennuis que l'on pourrait avoir sont avec de petits équipages de pirates qui démarrent leur carrière. Il y a deux ans, ils ont ravagé le nord de l'île. La ville de Temo a même été entièrement rasée par Sagriman.

— Ce nom m'est familier, commenta Bahtiyar.

— On se chargera d'eux sans problème, capitaine. Ils ne rivalisent pas avec les pirates de l'Argentière.

— Je n'en doute pas, soupira Ali.

— On peut toujours faire demi-tour maintenant, si tu le veux.

— Non, Maïwan. Si je ne lui rends pas hommage, personne ne le fera. Si l'on jette l'ancre dans la crique, il faudra alors traverser mon village pour se rendre sur la colline où j'ai enterré mon père. Le maire avait refusé de l'inhumer au cimetière, considérant qu'il était un criminel de la pire espèce, et ma mère n'a jamais voulu s'en charger, dit-il avec tristesse dans la voix.

Tout le monde s'était tu autour de lui.

— Ne faites pas cette tête, ça va bien. Je ne voulais pas plomber l'ambiance. Si vous n'avez plus besoin de moi, capitaine, je vais y aller.

— Tu peux retourner à tes tâches, merci.

— À plus tard tout le monde.

Ali quitta précipitamment la pièce devenue oppressante pour lui. Parler de son île et de sa famille lui causait plus de douleur qu'il ne l'avait imaginé. La perspective d'un nouveau rejet le terrifiait. Renier sa propre famille n'était pas chose aisée. Faire comme si de rien n'était ne l'était pas non plus. Il se dirigea rapidement vers sa cabine. Il ne voulait pas laisser voir ses larmes à quiconque.

Maïwan, resté avec les autres, avait souhaité le suivre. Il avait discerné sa détresse à travers ses paroles. Il se rendait compte que Ali se vantait pour se donner un air joyeux et dissimuler toute faiblesse émotionnelle. Il sentit la main de Taddéo sur son épaule.

— Je me charge de ton homme, ne t'en fais pas.

— Merci Taddéo.

Le maître-coq savait où Ali se trouvait et se dirigea directement vers les cabines. Il frappa à la porte derrière laquelle Ali s'était réfugié, puis entra. Comme il s'y attendait, il trouva Ali allongé sur le ventre sur le lit. Il referma la porte derrière lui en silence.

— Tu n'es pas obligé de te cacher pour pleurer.

— Je... je ne pleure pas. J'ai une poussière dans l'œil.

— Tu ne m'auras pas comme ça. Tu sais, dit-il en s'asseyant près de lui, tu as le droit d'être triste. C'est un sentiment humain. Nous comprenons tous ce que tu peux ressentir. De plus, tu es très jeune, c'est normal. Il y aura toujours une épaule sur laquelle tu pourras pleurer et une oreille pour t'écouter. Ici, la plupart des hommes ont une part sombre qu'ils dissimulent, mais qui ressort parfois. Il ne faut pas tout garder en toi.

Taddéo passa sa main dans le dos de son camarade de bordée. Ce geste le calma légèrement et un silence apaisant s'installa. Ils restèrent ainsi quelques minutes, sans que cela les dérange.

— Cela fait quatre ans que mon père est décédé. De son vivant, j'étais déjà rejeté par tout mon village, mais chaque moment passé avec lui était comme enchanté. Grâce à lui, j'oubliais toutes les persécutions que je subissais au quotidien. Chaque soir, il me racontait ses voyages avec les pirates des Ascores. Quand je m'endormais, j'avais l'impression de faire partie de ses aventures.

— Les pirates des Ascores ? Tiens, ce nom me dit quelque chose. Je crois que je les ai affrontés à l'époque où je n'étais pas sous la bannière de Bahtiyar. J'étais jeune à l'époque. Cela remonte à au moins 25 ans.

— Tu n'es pas si vieux que ça, quand même !

— Non, Maïwan est le plus vieux après père.

— De quoi !!! Mais il a quel âge ?

— Il ne t'a jamais dit son âge ? Comme c'est étrange.

— On n'en a jamais discuté. Il faut dire que je pensais qu'il n'avait que quelques années de plus que moi. Là, j'ai peur de savoir, mais j'ai aussi envie de connaître la réponse.

— Demande-lui alors.

— Tu me vois lui demander ça, presque un an après notre rencontre ? Ça ne fait pas sérieux.

— Et connaître son âge changerait quelque chose à tes sentiments.

— Ce serait un peu tard pour faire machine arrière.

Les deux pirates se mirent à rire. Taddéo était ravi de lui avoir redonné le sourire. Soudain le navire tangua dangereusement, leur faisant perdre l'équilibre.

— Ah ! je crois qu'on entre dans le détroit. Déjà dans le sens du courant ce n'est pas évident, mais là à contre-courant, c'est un véritable défi.

— Pitié, j'ne veux pas mourir si jeune.

— Ne t'en fais pas, tu as un preux chevalier pour te sauver.

— Tu parles d'un preux chevalier. Je n'imagine pas du tout Maïwan sur un cheval habillé comme un prince et utilisant un vocabulaire que même les encyclopédies n'ont pas répertorié.

— On va sur le pont? Je suis sûr que certains aimeraient te voir avec le sourire.

Sur le pont des cinq navires, un souffle de tension planait, les pirates scrutant l'horizon à la recherche du moindre signe de danger. Ali se tenait aux côtés de Luigi et Will, perchés à la vigie. Les gardiens du don de perception étaient sollicités plus que jamais. Non loin de Bahtiyar, Maïwan, Vlad et Taddéo se tenaient prêts, leurs sens aiguisés à l'affût de la moindre menace.

*

La traversée du détroit se déroula sans encombre et en moins de deux jours, ils atteignirent la mer inconnue. Épuisée par la vigilance intense requise, l'équipe avait su faire preuve d'une collaboration exemplaire, évitant ainsi tout incident.

À mesure que les navires s'approchaient de l'île d'Ali, une transformation s'opérait en lui. Personne n'était dupe, surtout pas Maïwan, Luigi, Soan et les autres chefs d'équipe. Son sourire autrefois radieux n'était plus qu'une façade, dissimulant des cernes creusés sous ses yeux. Malheureusement, personne ne pouvait lui venir en aide tant qu'il demeurait enfermé en lui-même.

*

— Nous accosterons demain en fin de matinée, annonça Maïwan tout en caressant les cheveux de son amant, dont la tête reposait sur son torse.

— Hum hum.

— Tu veux faire quelque chose de spécial ?

— Non, juste nettoyer sa tombe et me recueillir.

Leurs corps n'étaient pas fatigués, leurs esprits plongés dans les brumes de leurs étreintes empreintes de douceur et de volupté ce soir-là. C'était le seul instant où Ali se permettait de lâcher prise.

— Je peux te poser une question Maïwan ?

— Bien sûr.

— Tu as quel âge ?

Maïwan tenta de ne pas montrer sa surprise.

— Pourquoi tu veux le savoir ?

— Avec Taddéo, on discutait il y a quelques jours et il disait qu'il avait affronté l'équipage de mon père avant de devenir membre de l'équipage de Bahtiyar. Et quand je lui ai signalé qu'il était vieux, il m'a dit que c'était toi le plus vieux après le capitaine.

— Et à quoi cela te servirait de le savoir ? Surtout depuis le temps qu'on couche ensemble.

— Ben, tu connais le mien. Et puis en un an, je réalise que je ne te connais pas vraiment.

— J'ai 45 ans.

— Hum, hum. Tu n'es pas sérieux ? Tu pourrais presque être mon père ! Je ne pensais pas qu'on avait autant de différence.

— Et tu me donnais quel âge ? questionna Maïwan, tout en rigolant.

— Trente-cinq ans, tout au plus. Dis-moi quel est ton secret ?

— Mon pouvoir. Il ralentit le vieillissement de mon corps.

— La chance. Je serais donc vieux et décrépit avant toi. Mais dis donc, tu aimes alors les petits jeunes innocents.

Maïwan fit basculer son corps pour se retrouver au-dessus de lui et le regarda de son regard brillant de luxure.

— Uniquement, les jeunes hommes aux cheveux blonds venant d'une certaine île.

*

Le lendemain matin, le ciel semblait refléter l'état d'esprit d'Ali. Malgré sa préparation mentale, une boule d'angoisse s'était installée au creux de son ventre. L'île se dessinait à l'horizon, grandissant à une vitesse qui le mettait mal à l'aise.

Comme l'avait prédit Maïwan, l'heure du déjeuner approchait. Il fut décidé de se restaurer avant de mettre pied à terre. Personne ne pressa Ali pour qu'il mange. Il quitta rapidement la salle à manger et se rendit au bastingage donnant sur la crique. Ce paysage lui rappela tant de bons souvenirs, mais aussi des moments difficiles. C'était sa vie, celle d'avant Maïwan. Jetant un coup d'œil sur le pont, il ne vit personne. Alors que tout le monde se restaurait, Ali jeta un dernier regard en arrière avant de sauter par-dessus bord. Heureusement, il toucha le fond, la marée étant descendante. Il se précipita vers la plage et, une fois arrivé, une voix retentit derrière lui.

— Ali, reviens, tu ne dois pas y aller seul.

— Désolé les gars, murmura-t-il tout en continuant d'avancer.

Ali gravit rapidement le sentier menant à la forêt. Un an s'était écoulé depuis son départ, et pourtant tout semblait n'avoir été qu'un rêve. Il reconnaissait chaque arbre et chaque plante, comme si le temps s'était arrêté en son absence. Cependant, plus il avançait, plus une sensation désagréable s'intensifiait. Ses pas ralentissaient et par moments, il retenait sa respiration. Enfin, les premières maisons se dessinèrent à l'horizon. Encore quelques minutes et il serait de retour chez lui.

*

— Maïwan, Ali a quitté le navire, annonça Will en entrant dans le réfectoire.

— Fallait s'en douter, dans un sens, commenta Taddéo. Il n'est pas parti de sa propre volonté.

— J'avais pourtant dit que personne n'irait à terre seul. Il n'est plus un simple civil. C'est un pirate avec une prime.

— Peut-être, mais ne sois pas trop sévère avec lui.

— Me prendrais-tu pour un bourreau impitoyable, par hasard ?

— Maïwan, j'ai un mauvais pressentiment. Retrouve-le et reste avec lui. Nous vous rejoindrons comme prévu tout à l'heure.

— Bien capitaine, je vous laisse.

Maïwan quitta le réfectoire et, une fois sur le pont, s'élança dans les airs grâce à ses flammes pour retrouver rapidement Ali. Il fit appel à sa perception pour le localiser.

*

Il se tenait désormais à l'entrée du village, à seulement une centaine de mètres de chez lui. Sa mère avait-elle pleuré son départ ? Avait-elle été inquiète pour lui ? Le croyait-elle mort ? Non, le médecin de l'île lui avait sûrement appris qu'il était parti avec des pirates. Comment réagirait-elle en apprenant qu'il était désormais considéré comme un criminel, à l'instar de son père ?

Alors qu'il se perdait dans ses pensées, Ali entreprit de traverser la rue. Les bruits des conversations et des jeux d'enfants se turent soudainement, le sortant de ses réflexions. Il s'arrêta et scruta son environnement. Tous les villageois le fixaient. Certains regards exprimaient de la peur, d'autres de la haine. Pourquoi le regardaient-ils ainsi ? Rien n'avait changé pourtant. Déterminé, il reprit sa marche et finit par arriver devant sa maison.

Tout était resté inchangé, de la taille de la maison à la petite clôture blanche. L'air embaumait toujours la menthe, éveillant en lui de nombreux souvenirs. La porte s'entrouvrit lentement devant lui et sa mère en émergea.

— Bonjour maman.

— Ne m'appelle pas comme ça ! vociféra la femme en face de lui. Tu n'es pas mon fils. Tu es un monstre comme ton père.

Instinctivement, Ali recula d'un pas, laissant sa bouche s'entrouvrir, stupéfait par les paroles tranchantes de celle qui l'avait mis au monde dix-neuf ans plus tôt.

— Hors de ma vue, suppo de Satan. Tu n'es qu'une aberration de la nature.

Ali était totalement décontenancé. Sa mère s'était bien plainte de lui par le passé, mais jamais elle ne l'avait renié. Il ne reconnaissait pas la femme qui lui hurlait des mots haineux. Le pirate reculait inconsciemment, pas à pas. Soudain, derrière lui, des flammes bleues et or l'enveloppèrent avant de se transformer en une silhouette humaine. Un bras le maintenait contre un torse, tandis que l'autre main lui cachait les yeux, laissant échapper un flot de larmes.

— Maïwan…

— Chut, je suis là, lui dit-il avant de lancer une attaque, le faisant perdre connaissance.

— Encore un monstre, s'écria la femme, jadis la mère de celui qu'il aimait.

Il était familier de ces regards empreints de peur, de rejet et de haine. Avant Ali, il les avait déjà affrontés.

— Le monstre ici, c'est vous. Par respect pour Ali, je ne vous tuerai pas, car il ne me le pardonnerait pas. Mais moi, je ne vous pardonnerai pas de l'avoir fait pleurer, tonna-t-il avant de prendre son précieux fardeau et de se diriger vers la colline.

26

Pourquoi ?

Pourquoi tous ces regards de haine ?

Pourquoi ces regards terrifiés ?

Quel était ce froid qui envahissait son corps et enserrait son cœur ?

La douleur était lancinante, plus intense qu'une blessure de combat. Ali ne méritait pas ce qui lui arrivait, toute cette haine qui transparaissait à travers ces regards familiers. Tout ce qu'il désirait, c'était être heureux et vivre des aventures. La liberté signifiait-elle nécessairement être un paria ?

Il ressentait des bras l'entourer et des lèvres sur sa nuque. Une voix lui parlait. Pourtant, il refusait d'ouvrir les yeux. Les ouvrir, c'était accepter une vérité difficile à admettre : celle qui lui révélait sa solitude.

Maïwan était assis sous un arbre, devant une tombe, tenant toujours Ali, inconscient, contre lui. Il percevait le désarroi et la confusion qui régnaient dans l'esprit de son amant. Il aurait dû se douter qu'Ali aurait tenté de revoir sa mère seul. Peut-être aurait-il dû lui expliquer ce qui allait se passer. Il se sentait coupable, n'ayant pu l'empêcher de subir des blessures. D'une certaine manière, il réalisait qu'il n'y avait plus de retour possible à leur ancienne vie. Cette vie qu'il lui avait égoïstement enlevée.

Des bruits de pas résonnèrent au loin. Maïwan n'eut pas besoin de lever la tête pour savoir que c'était tout l'équipage qui approchait. Un sourire se dessina sur son visage en imaginant la panique que cela avait dû provoquer dans le village. Malheureusement, pour lui, cela ne suffisait pas, en comparaison de ce que ces derniers avaient infligé à Ali.

Bahtiyar marchait en tête du cortège terrestre, flanqué de ses lieutenants. Derrière eux, les deux mille pirates suivaient en une longue procession, alignés par quatre. Le défilé s'étirait sur plus d'un kilomètre. On aurait pu le confondre avec une parade militaire si les tenues avaient été uniformes. Dès qu'ils aperçurent le célèbre pirate, les habitants se précipitèrent chez eux, tremblant et priant pour échapper à son courroux.

La colonne s'arrêta devant Maïwan.

— Que s'est-il passé ? questionna Bahtiyar.

— Le rejet de la dernière personne de sa famille encore vivante.

— Il fallait s'y attendre, commenta Vlad. Mais ce n'est pas ça qui la mit dans cet état.

— Non Vlad, c'est moi. Je ne voulais pas que la femme qui était censée être sa mère et qui l'a trahi voie ses larmes.

— Tu as bien fait, répondit le capitaine. Nous allons attendre son réveil avant de procéder à la cérémonie.

Il leur fallut encore patienter une bonne demi-heure avant de voir Ali commencer à remuer dans les bras de son supérieur. Il ouvrit lentement les yeux, les refermant à plusieurs reprises face à la luminosité éblouissante. Une violente migraine s'installait en lui, tel un lendemain de fête arrosée.

— Ah, notre souriceau se réveille enfin, intervint Taddéo.

— Comment ça va, Ali ? demanda Maïwan.

— Ça peut aller, si on met les événements d'aujourd'hui de côté.

— Courage, on est là nous. Tu as la plus grande famille au monde, lui annonça Taddéo.

— Oui, tu as raison, dit-il les larmes coulant le long de ses joues et souriant à tous ses camarades.

Chacun exprima son mot d'encouragement, transformant rapidement la scène en un véritable tumulte que Bahtiyar dut interrompre prématurément. Une fois qu'Ali fut en mesure de se lever, le début de la cérémonie de recueillement commença. De chaque côté de la tombe, tout l'équipage se tenait en une allée. Au centre, face à la tombe, se trouvaient Ali, Bahtiyar et les lieutenants. Un silence pesant régnait, chacun affichant un visage fermé et la tête inclinée. Pendant de longues minutes, le silence domina la scène. Finalement, Ali releva la tête et, d'un pas déterminé, s'approcha de la tombe. S'agenouillant, il effleura du bout des doigts le nom de son père.

— Salut, papa, désolé de ne pas avoir pu venir avant, mais il m'est arrivé pas mal de choses ces derniers temps. J'ai d'abord été enlevé pour, au final, devenir un pirate comme toi. J'ai aussi un petit ami, très possessif, mais je l'aime. Tu te rappelles quand je n'étais pas plus haut que trois pommes et que tu me racontais tes aventures sur les océans, tu m'avais donné envie de vivre tes aventures. Aujourd'hui, je ne vis pas les tiennes, mais les miennes. Je ne suis plus seul, j'ai plein de compagnons de bordée. Tu avais raison, quand on est sur les mers, on est libre. C'est la dernière fois que je viens ici, papa, mais je penserai à toi, à chaque fois que je regarderai l'océan. Il n'y a plus rien qui me retient ici.

Ali acheva son monologue, les larmes aux yeux. Taddéo et Soan vinrent l'entourer, l'aidant à se relever. Le cortège entier repartit en direction des navires. Seuls sur place, Maïwan et Bahtiyar demeurèrent. Ali ne comprit jamais pourquoi ils étaient demeurés une heure de plus. En fin de journée, les navires levèrent l'ancre pour quitter rapidement l'île. Le soir même, sur le pont de l'Argentière, une fête fut organisée. Maïwan informa tous les pirates qu'une escale serait prévue pour ravitailler avant de retourner sur leur territoire.

Ali rit et dansa une grande partie de la nuit. Rapidement, il perdit le compte du nombre de verres qu'il avait bus. Ce soir-là, il avait choisi d'oublier les événements de la journée et de ne penser à rien d'autre qu'à l'instant présent. Soan lui proposa un concours de descente de chope, qu'il accepta volontiers.

— Je crois que tu vas devoir préparer le seau Maïwan, commenta Taddéo.

— Non, mais il n'est pas possible, soupira ce dernier.

— Laisse-le un peu s'amuser.

— Cela se voit que ce n'est pas toi qui vas devoir tenir le seau.

— J'aurais assez avec Soan, je pense.

— Ouais, je crois aussi.

Les deux amis de longue date éclatèrent de rire, avant de regarder à nouveau leur amant respectif.

Quant à lui, Ali déambulait parmi les pirates, riant aux éclats, trébuchant parfois. Il ignorait pourquoi il était pris de fou rire jusqu'aux larmes. La douleur dans ses côtes commença à se faire sentir, mais il s'en fichait. Pour l'instant, il était bien et c'était tout ce qui importait. Sans s'en rendre compte, il finit par arriver devant Illan.

— On dirait que le gamin a repris du poil de la bête, commenta-t-il.

— Je ne suis pas un gamin, Illan, mais un homme, lui répondit ce dernier.

— Voyez-vous cela ? Mais désolé, pour moi tu ne restes qu'un gamin à mes yeux.

Ali observa son camarade quelques instants, puis, sans crier gare, se hissa sur la pointe des pieds, entoura le noiraud de ses bras et posa ses lèvres sur les siennes. Autour d'eux, tout le monde cessa de parler et les regarda, médusé, assister à la scène. Ils étaient tous au courant qu'Ali était en couple avec le second. La situation sentait le roussi pour lui et Illan.

— Merde, Ali, tu tiens si peu à ta vie ou quoi ? s'exclama Luigi qui était arrivé au pas de course pour les séparer avant que Maïwan ne les voie.

Au même moment, le concerné sentit la colère monter en lui après avoir vu son amant embrasser quelqu'un d'autre que lui. Il se dirigea vers l'objet de sa fureur.

— Lâche-moi Luigi, je sais ce que je fais.

— Ah ouais, et tu fais quoi ?

— Je gagne un pari.

— Ali, gronda une voix sourde derrière eux.

— Oups, il m'a vu, dit-il d'une toute petite voix.

— Est-ce que je peux savoir ce que tu fous ?

Luigi le déposa à terre et s'écarta rapidement, tout comme les autres, ne voulant pas être la cible de la colère

318

d'un homme jaloux, à l'instar d'Ali. Ce dernier n'osa pas croiser le regard de son amant, se sentant comme un enfant pris en flagrant délit de bêtise.

— Je crois que tu as assez fait la fête pour ce soir, lança Maïwan en se rapprochant de lui et en le soulevant pour le jeter sur son épaule avant de retourner dans leur quartier.

— Je crois que demain, y en a un qui ne souffrira pas que d'un mal de tête, commenta Luigi.

— Tu crois que je dois préparer la crème ? demanda le doc'.

— C'est même sûr. Vu l'aura meurtrière qu'il dégageait. Par contre, j'aimerais bien savoir qui a lancé le pari si stupide.

Du coin de l'œil, il vit une tête familière disparaître discrètement. Cette scène n'échappa pas à Taddéo, qui décida de suivre discrètement la propriétaire du chapeau. Il la surprit en train d'écouter à la porte de la chambre du premier couple.

— Des remords, peut-être ? lui susurra-t-il à l'oreille.

— Ah !!! Tu m'as fait peur, Taddéo. Quels remords ? Je n'ai rien à me reprocher.

— Alors que fais-tu là ?

— Euh, je retournais dans notre cabine, car je suis fatiguée.

— C'est bizarre, mais cela ne me convainc pas du tout. Je vais devoir te faire cracher le morceau, menaça-t-il.

*

Dans la cabine adjacente, Ali s'était recroquevillé dans un coin du lit, cherchant à maintenir une distance de sécurité. Maïwan lui avait donné une véritable leçon et l'avait traité comme un enfant en le mettant sur ses genoux pour lui donner une fessée. Jamais il ne l'avait vu aussi en colère. Il n'avait même pas pu placer un mot. Une fois libéré, il s'était aussitôt éloigné de lui, se tenant dans un coin à l'écart, le fusillant du regard.

Depuis quelques minutes, il entendait l'eau de la douche couler. Il regrettait sérieusement d'avoir cédé au pari stupide de Soan, mais elle ne cessait de lui dire qu'il se dégonflait. Finalement, il avait cédé et accepté le défi.

La consommation d'alcool et la punition infligée par Maïwan eurent raison de ses dernières forces, le poussant à s'endormir, recroquevillé sur lui-même.

De son côté, Maïwan essayait de se calmer sous l'eau froide de la douche. Il n'en revenait toujours pas d'avoir osé agir ainsi, et qui plus est, devant tout le monde. Bien que ce fût la fête, il ne fallait pas dépasser les limites. Lorsqu'il avait surpris Ali en train d'embrasser Illan, une colère meurtrière s'était emparée de lui envers ce dernier. Rien que d'y penser, sa colère montait en flèche et il asséna un violent coup de poing contre la paroi de la douche. Après une vingtaine de minutes, Maïwan sortit de la douche, se rhabilla et constata qu'Ali dormait. Il quitta la cabine, trop tendu pour se coucher. Il se dirigea vers l'arrière du navire pour profiter du calme. Au loin, il pouvait entendre les autres s'amuser.

— J'en connais certains qui vont encore avoir un réveil très difficile, commenta Taddéo surprenant ainsi Maïwan.

— Comme à chaque fois. Tu cherches un peu de quiétude ?

— De temps en temps, un peu de calme ne fait de mal à personne.

— Je confirme.

— Difficile fin de soirée ?

— Je n'arrive pas à croire qu'il ait fait ça et en plus sous mes yeux. S'il a quelque chose à me reprocher qu'il me le dise au lieu d'aller voir ailleurs.

— Tu ne lui as pas laissé une chance de s'expliquer ?

— Pour qu'il mente ? En plus, il est saoul.

— D'accord, donc tu ne sais pas ce qui s'est passé réellement.

— J'avais mes yeux pour voir. Je ne pense pas qu'il m'en fallait plus.

— Ce n'est pas mon genre de me mêler des histoires de couples, Maïwan, mais tu fais fausse route depuis le début, ce soir.

— Comment ça ?

— En effet, Ali n'a peut-être pas été malin, mais toute cette histoire a démarré sur un pari stupide avec Soan.

— Tu rigoles j'espère.

— Hélas non, j'ai réagi comme toi. Elle a tout avoué, mais ni l'un ni l'autre n'a pensé aux conséquences.

— Attends que je l'attrape celle-là.

— C'est déjà fait et elle doit être encore en train de réfléchir à ses actes.

Maïwan s'appuya contre le bastingage, sa tête entre les mains. Taddéo sortit un paquet de cigarettes, en alluma une et en offrit une à Maïwan qui accepta. Les deux hommes restèrent silencieux pendant un long moment, écoutant la fête qui touchait à sa fin.

— Ça fait maintenant plus de vingt ans que l'on se connaît Taddéo ?

— Le temps passe vite.

— Trop vite par moment. Dire qu'au début, on ne se supportait même pas.

— Trop de testostérone à l'époque. Maintenant on s'entend comme les doigts de la main.

— Ouais, il en a coulé de l'eau sous les ponts depuis. Le temps file pour nous, mais aussi pour le capitaine.

— Tu t'inquiètes parce qu'il fatigue plus vite qu'avant ?

— Pas que ça. Depuis quelque temps, j'ai remarqué qu'il ne participait plus comme avant au combat et des fois il ne réagit pas assez vite.

— Vu son âge, c'est un peu normal.

— Je me demande ce que l'on deviendra tous.

— Je suis sûr que tu le remplaceras très bien Maïwan.

— Je ne disais pas ça pour ça. Tu sais très bien que je ne vise pas sa place, je n'ai pas sa sagesse.

— Je le sais très bien, mais on a tous confiance en toi. Et puis connaissant le vieux, il va encore rester de nombreuses années à la tête de l'équipage. Sa santé se détériore et l'on n'y peut rien, mais il ne se cache pas. Allez, va te reposer un peu, tu en as besoin. Demain sera assez difficile pour nous deux.

— T'as raison. Bonne nuit, l'ami.

— Bonne nuit.

Les deux hommes retournèrent dans leur cabine respective pour enfin se reposer. Leurs amants dormaient profondément, malgré l'inconfort d'une position peu conventionnelle pour une certaine seconde timonière.

27

Le lendemain des festivités, Ali se réveilla avec un terrible mal de tête et aucun souvenir de la veille. En se redressant, il grimaça en ressentant une douleur aux fesses.

— Enfin réveillé, entendit-il dans la pièce.

— Cris pas Maïwan, s'il te plaît.

— Aux dernières nouvelles, je ne crie jamais.

— Il est quelle heure ?

— Environ quinze heures. Te souviens-tu d'hier soir ?

— On a fait la fête, pourquoi ? Qu'est-ce que j'ai mal aux fesses ! Qu'est-ce que tu as osé me faire ?

— Ce serait plutôt à moi de te demander ce que tu as osé faire hier soir.

— Oh la, oh la, si tu me retournes à chaque fois les questions, je ne vais jamais y arriver. Et mon mal de tête empire.

— Ça, je m'en moque totalement. Je pense que c'est peu payé par rapport à mon humiliation devant tout l'équipage.

— Humiliation devant tout l'équipage ?

— Ah oui, tu seras de vigie toutes les nuits pour les quinze prochains jours.

— Quoi ?? Tu n'es pas sérieux ? Qu'est-ce que j'ai fait ? Réponds-moi ?

La porte claqua, laissant Ali seul avec ses interrogations. Il se laissa retomber dans les oreillers, ne comprenant pas ce qu'il avait pu faire pour mettre autant en colère son amant. Il tenta de se remémorer les événements de la veille au soir, en vain. Après un énième soupir, il se leva et se dirigea vers la douche pour se sentir mieux.

Après être passé à l'infirmerie, Ali se rendit au réfectoire pour prendre une collation. Il avait six heures avant le début de sa garde. Il s'installa avec quelques membres de son équipage, mais n'osa pas leur demander des explications sur la soirée. Il préférait en discuter avec Luigi, qui ne lui mentirait pas ni n'exagérerait les faits. Il espérait sincèrement que la situation n'était pas aussi grave que ce que Maïwan avait laissé entendre.

*

Soan se réveilla épuisée, les épaules endolories. Taddéo ne l'avait détachée qu'au petit matin. Une fois debout, elle s'était occupée de ses hommes. Elle avait promis à son amant qu'elle s'excuserait auprès de Maïwan pour ce pari stupide. Contrairement à Ali, elle se rappelait tout. Cependant, connaissant maintenant la seconde personne impliquée, elle jugea préférable d'attendre un peu avant de lui parler. Elle était restée discrète toute la journée et avait même évité de croiser Ali. La taille imposante du navire avait rendu cela assez facile. Elle n'avait même pas croisé son amant, pas même au moment du déjeuner.

Il fallait dire que son escouade se préparait à partir en mission dès leur retour sur leur territoire. Taddéo avait donc beaucoup de préparatifs à faire. Il s'agissait d'une mission de routine, consistant à piller quelques navires pirates qui avaient élu domicile sur l'une de leurs îles, proche du territoire de Wassim.

*

L'heure de monter à la vigie arriva trop vite au goût d'Ali. Il n'avait pas pu parler avec Maïwan. Sentant le temps se rafraîchir, il s'habilla chaudement avant de rejoindre son poste.

— Luigi ! Tu es aussi de poste ce soir ?

— Je n'allais pas te laisser seul. Je préfère t'avoir à l'œil.

— Ah non, ne joue pas le rôle de mon père.

— Il y a des moments où il vaudrait mieux.

— Pourquoi j'ai l'impression que tu en sais plus que moi ?

— Cela dépend de quoi tu parles.

— De ce qui s'est passé hier soir. Maïwan me fait la gueule et m'a puni, mais je ne me rappelle rien. Il m'a dit que je l'ai humilié devant tout le monde. Pourtant, je l'aime trop pour avoir fait ce dont il m'accuse, même si je ne sais pas ce que c'est exactement.

— Sobre peut-être, saoul, c'est une autre histoire.

— Non, non, non, ce n'est pas possible ! Je suis sûre de n'avoir rien fait de mal.

— Si embrasser langoureusement Illan n'est rien de grave pour toi, alors oui.

— J'ai quoi ??? s'écria-t-il.

— Et malheureusement tout le monde t'a vu.

— Oh mon dieu ! Ce n'est pas possible ! Je fais vraiment que des conneries. Mais qu'est-ce que j'ai fait ? Il ne va jamais me pardonner.

Cette fois-ci, il avait vraiment dépassé les bornes et ne pouvait pas recoller les morceaux si facilement. Luigi le laissa digérer la nouvelle un moment avant de céder et le consoler. Soudain, il se raidit et fixa l'horizon.

— Qu'est-ce qui se passe ? demanda Ali.

— On a de la visite.

— Hein ! En pleine nuit ! Mais ils ne sont pas bien. Il y a des gens qui dorment.

— Appelle Maïwan. Ils seront sur nous dans moins d'une heure.

— Et pourquoi moi ?

— Pour le plaisir, on va dire.

— J'ne suis pas assez puni comme ça.

— Allez, dépêche-toi, Ali.

— Tu me le paieras.

Ali alluma sa sphère et croisa les doigts pour que Maïwan ne décrochât pas.

— Qu'est-ce qui se passe ? demanda le second.

— Un navire ennemi qui arrive à dix heures. Peut-être plus, pour le moment, ils sont trop loin, mais on en a déjà un de sûr.

— Continuez de surveiller.

La sphère s'éteignit aussitôt.

— Ça va être long, soupira Ali.

— Courage, après, il y aura de l'action.

— Je l'espère bien. J'ai besoin d'un peu d'action pour me changer les idées.

— Comme tout le monde. Tiens, cela s'agite en bas. Maïwan a dû réveiller tout le monde. Il va y avoir du sport.

*

Dès qu'il eut raccroché, Maïwan alla informer tous les gradés présents pour réveiller tout le monde. Comme lors de chaque attaque nocturne, les pirates n'étaient guère enthousiastes, sachant qu'ils allaient être privés d'une partie de leur sommeil. Une fois que chacun fut debout et sur le pont, Maïwan s'envola jusqu'à la vigie.

— Où en sommes-nous, Ali ? demanda-t-il en reprenant forme humaine.

— Trois navires en tout, répondit Ali.

— Au moins tout le monde n'est pas réveillé pour rien. Vous deux, vous ne bougez pas de votre poste et continuez de surveiller au cas où.

— À vos ordres, chef.

Maïwan resta un moment avec eux, surveillant les navires ennemis. Quand ces derniers ne furent plus qu'à un quart d'heure d'eux, il redescendit pour prendre en main les opérations. Ali jeta un œil en bas. Aucune lumière n'était visible et malgré le nombre impressionnant de pirates à bord, il ne parvenait pas à les distinguer.

L'ennemi s'approcha le plus discrètement possible et, une fois à bonne distance, lança les grappins pour l'abordage. Du haut de sa position, Maïwan les observa monter à bord. Dès qu'ils furent en nombre suffisant, il alluma la torche qu'il avait en sa possession, marquant ainsi le début de la bataille.

Depuis leur perchoir, Luigi et Ali entendirent le fracas des lames s'entrechoquant et des coups de feu. Ils reconnaissaient aisément les voix des gradés et ressentaient une pointe de jalousie de rester coincés en hauteur.

Tandis qu'ils scrutaient l'horizon tout en gardant un œil sur les combats, Ali distingua un éclat étrange du coin de l'œil. Agissant sur instinct, sans réfléchir, il se redressa brusquement et se précipita sur Luigi, le projetant au sol, sans que ce dernier comprenne immédiatement la raison de son geste.

— Qu'est-ce qu'il t'a pris, Ali ? demanda-t-il. Ne me dis pas que tu as peur.

— P... Pas du tout, lui répondit-il en grimaçant.

— Hé, qu'est-ce qui se passe ? Réponds-moi, Ali.

— Tout va bien, ne t'inquiète pas.

Luigi tenta de le redresser, quand il sentit un liquide poisseux sous ses mains.

— Putain, mais t'es blessé !

Aussitôt il se releva et saisit la sphère.

— Oui Luigi ?

— Un blessé à la vigie. On nous tire comme des lapins. Il y a un tireur sur l'un des navires ennemis.

— Ali peut tenir ? C'est trop dangereux de vous faire descendre tant qu'on ne l'a pas maîtrisé. Dès que la situation se calme, on vous fera venir sur le pont.

— Pas de problème, je vais lui apporter les premiers soins.

— Théo, Clarence, on a un tireur d'élite sur l'un des navires.

— On s'en occupe, répondirent-ils en même temps.

— Soan, on a assez joué, occupe-toi du navire le plus éloigné.

— C'est comme s'il était déjà au fond de la mer.

À ces mots, Soan se dirigea vers sa cible avec une petite équipe. En moins de deux minutes, l'un des navires fut réduit à une immense torche. Soan prenait un plaisir non dissimulé, comme à son habitude. Pendant ce temps, Théo et Clarence s'occupèrent d'éliminer les tireurs sur les deux autres navires.

Certains pirates ennemis essayèrent d'attaquer directement Bahtiyar, mais il les repoussa sans difficulté avec son arme.

— Vous pouvez vous mettre tous ensemble si vous voulez. Vous n'êtes rien que des grains de poussière.

— Tiens, cela faisait longtemps que notre capitaine ne s'était pas autant amusé, commenta Taddéo.

— Il n'est pas sérieux, rajouta Maïwan.

— Au fait, c'est Ali le blessé ?

— Oui, mais il va devoir attendre la fin des combats pour être descendu.

— Autant se dépêcher, alors.

— Ne t'en fais pas, il survivra. Sa blessure n'est pas grave.

— Depuis quand utilises-tu la perception sur lui ?

— Depuis qu'il a failli mourir.

— Heureusement qu'il ne le sait pas.

Moins d'une heure après le début de l'attaque, le pont était jonché de cadavres ennemis. Maïwan donna les instructions nécessaires pour que le pont soit rapidement nettoyé avant de se rendre à la vigie.

— Alors, il est où le blessé ?

— Au pays des songes. La balle est toujours dans son épaule.

— Je vois. Bon, il n'y a plus qu'à l'amener à Doc'. C'est lui le spécialiste.

— Même pas en rêve, je garde ma balle.

— Et après on aura plus qu'à couper l'épaule, c'est une idée aussi.

— T'es cruel. Tu n'imagines même pas comme ça fait mal.

— Allez, soit un petit garçon courageux.

— J'ne suis pas un gamin. J'veux juste dormir.

— Tu auras le temps de dormir une fois descendu. Luigi, tu confirmes qu'il a toujours la balle en lui ?

— Oui, un seul trou.

— Bon, pose-le sur mon dos, je vais le descendre. Ça sent l'améthyste vu ses réflexes.

Maïwan enflamma une partie de son corps, puis, une fois que Luigi eut placé le blessé sur son dos, descendit lentement pour ne pas compromettre sa précieuse charge. Vlad réceptionna Ali et l'emmena à l'infirmerie. Deux heures plus tard, Ali reposait dans leur cabine, l'épaule bandée.

Au petit matin, il fut tiré de son sommeil par l'irrésistible parfum de café et de croissants fraîchement cuits. Il grimaça légèrement en se redressant.

— Interdiction formelle de sortir du lit pour les trois prochains jours, ordre du Doc'.

— Je vais m'ennuyer. Je cumule en ce moment les débuts de journée difficile.

— Je me doute bien. Tiens, un petit déjeuner pour te requinquer rapidement d'après Taddéo.

— Merci je meurs de faim.

Il dévora le plateau sous le regard amusé de Maïwan. Alors qu'il finissait de manger, quelqu'un toqua à la porte et son compagnon le fit entrer.

— Ah, tu es enfin réveillé ! s'exclama Taddéo.

— Je n'ai pas beaucoup dormi.

— Non, c'est vrai, il n'est que dix-sept heures.

— Quoi ? Déjà !

— De toute façon, tu dois rester au lit, autant que tu dormes, intervint Maïwan.

— Allez courage. Si t'es sage, je te ramènerai un souvenir.

— Tu pars déjà ?

— Oui, on est de retour chez nous grâce aux vents. Mais ne t'en fais pas, je reviens vite.

— Mouais, mais tes bons petits plats vont me manquer.

— Je te ferais un gâteau comme tu les aimes quand je reviens.

— Oui !!!

— Et après, il dit qu'il n'est pas un gamin, rajouta Maïwan en se tapant le front d'une main. Tiens Taddéo, la sphère de direction pour ta destination. Faites attention tout de même, c'est proche du territoire de Wassim.

— Ne t'inquiète pas, je serais aussi discret qu'une fée.

— Ça n'existe pas les fées.

— Tu dis ça, parce que tu n'en as jamais vu encore. Mais je connais une île où il y en a des milliers.

— Oh ! c'est vrai ? Tu m'emmèneras un jour ?

— Je laisse cela à ton homme. Bon, allez, j'y vais. Mes hommes m'attendent.

— Bon voyage.

— A plus Taddéo.

L'escouade de Taddéo partit de l'Argentière pour se lancer dans une chasse aux pirates et aux trésors. Leur destination n'était qu'à trois jours de navigation. Taddéo espérait secrètement qu'il y aurait tout de même de l'action, afin de pimenter leur expédition.

*

Soan s'était rendue avec son unité et Vlad sur une autre île placée sous leur protection afin de mettre fin aux troubles causés par de nouveaux arrivants inexpérimentés. Pendant ce temps, Ali devait prendre son mal en patience, enfermé entre quatre murs. Heureusement, il n'était que rarement seul, Maïwan travaillant dans la cabine à créer de nombreuses cartes. Aucun des deux n'avait abordé les événements de la fête pour le moment. Maïwan attendait qu'Ali prenne l'initiative.

Après quatre jours de repos, il reçut enfin l'autorisation de se lever. Sans hésiter, il se dirigea sur le pont après s'être douché. Il prit de longues inspirations d'air frais. En regardant autour de lui, il repéra quelques membres de son équipage en train de jouer aux cartes, profitant du calme ambiant. Ces instants de détente étaient précieux. Soudain, une ombre se dessina au-dessus de lui.

— Tu ne joues pas ? demanda Maïwan.

— Non, ils ont peur que je les plume.

— Du coup, tu es libre ?

— Pourquoi ?

— Suis-moi et tu verras bien.

— Ça sent le rencard, s'exclama Luigi, déclenchant les sifflements des autres.

Voyant que son amant ne bougeait pas d'un pouce, il se leva pour le suivre. Maïwan l'emmena jusqu'au capitaine.

— Alors Ali, il parait que tu collectionnes les cicatrices.

— Oui, il faut croire que c'est devenu une passion.

— Te sens-tu assez en forme pour une mission ?

— Oui, toujours en forme pour ça.

— Très bien alors. J'aimerais que tu assures la sécurité des infirmières sur l'île où nous allons faire escale d'ici quelques heures.

— Il n'y aura que moi ?

— Oui, à moins que cela ne soit au-dessus de tes capacités, intervint Maïwan.

— Non pas du tout.

— Très bien, vous débarquerez dans trois heures.

Ali repartit vers ses camarades, heureux qu'on lui confie enfin une mission, même si elle ne semblait pas bien passionnante.

— Je pense que ce soir, il n'y aura plus ce sourire sur son visage, commenta Théo.

— Ça, c'est sûr, qu'il ne sait pas encore dans quoi il s'est engagé. Avec les infirmières, une après-midi tranquille se transforme en enfer du shopping.

— Tu devrais peut-être le mettre en garde.

— Oh non. Tout le monde y passe un jour ou l'autre. C'est un genre de bizutage avec un peu en retard.

— Salut la compagnie.

— Salut, Soan, enfin de retour ? Comment ça s'est passé ?

— Ils ont détalé en voyant l'étendard. Ce n'était même pas marrant. Au fait, il se passe quoi avec Ali pour qu'il soit si heureux ?

— On lui a confié une mission.

— Non, ne me dis pas que c'est celle à laquelle je pense.

— Et si. Il n'y a pas encore eu le droit.

— Vous êtes plus que cruels avec les blessés, franchement.

— Cela lui fera le plus grand bien, quelques heures sur la terre ferme.

28

Ali avait l'impression d'être le bouc émissaire d'une mauvaise blague. Quelle était cette mission, sérieusement ? Il commençait sérieusement à penser que Maïwan et le capitaine l'avaient piégé. Assurer la protection des infirmières n'était en réalité qu'une sortie interminable et épuisante entre filles. Ce calvaire avait duré plus de six heures. Plus d'une fois, il fut tenté d'abandonner cette mission stupide.

Elles avaient passé l'après-midi à discuter des attributs physiques d'une bonne partie de l'équipage, y compris ceux de Maïwan. Ali avait dû se retenir pour ne pas les attaquer. Comment osaient-elles parler de son amant de cette manière, sans gêne, sachant qu'il entendait tout ? Une brune aux formes généreuses semblait particulièrement intéressée par lui. Ali apprit qu'elle ne se gênait pas pour l'observer pendant ses entraînements. Elle évoqua de son corps musclé sur lequel la sueur perlait.

Il avait ressenti une soudaine envie de lui arracher les yeux. Comment osait-elle le dévisager de la sorte et de lorgner sur lui de façon si évidente ? Il la surprenait parfois à lui jeter des regards et à sourire comme pour lui signifier : "Alors, tu ne réagis pas ? Je vais te conquérir."

Ali devait garder son calme et ne pas perdre son sang-froid face à cette provocation. Même si elle était à bord de l'Argentière depuis plus longtemps que lui, c'était bien lui qu'il avait choisi. Peu importe à quel point elle pouvait fantasmer sur Maïwan, Ali ne laisserait jamais cela arriver. Maïwan lui appartenait, et à personne d'autre. Si cette fille osait poser ne serait-ce qu'une main sur lui, Ali était prêt à l'envoyer nourrir les monstres marins. Il y avait des limites à ne pas franchir.

Le jeune pirate réalisa qu'il devenait jaloux dès que quelqu'un regardait son amant. Il passa donc tout l'après-midi à contenir sa colère. Lorsqu'elles décidèrent enfin de rentrer, une aura sombre l'enveloppa. Ses camarades n'osèrent même pas s'approcher de lui. Ali n'avait qu'une seule envie : retourner dans sa cabine et y rester jusqu'au lendemain matin.

*

Maïwan avait passé l'après-midi en compagnie du capitaine. L'équipage n'était pas sur l'île par hasard. Bahtiyar devait rencontrer des pirates alliés. Pour éviter toute fuite et l'arrivée de la Marine, des subterfuges avaient été mis en place. La rencontre se tint au nord de l'île, seuls les pirates avec un poste important étaient au courant. Il fut décidé de faire comme si c'était une simple escale. Les discussions avancèrent bien et de nombreuses décisions furent prises.

Il était déjà nuit lorsque les deux hommes retournèrent à l'Argentière. Soan les attendait sur le pont.

— Alors, tout s'est bien passé ?

— Même plus que bien. Et de votre côté ?

— Tout est déjà prêt pour le départ. Par contre, je te déconseille de retourner dans ta cabine tout de suite.

— Il y a un problème.

— Cela s'est très mal passé pour Ali. Les infirmières lui en ont fait voir de toutes les couleurs.

— À ce point-là ? Finalement c'était une mauvaise idée.

— Je l'aurais parié, surtout avec Nora qui te tourne autour depuis un moment. Elle ne s'est pas gênée de le dire à Ali.

— Comment le sais-tu ?

— Il a eu besoin de se défouler en rentrant.

— Je vais aller le voir.

— À tes risques et périls, l'ami.

— Ne t'en fais pas, j'ai l'habitude.

Maïwan s'engouffra aussitôt dans le couloir. En arrivant devant sa cabine, il entendit clairement son amant jurer avec véhémence. Il ouvrit prudemment la porte, redoutant une éventuelle réaction d'Ali. Il fut stupéfait en découvrant le spectacle qui s'offrait à lui : des plumes volaient partout. Ali devait être vraiment en colère pour avoir mis la pièce dans un tel état.

— Les oreillers sont morts, Ali. Je ne pensais pas qu'une sortie te mettrait dans cet état.

— Une sortie ? Une sortie ? s'exclama-t-il de plus en plus fort. Si pour toi entendre des remarques sur ton physique et tes muscles, même venant des infirmières et écouter les fantasmes de l'une d'entre elles est considéré comme une bonne journée, alors nos définitions de « bonne journée » sont bien différentes.

— J'en ai entendu parler. Mais je ne vois pas pourquoi tu te mets dans des états pareils, répondit son amant tout en fermant la porte à clef sans quitter du regard l'animal sauvage devant lui.

— Quoi ? Attends, tu veux peut-être que je saute de joie. Ou alors, c'est que tu es intéressé par l'autre greluche.

— Si tu pouvais te calmer pour que l'on discute tranquillement.

— Pourquoi discuter et de quoi ? Il n'y a rien à dire.

Soudain, Ali fut pris de peur et devint pâle. Réalisant son véritable intérêt pour l'infirmière, il éprouva le désir de rompre. Il lutta pour retenir ses larmes, contourna Maïwan et essaya d'ouvrir la porte.

De son côté, Maïwan réalisa qu'il y avait eu un malentendu dans ses paroles. Il comprit que la diplomatie ne suffirait pas cette fois-ci. Il s'approcha rapidement d'Ali, lui attrapa le poignet. Malgré les tentatives de résistance d'Ali, Maïwan, plus fort, le neutralisa aisément, plaquant son dos contre son torse.

— As-tu fini de déblatérer des inepties ? Crois-tu vraiment que je m'intéresse à quelqu'un d'autre ?

— D'après ses dires, tu n'es pas insensible à ses charmes. Maintenant, laisse-moi partir d'ici.

— Je refuse.

— Tu n'as pas le droit de me retenir contre ma volonté. Si tu fais ça, je hurle.

— Ne te gêne pas. À cette heure, je suis sûr que tout le monde sait qu'il ne doit pas venir ici, quoiqu'il arrive.

— Espèce de….

— Ne dis pas un mot de plus que tu risques de regretter.

— Lâche-moi !

— Hors de question. Et vu que la discussion n'est pas possible avec toi, je vais devoir employer d'autres méthodes.

Tout en maintenant Ali contre lui pour l'empêcher de s'échapper, Maïwan l'emmena jusqu'au lit et le fit basculer. Il maintint ses poignets au-dessus de sa tête et le regarda un instant tandis qu'Ali tentait de se libérer. Finalement, Maïwan descendit ses lèvres sur celles d'Ali. L'effet attendu fut immédiat : Ali se tut et répondit au baiser après quelques instants. Maïwan ne relâcha pas sa prise pour autant. Il descendit sa bouche dans le cou d'Ali avant de remonter vers son oreille.

— Faut-il que je continue pour te prouver qu'il n'y a que toi que j'aime ?

— Oui, gémit-il.

— Par contre, je ne te garantis pas que demain, tu sois en état de marcher.

— Que de la gueule.

Maïwan lui adressa un sourire défiant, indiquant qu'il était prêt à relever le défi. Ses mains se mirent à l'œuvre, torturant délicieusement son amant pendant près d'une heure. À la fin, Ali était à bout, mais toujours avide de plus, cependant Maïwan refusait de céder. À chaque geste, il emmenait Ali plus haut encore. Ce dernier avait l'impression de frôler l'extase.

Il s'arrêta brusquement, arrachant un gémissement de frustration à Ali. Il ne fallut pas longtemps avant qu'il ne sente son désir s'assouvir. Cependant, Maïwan resta immobile et observa son amant tenter de bouger ses hanches.

— Maïwan, s'il te plaît, quémanda-t-il.

— Je ne bougerai pas tant que tu ne me promettras pas d'arrêter tes caprices et de cesser de croire n'importe quoi. Tu me faisais pourtant confiance au début. Je n'ai pas changé, mais toi si. Il est normal d'avoir des hauts et des bas dans une relation. Aucun de nous n'est parfait et nous avons tous les deux un fort caractère. C'est pour cela que je t'ai choisi.

— T'es obligé de demander ça maintenant ?

— Oh oui, car je suis sûr au moins que tu m'écouteras. Au bout d'un an, j'ai appris à te connaître.

Maïwan continua à observer son amant, qui semblait en proie à un dilemme intérieur. Son discours sembla avoir touché Ali, qui finit par s'excuser pour son comportement, ce qui ravit Maïwan. Satisfait, ce dernier entama alors de lents va-et-vient. Ali laissa échapper un gémissement de pur bonheur.

Toute la nuit, comme il l'avait promis à son amant, Maïwan fit l'amour à Ali encore et encore. Ils s'endormirent tous les deux lorsque le soleil fit son apparition à l'horizon.

*

Tout l'équipage était au courant de ce qui s'était passé, et Bahtiyar demanda à Vlad de remplacer Maïwan à la direction du navire. Comme souvent, des paris furent rapidement mis en place. Il était presque midi lorsque Maïwan sortit doucement du sommeil. Il tenait toujours Ali dans ses bras, endormi paisiblement. Il aurait aimé rester ainsi plus longtemps, mais il avait des responsabilités en tant que second de Bahtiyar. Il se doutait que si personne n'était venu le réveiller, c'était parce que le capitaine avait pris des mesures.

Après avoir pu se reposer un peu, Maïwan se sentait vraiment bien. Cela faisait un moment qu'il y avait une tension, même minime, entre eux. Il sentit son amant commencer à se réveiller, faisant glisser le drap qui le couvrait et dévoilant ses fesses rougies par leur passion nocturne. Il lui déposa un baiser sur le front tout en effleurant son dos de sa main.

— Bonjour.

— Hum, bonjour, répondit-il en s'étirant comme un chat.

— Bien dormi ?

— Comme un bébé, mais j'ai mal partout et je sens mauvais.

— Ça ira mieux après une bonne douche.

— Hum, hum. Il est quelle heure ? demanda-t-il d'une voix endormie.

— Presque midi.

— Déjà !!!

— Du calme, le capitaine a donné les instructions pour qu'on ne soit pas dérangé.

À ces paroles, Ali se mit à rougir. Il se remémora leurs ébats de la nuit précédente, se souvenant que Maïwan l'avait fait crier à maintes reprises sans retenue. Le second le serra un peu plus contre lui avant de finalement se lever, entraînant Ali avec lui jusqu'à la douche.

Ils rejoignirent tout le monde au déjeuner. Ali se mit à table avec ses équipiers, tandis que Maïwan prit place à la table du capitaine.

— Je pense qu'on essuiera une tempête ce soir, annonça Vlad.

— Cela ne m'étonnerait même pas. On a eu des nouvelles de Taddéo ?

— Oui, il est sur le retour et devrait nous rejoindre d'ici la fin de l'après-midi.

— J'en connais un qui va être content.

— Ouais, mais il devra patienter, moi d'abord, intervint Soan en se reservant une troisième fois.

— Il va être heureux de se sentir autant aimé, lança Maïwan.

Une ambiance joyeuse régnait à table, tout le monde riait. Après le repas, Ali échangea quelques mots avec Vlad, qui le félicita pour ses progrès. Alors qu'il s'essuyait avec la serviette que lui tendait Soan, il vit Maïwan partir avec l'infirmière qui semblait s'intéresser à lui. La jalousie monta en lui. Une main se posa alors sur son épaule, le calmant instantanément.

— Fais-lui confiance, Ali.

— Je sais et je lui fais confiance, mais de voir le sourire sur le visage de cette fille, me met hors de moi.

— Je me doute bien, je réagirais pareil si quelqu'un tentait de me voler Taddéo.

Ali capitula et accepta de suivre Soan pour s'installer près du capitaine. Il profita des rayons du soleil pour bronzer un peu, assis contre le fauteuil de Bahtiyar. Malgré son réveil tardif, il finit par s'endormir. Il ne remarqua pas l'infirmière lui lançant un regard haineux tandis que Clarence l'accompagnait pour la déposer sur la première île, suite à une décision de Bahtiyar. Ce dernier ne voulait pas qu'une femme perturbe l'harmonie au sein de son équipage.

Maïwan sourit en voyant son amant dormir paisiblement. Vers la fin de l'après-midi, le pirate de la vigie annonça le retour de Taddéo. Ali se réveilla aussitôt et, en un instant, se retrouva debout sur le bastingage, tentant d'apercevoir le navire.

— Youpi, je le vois, voilà Taddéo

— Attention à ne pas tomber à l'eau, gamin, commenta Illan qui n'était pas loin.

— T'inquiète, au pire tu me repêcheras, lui lança-t-il avec sourire.

— Tu tombes à l'eau, tu te débrouilles, annonça Maïwan derrière lui.

— T'es pas sympa, dit-il en faisant mine de bouder.

Tout l'équipage éclata de rire en voyant la moue d'Ali. Il dut attendre encore une bonne demi-heure avant que le bateau ne rejoigne l'Argentière. Taddéo fut le premier à monter à bord, le visage illuminé d'un large sourire. À peine posa-t-il le pied sur le pont, qu'il fut accueilli par Soan se précipitant vers lui. Le baiser passionné qu'ils échangèrent fut accompagné de sifflements moqueurs de leurs camarades. Alors qu'Ali voulut sauter au cou de son ami, il fut retenu par les bras de son amant.

— Tu auras ton tour après, lui murmura-t-il.

Les deux amis finirent par se séparer afin de reprendre leur souffle.

— Eh bien, eh bien, si j'avais su que je te manquerais à ce point, je devrais partir plus souvent en mission.

— N'importe quoi. Tu ne m'as pas manqué une seule seconde.

— Si tu le dis. Salut les gars ! lança-t-il à l'ensemble des pirates. Quoi de neuf depuis la dernière fois ?

— Salut, Taddéo, pas grand-chose. Pour une fois c'était calme, lui répondit Maïwan.

— J'ai eu raison d'aller à l'aventure alors. Salut Ali.

— Taddéo, à moi tu m'as manqué.

— Je n'en doute pas une seconde. Tiens, je t'ai ramené un souvenir, lui dit-il en lui tendant une dague.

— Oh cool, merci beaucoup. Elle est trop belle.

— Et pour moi ? quémanda Soan.

— Ne t'en fais pas, je t'ai aussi ramené quelque chose. Mais il te faudra attendre, lui répondit-il en lui lançant un clin d'œil. Ah, au fait, regardez ce que j'ai trouvé lors de mon expédition.

— Mais c'est une peinite, s'étonna Soan.

— C'est à ça que ressemble la pierre à pouvoir.

— Tout à fait, malheureusement, je ne sais pas exactement comment elle fonctionne. Il faut que j'aille faire des recherches dans l'encyclopédie.

— J'vais t'aider, cria Ali en levant la main.

— C'est très gentil de ta part, on cherchera après dîner.

— Youpie.

— J'ai aussi appris une étrange histoire. Elle te concerne Soan.

— Quelle histoire ? demanda l'intéressée d'une voix légèrement angoissée.

— J'en parlerai pendant le repas.

Soan avait légèrement pâli. Ali n'avait rien loupé et se demandait ce que pouvait être cette histoire pour mettre son amie dans cet état-là.

Taddéo la remit dans sa poche et partit aider sa flotte à faire monter les trésors que celle-ci avait amassés. Durant l'échange, juste derrière tout le monde, Illan n'avait rien loupé de la conversation et en apercevant la pierre, un sourire était apparu sur ses lèvres.

*

Taddéo tint sa promesse et partagea les informations qu'il avait obtenues lors de son voyage. L'équipage tout entier fut abasourdi en découvrant les origines de Soan. Mutique, elle se referma complètement sur elle-même, redoutant à tout moment d'être écartée et abandonnée en pleine mer.

— Du sang royal, commenta Vlad en se lissant les moustaches. J'ai vraiment du mal à le croire.

— Comment as-tu pu tomber dans la piraterie ? demanda Théo.

Plusieurs personnes l'assaillirent de questions, ne lui laissant aucun répit. Dans le réfectoire, chacun suivait attentivement le débat, interrompant toute autre conversation. Perdue, Soan ne savait plus où se mettre. Elle en voulait énormément à Taddéo d'avoir divulgué ces informations devant tout l'équipage. Sa tête bourdonnait avec toutes ses interrogations. Elle n'en pouvait plus, l'air semblait se faire rare. Alors qu'elle s'apprêtait à fuir de la salle, la voix d'Ali derrière elle retentit.

— Est-ce que c'est vraiment important d'avoir cette information ? Après tout Soan, reste Soan. Elle a prouvé depuis le début qu'elle était faite pour la piraterie. Je ne l'imagine absolument pas avec des robes de soie, une tonne de maquillage à se pavaner dans des réceptions.

— Notre souriceau nous ferait la morale, commenta Théo.

— Il n'a pas tout à fait tort, reprit Maïwan. On se jette tous comme des vautours sur le passé de Soan. Ce serait vraiment étrange de la traiter différemment maintenant.

Certaines voix s'élevèrent dans le fond de la pièce, exprimant leur inquiétude sur le risque d'un acharnement d'autres équipages pirates ou de la marine. D'autres, au contraire, allaient dans le sens de Maïwan et Ali.

Bahtiyar entendait chacune des voix qui s'élevaient. Après de longues minutes interminables de dialogue de sourds et avant que la situation ne dégénère, il frappa violemment sur la table afin de prendre la parole.

— L'histoire est désormais connue de tous et nous allons en rester là. Tous ceux et celles qui rejoignent notre bannière laissent derrière eux leur passé. Nous traiterons de la même manière Soan. Elle est désormais une pirate de l'Argentière jusqu'à sa mort. Les discussions sont closes et désormais, personne ne fera référence à ses origines. Si nous pouvions reprendre le repas dans la bonne humeur, je suis convaincu que je pourrai ensuite dormir sans ressentir la moindre aigreur d'estomac. Et toi Soan, tu es un membre à part entière et n'en doutes jamais.

Il fallut encore quelques minutes avant que la situation ne s'améliorât et que l'ambiance revint comme avant. Soan n'eut toutefois pas le cœur à terminer son repas et termina par s'éclipser pour profiter du silence de sa cabine.

*

Après le dîner, Ali se rendit avec Taddéo à la bibliothèque. Pour y accéder, ils durent traverser le pont. La tempête que Vlad et Maïwan avaient prédite plus tôt dans la journée commençait à secouer le navire. Cependant, cela ne les rebuta pas. Pendant près de deux heures, ils consultèrent l'encyclopédie à la recherche d'informations.

— C'est bizarre que l'on ne le trouve pas, s'étonna Taddéo.

— C'est peut-être parce qu'il n'en existe que peu d'exemplaires.

— Je ne pense pas. Dans ce livre sont répertoriés tous les pouvoirs et les pierres qui existent.

— Attends, regarde là. Il manque une page, on dirait.

— En effet, elle a été arrachée.

— C'est bizarre ça. À quoi cela peut servir d'arracher la page ?

— Je ne sais pas. Soit, c'est une pierre très puissante que quelqu'un convoite, soit, la personne voulait faire un avion en papier.

— Tu vas faire quoi ?

— Je ne sais pas encore. Je ne suis pas pressé de m'en servir, surtout si je ne connais pas son pouvoir. Je ne voudrais pas qu'elle pique ton propre don par mégarde. Je vais la déposer dans le coffre du capitaine en attendant.

— Oui c'est sûr que cela serait embêtant. Bon nous avons assez cherché pour ce soir. J'en ai une qui doit m'attendre avec impatience.

— C'est même plus que sûr. J'avoue que je commence à fatiguer sérieusement.

— Alors au lit.

— Oui papa.

— Fais gaffe à la prochaine bêtise, c'est moi qui te fesserai.

— Ah non, pas toi aussi.

— Allez, oust.

Pendant que Taddéo rangeait l'ouvrage, Ali sortit en premier. Alors qu'il se trouvait dans le couloir des cabines, il se rendit compte qu'il avait oublié sa dague. Il retourna sur le pont et fut accueilli par un vent violent et une pluie battante. Les éclairs déchiraient le ciel. Deux silhouettes attirèrent son regard. Avec un temps pareil, il aurait été inhabituel de voir quelqu'un sur le pont. Soudain, il reconnut Taddéo, Soan et Illan.

— Taddéo, qu'est-ce que vous faites ? hurla-t-il.

Taddéo se tourna vers Ali et lui cria quelque chose, mais les mots furent emportés par le vent. Un cri s'échappa des lèvres d'Ali, réveillant tous les pirates à bord. Sous ses yeux, Taddéo s'effondra au sol pendant que Soan se précipitait vers Illan. Ce dernier parvint à maîtriser la jeune femme et l'assomma. Il prit une pierre, jeta Soan sur son épaule, puis se dirigea vers le bastingage avant de disparaître. Ali, immobilisé par la tempête et la peur, ne parvint pas à bouger d'un pouce.

29

Quelques instants plus tôt.

Taddéo riait encore en se remémorant l'expression déconfite d'Ali lorsqu'il lui avait promis une fessée à la prochaine bêtise. Taddéo avait le don de le taquiner, appréciant le côté vif d'Ali. Il le considérait un peu comme son petit frère.

Alors qu'il rangeait l'ouvrage endommagé, Taddéo réfléchissait à ce mystère. Il trouvait étrange que quelqu'un ait commis un tel acte. Il était évident que tôt ou tard, quelqu'un découvrirait cette dégradation. Cela devait cacher quelque chose d'important. Taddéo devait en parler rapidement à Maïwan. Ils devaient identifier l'auteur de cet acte et comprendre ses motivations. Cependant, tout cela pouvait attendre le lendemain. Avec la tempête en cours, le second avait déjà bien assez à faire pour le moment.

Effectivement, la nuit risquait d'être très longue avec les vagues agitées et le vent incessant. Pour ceux qui n'étaient pas habitués, cette situation pouvait être source d'inquiétude.

Alors qu'il s'apprêtait à quitter la pièce, Taddéo remarqua la dague qu'il avait offerte à Ali. Ce dernier était vraiment étourdi. Taddéo décida de la prendre avec lui pour la lui rendre au petit déjeuner. Il doutait fortement qu'Ali fasse le chemin inverse par ce temps. Même s'il n'y avait pas beaucoup de distance à parcourir, les quelques mètres à l'extérieur étaient suffisants pour être trempés et risquer d'être emportés par une vague.

La porte menant au pont fut difficile à pousser à cause des rafales. Taddéo pouvait entendre les planches grincer et devinait, au son, qu'un cordage devait se balancer dans le vide. Il ressentait de la compassion pour celui qui était probablement encore à la vigie, secoué comme un prunier.

Alors qu'il se dirigeait vers le couloir menant à sa cabine, Taddéo perçut la présence de deux individus sur le pont. Cette situation semblait improbable au vu du déchaînement de la mer. L'une des silhouettes lui était particulièrement familière, ce qui éveilla en lui des questionnements quant à sa présence à cet endroit. Une pensée sombre lui traversa l'esprit et il espéra que ce n'était qu'une mauvaise interprétation. Il scruta les alentours à la recherche des deux personnes et les repéra rapidement au milieu du pont. Soan adoptait une posture défensive, donnant l'impression de se protéger. Taddéo se hâta de s'approcher d'eux aussi rapidement que le tangage du navire le lui permettait.

— Qu'est-ce que tu fabriques, Illan ? demanda-t-il en reconnaissant le pirate.

— Maître-coq Taddéo, toujours là quand il ne le faut pas. D'un côté cela m'arrange et je n'aurais pas à te chercher.

— Taddéo, reste en retrait, je m'en occupe. C'est MON problème, hurla Soan à travers les bourrasques.

— Pourquoi t'en prends-tu à Soan ? continua Taddéo tout en ignorant son amante.

— Vous ne vous rendez même pas compte ce que cela peut représenter, d'avoir sous la main l'héritière du Grand Continent. Faire comme si de rien n'était. Laisse-moi rire. Vous tous êtes pitoyables avec vos pseudovaleurs.

— Tu es membre de l'équipage depuis des années. Pourquoi ce revirement ?

— C'est là que tu te trompes. Je n'ai jamais été un de vôtre. Depuis le début je faisais semblant. J'ai prêté allégeance qu'à un seul homme. Celui qui régnera un jour sur toutes les mers sans la moindre concession.

— Ne me dis pas que tu es à la solde de Wassim ?

Illan répondit par un sourire s'étirant jusqu'aux oreilles, évitant toute parole. Au même moment, la proue du navire plongea dans l'eau sous l'effet de la houle avant de remonter brusquement, perturbant tout le monde. Profitant de cette opportunité, Illan se précipita sur Soan pour la neutraliser. Taddéo dégaina son épée et se rua vers Illan, déterminé à l'empêcher d'emporter Soan.

Les conditions météorologiques étaient loin d'être idéales, rendant le combat particulièrement ardu. Le regard d'Illan inspirait une peur intense à Taddéo. Il avait l'impression de se retrouver face à un fou furieux. Conscient qu'il ne pourrait pas remporter ce duel seul, il se devait de donner l'alerte à tout prix.

— T'en prendre à l'un de tes camarades va te coûter très cher. Ne crois pas que je vais te laisser faire si facilement.

— Mon capitaine la convoite depuis des années et je suis prêt à tout pour lui apporter ce trophée. J'en profiterai aussi pour récupérer cette pierre que tu caches sur toi. Avec cela entre nos mains, ce sera fini cette ère de la piraterie partagée.

— Tu es complètement fou. Tu crois que les autres te laisseront faire. Tu as signé ton arrêt de mort.

— Ne t'en fais pas pour moi, je serais déjà loin quand ils s'en rendront compte. Et Wassim me récompensera.

— Tu n'es qu'un traître.

Illan n'eut pas l'opportunité de répliquer. Derrière Taddéo se tenait Ali, le maître-coq, qui pesta en entendant sa voix, réalisant lui aussi qu'il était en danger. Le jeune pirate devait s'enfuir, car Illan pouvait lui causer du tort à tout moment. La situation était déjà critique, avec Soan gisant inconsciente au sol, son corps glissant progressivement vers le bord du navire.

— Ali, sauve-toi et préviens les autres.

Une douleur fulgurante parcourut Taddéo de part en part. Le rire malsain d'Illan résonnait à ses oreilles. Une sensation de froid glacial l'envahit. Il percevait la lame qu'on retirait de son corps. Conscient de n'avoir pas été assez vigilant, il se résigna à l'idée de mourir sans avoir pu dire adieu à ceux qu'il chérissait.

*

Ali ouvrit la porte, submergé par la puissance de la tempête. Il se sentait totalement impuissant face à cette force déchaînée. Une fois à l'extérieur, il se pressa contre le mur pour éviter d'être emporté par les éléments. Heureusement, il trouva des prises pour se maintenir et éviter de tomber par-dessus bord. Une rafale mêlée d'eau salée le contraignit à fermer les yeux quelques instants. Lorsqu'il parvint enfin à les rouvrir, il distingua deux silhouettes sur le pont inférieur. Il dut concentrer son regard pour identifier les personnes et comprendre la situation.

C'était Taddéo et Illan. Mais que faisaient-ils là ? Ce n'était sûrement pas le moment de s'entraîner, surtout par ce temps tumultueux. Leurs échanges semblaient particulièrement violents. Ali se demandait s'il devait intervenir pour les arrêter ou chercher de l'aide. À tout instant, ils risquaient de tomber à l'eau. Pourquoi la vigie n'avait-elle pas prévenu Maïwan ? Soudain, il remarqua une forme bouger sur le sol à quelques pas d'eux. Avec peine, il reconnut Soan. Mais que se passait-il donc ? Il prit une profonde inspiration et appela Taddéo. Ce dernier sembla l'entendre, se retournant dans sa direction. Taddéo essaya de lui dire quelque chose, mais les mots ne parvinrent pas jusqu'à Ali. Le vent ne portait pas dans le bon sens.

Soudain, un éclair zébra le ciel, illuminant la scène tragique se déroulant sous les yeux d'Ali. Illan transperça le corps de Taddéo, provoquant l'horreur dans le regard d'Ali qui crut vivre un cauchemar. Il se mit à hurler le nom de Taddéo, mais Illan retira sa lame, laissant le corps inerte de son ami et frère s'effondrer sur le pont. Ali vit le meurtrier se pencher et se redresser brusquement avec la pierre récupérée précédemment. Il porta Soan sur son épaule et, après un dernier regard en direction d'Ali, Illan se dirigea vers le bastingage avant de sauter.

Le corps d'Ali refusa de répondre, comme paralysé, et il s'effondra à genoux sur le sol mouillé. Les pirates les plus proches accoururent, des armes en main. Malgré une main posée sur son épaule, Ali demeura immobile. Seuls les prénoms de Taddéo et Soan s'échappèrent de sa bouche dans une litanie interminable. Aucune larme ne coulait de ses yeux. Soudain, tout devint noir.

*

Soan se questionnait sur le pouvoir que Taddéo avait acquis. Allait-il l'utiliser ou le revendre ? Elle était consciente que les prix pouvaient être exorbitants, surtout s'il s'agissait d'une pierre extrêmement rare.

Après s'être isolée et avoir vidé son esprit sous une bonne douche, Soan se sentait désormais bien mieux. Ses pensées étaient plus claires et elle se sentait prête à affronter quiconque. Cela ne l'empêcherait pas d'adresser quelques mots à Taddéo. Elle aurait préféré être mise au courant de ce qu'il comptait révéler pour se préparer davantage à affronter ses partenaires pirates.

Se sentant de plus en plus agitée à l'idée que son amant ne reviendrait pas, elle prit la décision de se rendre à la bibliothèque pour l'arracher à ses livres. Elle ressentait le besoin de lui parler avant de s'endormir, la journée l'ayant plutôt éprouvée.

Sur le pont, elle dut se plaquer contre la paroi pour éviter d'être emportée. Malgré les quelques années à naviguer sur les mers, elle n'arrivait pas à s'habituer à ces tempêtes qui lui remuer les intestins.

— Mais, qui voilà ? La princesse cachée.

— Illan ?

Soan n'aimait pas le ton qu'il employait à son insu. Elle sentait un danger imminent et recula instinctivement.

— Que fais-tu sur le pont ? questionna Soan.

— Je pourrais tu retourner la question. Tu tombes bien, je te cherchais « Princesse ».

— Arrête avec ce mot. Je ne suis qu'une pirate. J'ai renié mon passé.

— Personnellement, ce que tu as choisi, je m'en fous. Par contre, moi, je ne peux ignorer la prime sur ta tête. Mon capitaine sera plus que ravi si je te ramène, avec en bonus la pierre de Taddéo.

— Ton capitaine ? Quelle capitaine ? N'est-il pas Bahtiyar ?

— C'est ce que tout le monde croit. Il ne faut pas grand-chose pour duper des gens comme vous. Je vois déjà ma future promotion.

Un sourire terrifiant ornait le visage d'Illan. Il avançait lentement vers Soan, se maintenant fermement malgré les vagues agitées. La tempête ne semblait pas l'effrayer.

Alors qu'Illan se rapprochait, Soan reculait avec appréhension. Elle devait alerter des dangers imminents qui menaçaient le navire. Combien de personnes s'étaient déjà laissé duper par sa discrétion et ses sourires trompeurs ?

Un éclair illumina le ciel et Soan distingua l'éclat d'une lame surgissant du fourreau d'Illan. Elle eut juste le temps de se jeter sur le côté pour éviter le tranchant. S'accrocher fut une tâche périlleuse, le navire se balançant dans tous les sens sous les assauts de la mer déchaînée.

L'adversaire avançait sans relâche, son regard empreint d'une détermination sans faille. La voix de Taddéo retentissait derrière eux, mais la pluie rendait difficile la distinction de sa silhouette pour Soan. Elle se retenait d'accourir vers lui pour l'avertir du danger, sachant qu'elle-même prenait un risque en tournant le dos à son ennemi.

Lorsque Taddéo arriva à leur hauteur, Soan ressentit un soulagement de ne plus être seule. Cependant, alors que les échanges se poursuivaient entre les deux hommes, la voix d'Ali retentit soudain sur le pont. Soan n'eut pas le temps de comprendre ce qui se passait exactement. Alors qu'elle tentait d'attaquer Illan, elle perdit l'équilibre, permettant à ce dernier de la neutraliser. Son corps lourdement tomba sur le pont, et elle perdit connaissance. Dans un état de semi-conscience, elle entendit les voix d'Ali et de Taddéo comme si elle émergeait d'un état entre la vie et la mort.

*

La tempête compliquait la tâche de Maïwan pour finaliser la carte. Il devrait attendre que le calme revienne. Jetant un œil à l'horloge, il remarqua qu'il n'était que vingt et une heures. Ali ne tarderait pas à revenir. Il décida de préparer des serviettes chaudes, sachant qu'il rentrerait probablement trempé. Heureusement, son expérience de nombreuses années de navigation à travers le vaste monde le préparait à de telles situations. Maïwan avait affronté de nombreuses tempêtes au cours de sa vie, au point de craindre pour sa survie à plusieurs reprises. Il savait qu'Ali allait passer une nuit difficile, ce dernier étant sujet au mal de mer lorsque le navire tanguait trop fortement.

Le vent sifflait violemment et les vagues assaillaient le hublot sans pitié. Par moments, Maïwan apercevait des éclairs à travers la tempête. Il se souvint que ce soir-là, c'était un membre de l'escouade de Vlad qui était de vigie. Il devrait trouver un volontaire pour le remplacer. Être de vigie par temps de tempête était deux fois plus épuisant que d'ordinaire.

Pour éviter tout risque de casse d'une fiole d'encre et de voir celle-ci se répandre sur la carte déjà dessinée, Maïwan décida de ranger son matériel de cartographie. Jetant un nouveau regard à l'horloge, il constata que seulement une demi-heure s'était écoulée. Alors qu'il posait les serviettes sur le radiateur, un hurlement retentit soudain. Reconnaissant immédiatement la voix d'Ali, son sang se glaça. Abandonnant tout ce qu'il tenait, il se précipita vers le pont et ouvrit la porte au moment même où il vit son compagnon tomber au sol. Maïwan s'approcha d'Ali et le secoua par l'épaule, l'appelant désespérément, mais son compagnon ne réagissait pas.

Alors qu'il s'apprêtait à ramener Ali dans leur cabine, quelque chose attira le regard de Maïwan. En levant les yeux, il eut l'impression d'être plongé dans un cauchemar. Sur le sol du pont principal gisait le corps inerte de Taddéo, dont les vêtements immaculés étaient désormais maculés de rouge. Maïwan était incrédule. Que s'était-il passé ? Il remarqua Vlad en train de contacter la vigie, mais celle-ci n'avait rien vu à travers la tempête qui continuait de rugir. Maïwan entendit la voix du capitaine contenir sa peine, mais aussi sa rage.

— Maïwan, conduis Ali dans votre cabine. Nous l'interrogerons dès qu'il aura repris connaissance. Assure-toi de veiller sur lui jusqu'à ce qu'il se réveille.

— Mais, capitaine, et Taddéo ?

— On s'en charge. La personne qui a fait cela est peut-être encore à bord. Protège-le, c'est un ordre.

Maïwan finit par obéir et, après un dernier regard vers Taddéo, s'enfonça dans le couloir en compagnie d'Ali. Une fois dans la chambre, il déshabilla son compagnon, le sécha et lui enfila des vêtements chauds. Il le coucha délicatement sur le lit et le couvrit. Une fois ces gestes accomplis, il laissa échapper ses larmes. Son ami, son frère de longue date, venait d'être sauvagement assassiné.

*

Bahtiyar ressentait une colère brûlante parcourir son corps. Qui avait osé attenter à la vie d'un de ses compagnons sur son propre navire ? Quel intrépide avait osé transgresser les règles de la piraterie, et surtout celles de sa famille ? Son cœur saignait. En plus de cinquante ans de navigation sous ce pavillon, c'était la première fois qu'un tel drame se produisait. Taddéo, maître-coq de sa flotte et l'une de ses premières recrues, était aux portes de la mort. Ce jeune homme autrefois si jovial, apportant la bonne humeur à chaque instant de la journée, n'était plus que l'ombre de lui-même.

Alors que la tempête faisait rage, il semblait évident que l'assassin n'avait pas quitté le navire, et qu'un témoin se terrait probablement quelque part en gardant le silence. Il informa Naël et Héloïse qu'il attendrait dans sa cabine le réveil d'Ali et que, jusqu'à nouvel ordre, tout l'équipage devait rester confiné dans ses quartiers. Soudain, il ressentit le poids des années s'abattre sur lui.

*

Vers trois heures du matin, Ali reprit connaissance en proie à une crise de panique. Maïwan, qui était resté à son chevet, le prit immédiatement dans ses bras. Pendant une dizaine de minutes, Ali répéta inlassablement les prénoms de Taddéo et de Soan.

Lorsque Ali se calma enfin, son compagnon l'aida à prendre une douche, à se sécher et à s'habiller. Il l'emmena ensuite auprès de Bahtiyar. Pendant le trajet, Ali avançait comme un automate. Tous les officiers étaient présents, à l'exception de Taddéo et Soan. Ali raconta de manière détachée ce qu'il avait vu, son regard dénué de toute expression. Lorsqu'ils entendirent le nom de l'assassin, une réaction collective parcourut l'assemblée.

— Es-tu sûr que c'était Illan ? Demanda Vlad, la mâchoire serrée.

— Oui, c'était bien lui.

— L'ordure, je vais……

— Vlad !!! gronda Bahtiyar. Pas de précipitation. Héloïse, Naël et Noé, allez vérifier dans les dortoirs. Ne fouillez pas uniquement celui du coupable. Faites attention à vous.

— C'est de ma faute. Si je ne l'avais pas appelé, il n'aurait pas détourné son attention d'Illan et il ne serait pas mort.

— Taddéo n'est pas encore mort, intervint Bahtiyar.

— Comment ça ? demanda Ali, les yeux rougis grands ouverts.

— Sa vie ne tient qu'à un fil et les médecins font tous ce qui est en leur pouvoir.

La joie se lut un instant sur le visage d'Ali avant qu'il ne s'assombrisse à nouveau.

— Tu n'as rien à te reprocher. Tu ne pouvais pas savoir à ce moment-là, intervint Maïwan qui le tenait toujours dans ses bras.

— Je voyais pourtant qu'il se battait. J'aurais dû…

— Tu as agi comme tu le sentais. Il n'y a pas à dire « si j'allais » où « j'aurais dû ». Tu as fait ce que tu pensais être le bon choix et personne ne remettra cela en cause. Je sais que ta peine comme nous est immense. Tu avais des liens particuliers avec Taddéo et Soan, mais ne te culpabilise pas. Maïwan veille sur lui, le temps que l'on mette la main sur Illan. Passe aussi à l'infirmerie, ton don pourrait être utile pour augmenter ses chances de survie.

— Pas de soucis, Capitaine.

Maïwan aida Ali à retourner dans la chambre. Doc' vint lui administrer un calmant afin qu'il puisse se reposer. Le second profita de la présence du médecin de son escouade pour se rendre au chevet de Taddéo. Il ne ménagea pas ses pouvoirs pour aider à endiguer l'hémorragie. Quand il retourna auprès d'Ali, il s'allongea contre lui, mais ne dormit pas et passa le reste de la nuit à surveiller ce qui l'entourait grâce à sa perception. Dehors, la tempête commençait à se calmer.

Le navire fut retourné de fond en comble et personne ne mit la main sur Illan. Il fut mis en évidence que c'était pour la pierre que cet acte odieux avait eu lieu.

Le lendemain, beaucoup de pirates laissèrent exploser leur colère en apprenant la nouvelle. Illan avait pris la poudre d'escampette en kidnappant l'une des leurs et rien n'était fait pour le moment pour le rattraper. Taddéo était toujours inconscient.

30

Le cœur d'Ali saignait toujours face à la tentative de meurtre contre Taddéo. Il peinait à accepter la situation. Il appréciait énormément l'humour, la joie de vivre, les talents culinaires et la présence chaleureuse de Taddéo. Un grand vide l'habitait à présent. L'enlèvement de Soan le bouleversait tout autant, la voyant comme une grande sœur.

Ali priait en silence pour que Soan puisse être sauvée au plus vite. Autour de lui, les pirates discutaient encore des raisons de la tragédie de la veille. Soudain, une pensée lui vint à l'esprit et il se dirigea vers Maïwan.

— On va la sauver, Maïwan, hein ? Dis-moi qu'il va la sauver.

— Je ne sais pas honnêtement, je l'espère aussi. Je suis sûr que Bahtiyar ne la laissera pas dans ce piège longtemps.

— Au fait, je peux te parler de quelque chose ?

— Qu'est-ce qu'il y a ?

— Cela concerne ce qui s'est passé avant le drame d'hier soir. En entendant discuter les autres, je me suis rappelé quelque chose. Je ne sais pas si cela à son importance.

— Viens, suis-moi. Nous allons en discuter dans la cabine.

Ali suivit immédiatement Maïwan. Il n'était pas certain que ce qu'il allait lui révéler soit crucial, mais il ne pouvait se permettre de négliger le moindre indice. Une fois seul, il s'assit sur le lit pendant que Maïwan prit place en face de lui sur une chaise, adoptant sa posture habituelle lorsqu'il devait réfléchir. Ali lui fit part de la découverte qu'il avait faite avec Taddéo juste avant l'accident.

Une fois son récit terminé, avec une boule d'angoisse dans la gorge, car il revivait ses derniers moments avec Taddéo, Ali, Maïwan se mit à reconstituer le puzzle. Pour mieux comprendre, Maïwan se leva et entraîna Ali à la bibliothèque. Une fois à l'intérieur, Ali le vit reprendre l'encyclopédie et la feuilleter. Ses sourcils se froncèrent en voyant la page manquante. À chaque fois qu'il faisait ça, cela donnait un drôle d'air à son visage, ce qui le faisait rire, même si en ce moment, il n'en avait pas envie.

— On a peut-être une chance, car c'est l'un des rares ouvrages que l'on a copiés, il y a une quinzaine d'années.

— Pourquoi vous avez fait ça ?

— Pour le cas où ce livre serait détérioré.

— Quand je vois l'épaisseur, cela a dû prendre une éternité.

— Seulement six mois. Taddéo, Vlad, Théo et moi-même sommes relayés pour tout recopier.

— Elle se trouve où ?

— Dans notre cabine.

— Mince, comment ai-je fait pour ne jamais la voir ?

— Peut-être parce qu'elle se trouve dans le tiroir fermé à clef dans mon bureau.

— Forcément, je pouvais chercher longtemps. Mais j'y pense, cela servirait à quoi de connaître les propriétés de cette pierre ?

— Si Illan l'utilise, il faut savoir à quoi nous allons nous frotter.

Ali hocha comprenant le réel enjeu. La copie n'était au final qu'un tas de feuilles reliées par le haut. Maïwan trouva rapidement la page manquante et la parcourut. Durant toute sa lecture, le silence fut pesant dans la pièce.

Ali n'osait pas poser de questions. Il attendit que son compagnon prenne la parole. Après quelques minutes, il le vit blêmir et se lever.

— Qu'est-ce qu'il y a ?

— Je reviens. Tu ne bouges pas d'ici.

Maïwan rejoignit Bahtiyar et lui fit part de sa découverte.

— Alors, c'était ça le plan d'Illan depuis le début.

— Oui. Cela ne fait plus aucun doute. Avoir cette pierre était l'un de ses objectifs. Maintenant qu'il l'a, il est devenu une réelle menace que cela soit pour nous, les autres rois des mers, la Marine, voire même le monde entier.

— Nous allons devoir réfléchir à ce que nous allons faire.

— Je me doute bien, Bahtiyar.

Maïwan retrouva Ali quelques heures plus tard. Pour une fois, il avait écouté sans broncher, mais le pauvre s'était endormi dans une position pas très confortable.

*

Les jours s'écoulaient et il s'était écoulé trois mois depuis l'enlèvement de Soan. Taddéo n'avait toujours pas repris connaissance et les officiers avaient pourvu les postes vacants. Bahtiyar avait eu des réunions avec plusieurs de ses alliés. Tout le monde surveillait les déplacements d'Illan via les journaux, tandis que Maïwan traçait quotidiennement les itinéraires. L'escouade de Maïwan ne partait plus en mission, sa priorité étant son rôle de second de l'équipage. Pour renforcer Ali et afin de l'éloigner de ce qui se préparait à court terme, il l'envoya en mission avec les autres officiers au fil des besoins.

Quand il revint de sa sixième mission, il se rendit directement à l'infirmerie pour voir Doc'.

— Ne me dis pas qu'on t'a déjà mis au courant ?

— Salut Doc'. Je ne suis partie qu'une petite semaine. Il s'est passé quelque chose ?

— Taddéo est en phase de réveil.

— C'est vrai ? Mais c'est merveilleux.

— Tu étais venu pour quoi ?

— Pour un changement de pansement, à la suite d'une blessure pendant une rixe.

Doc' soupira devant l'inattention évidente d'Ali une fois de plus.

— Tu veux faire un concours de cicatrices ?

— Absolument pas.

— En tout cas, tu t'es très bien occupé de la plaie. Il n'y a aucune trace d'infection.

— J'ai appris des meilleurs. Quand est-ce que je pourrais voir Taddéo ?

— Il faudra encore un peu de patience. Je pense que le capitaine voudra lui poser des questions avant.

— J'attendrais patiemment mon tour.

Une fois le nouveau pansement en place, Ali partit à la recherche de Maïwan. Il le trouva sur le pont supérieur en train de donner des directives.

— Alors, c'était comment ? demanda le second.

— C'était vraiment génial. Théo m'a aidé à améliorer mes tirs.

— Un nouveau sniper alors, commenta-t-il tout en l'enlaçant.

— Chut, je touche qu'une cible sur quatre pour le moment.

— Il va te falloir de l'entraînement, intervint Bahtiyar.

— Mais je compte bien progresser, enfin un jour.

— Maïwan, prends le reste de la journée avec Ali. On va arriver sur l'une de nos îles.

— Merci capitaine.

Maïwan prit la main d'Ali et l'emmena jusqu'à leur cabine. Ces quelques heures de détente allaient leur être bénéfiques. Ils furent les premiers à descendre de l'Argentière. Maïwan conduisit Ali jusqu'à une petite clairière bordée de falaises. Au centre se trouvait un plan d'eau.

— Ouah, c'est magnifique.

— Cela a toujours été mon endroit préféré.

— Tu es venu souvent ici.

— J'ai grandi ici.

— Quoi ? C'est ton île natale ! Et tu ne me le dis que maintenant.

— Cela n'a pas vraiment d'importance. J'ai quitté ce lieu quand j'avais dix ans.

— Quand même. Toi, tu as vu mon île et même ma mère, dit-il en grimaçant.

— Heureusement que j'ai vu ton île, sinon je ne t'aurais jamais rencontré, lui répondit-il tout en l'enlaçant.

— Hé, mais qu'est-ce que tu fais ?

— Ben cela se voit. Je te déshabille. Ne t'en fais pas, personne ne viendra nous déranger.

En moins d'une minute, il se trouva complètement nu et sous les assauts des mains et de la bouche de son amant. Maïwan n'attendit pas trop longtemps avant de le faire sien et les emmener tous les deux au septième ciel. Une fois redescendu, il l'emmena se baigner dans le petit lac. Ils passèrent ainsi l'après-midi à se prélasser, oubliant tous les soucis du moment.

Le soleil était en train de décliner quand ils retournèrent au navire. Ils se dirigèrent vers le réfectoire où tout le monde devait manger. En entrant dans la pièce, Luigi fit signe à Ali, lui montrant la place de libre.

— Ta journée était bien ?

— Super. C'était calme et reposant. Vous saviez que c'était l'île de Maïwan ?

— Bien sûr.

— Pourquoi je suis toujours le dernier au courant ?

— Ce n'est pas une chose primordiale.

— Pour moi si.

— Aller ne fait pas cette tête.

*

Ali se rendit au chevet de Taddéo. Il voulait être l'un des premiers à le voir se réveiller. Pendant qu'il restait à côté de lui, ses pensées se dirigèrent vers Soan. Comme à chaque instant, il se demandait si son amie allait bien, malgré la situation. Il sursauta en entendant une voix éraillée.

— Tu ne vas pas passer ton temps à veiller un mort-vivant.

— Taddéo ? Tu es réveillé !

— Depuis un moment.

— Je vais prévenir les autres, tout de suite.

— Non, attends, laisse-moi profiter encore de ce calme.

— Tu es sûr ?

— Absolument. Un verre d'eau ne serait pas un luxe aussi. Ensuite tu pourras me raconter ce que j'ai loupé.

— Ça va en faire des choses.

— Content de te voir de nouveau parmi les vivants, l'ami, coupa Maïwan en entrant dans la pièce.

— Et moi donc.

Maïwan aida Taddéo à boire et à se redresser légèrement, pendant qu'Ali cherchait une deuxième chaise. Pendant l'heure qui suivit, ils échangèrent sur les récents événements. Taddéo écoutait attentivement, mais était encore trop fatigué pour participer pleinement à la discussion et partager tout ce qu'il avait à dire sur Illan.

Quand les deux amants partirent de l'infirmerie, Taddéo s'était endormi.

31

Le lendemain, le réveil tant attendu de Taddéo fut la nouvelle qui circula dans tout l'équipage. Bahtiyar ressentit un soulagement en le voyant sur la voie de la guérison. Maintenant qu'il connaissait les pouvoirs de la pierre dont Illan s'était emparée, il n'avait qu'un seul souhait : revoir Soan en vie.

Les révélations de Taddéo glacèrent le sang de Bahtiyar. Il savait qu'il devait agir rapidement. Cependant, un affrontement avec Wassim allait provoquer d'importants bouleversements. Malgré son âge avancé et sa fatigue, ses ennemis risquaient de tirer avantage de sa vulnérabilité. Mais il était déterminé à tout mettre en œuvre pour protéger chacun de ses pirates.

*

Sur le pont, tout le monde se détendait, profitant du soleil en faisant la sieste, jouant aux cartes, s'affrontant dans des duels amicaux ou tout simplement en discutant. C'était vraiment une après-midi relativement paisible. Ali avait demandé à Noé de s'entraîner au combat rapproché. Bien qu'un peu hésitant au départ, ce dernier avait finalement accepté. Il lui enseigna quelques techniques des arts martiaux des tritons.

— Tu dois te concentrer toute ta force en un seul point. Un peu comme pour ton pouvoir.

— Je sais. Telma m'a déjà dit la même chose, mais c'est très dur je trouve.

— Cela ne s'apprend pas en une journée. Il te faudra du temps et beaucoup d'entraînement.

— Je vais y mettre toute mon énergie.

— Je n'en doute pas une seconde.

Ali travailla sa concentration jusqu'à ce qu'il trouve la position trop inconfortable et décida de se changer, l'odeur de la sueur le faisant grimacer.

La cloche annonçant l'arrivée de quelqu'un résonna à travers le navire. Ali sortit au pas de course sur le pont et se dirigea vers Vlad qui se tenait sur le côté.

— Qu'est-ce qui se passe ?

— On a la visite d'un membre de l'équipage de Wassim.

— Qu'est-ce qu'il veut ?

— Je ne sais pas encore. Mais on va très vite le savoir.

Des deux côtés du pont, les pirates de Bahtiyar étaient regroupés en petits groupes. De loin, on aurait pu croire qu'ils discutaient, mais de près, ils étaient tous prêts à se battre. Près du patriarche se tenaient Maïwan, John et Théo.

Le pirate de Wassim monta à bord de l'Argentière dès que la vigie envoya le signal. Tous les regards se portèrent sur ce jeune casse-cou osant pénétrer en territoire ennemi. Bahtiyar l'observait avancer, ressentant une certaine tension en lui.

— Pourquoi es-tu venu jusqu'ici ? demanda-t-il sans détour.

— Mon capitaine m'a demandé de vous transmettre ce message, dit-il en le tendant vers le capitaine.

Maïwan s'avança et remit l'enveloppe à son capitaine. Celui-ci l'ouvrit et la parcourut. Son sang se glaça en découvrant que ses pires craintes venaient de se concrétiser. La colère envahit son être et, sans un mot, il leva son arme et l'abattit sur son ennemi. La tête roula sur le pont, jetant la surprise parmi l'assemblée.

— Que se passe-t-il, Capitaine ? s'inquiéta Maïwan.

— Nous entrons en guerre. Wassim a déjà envoyé une taupe chez moi, parmi mes fils et maintenant, il détient Soan. Je ne le laisserai pas agir ainsi plus longtemps.

Tous les pirates approuvèrent d'un même mouvement la décision de leur capitaine. Enfin, ils allaient agir et venger leur pavillon.

Ali se laissa emporter par l'excitation du moment et poussa un cri en levant le poing bien haut. Une sorte d'euphorie guerrière s'empara de tous. Il n'était plus question de détente ni de discours apaisants, mais bel et bien de combat. Après cette vague de jubilation, Bahtiyar exigea le silence pour donner ses instructions. Chaque pirate, conscient de ses responsabilités, savait exactement ce qu'il avait à faire. Tout semblait être minutieusement planifié, jusqu'à la seconde près.

Maïwan emmena Luigi et Ali afin de leur confier une mission spécifique. Il griffonna quelques lettres et chiffres sur un morceau de papier avant de le leur remettre.

— Il faut reproduire ce message douze fois. Surtout, ne vous trompez pas, c'est très important.

— C'est pour quoi faire ? interrogea Ali.

— Il s'agit d'un code de rassemblement destiné aux alliés. Seuls Bahtiyar, les capitaines alliés et moi-même pouvons le déchiffrer. Une fois terminée, vous vous rendrez sur le pont arrière, où se trouvent les cages. Un message par oiseaux. Faites vite.

Ali et Luigi s'installèrent autour du bureau de Maïwan et se mirent au travail. Bien que ni l'un ni l'autre n'appréciait cette tâche, ils s'y attelèrent sans broncher. Après tout, l'avenir de Soan dépendait de ces dépêches.

Maïwan laissa Ali et Luigi poursuivre leur tâche et se rendit auprès de Bahtiyar pour coordonner la suite des événements. Il y avait tant à faire. Théo et Vlad étaient également occupés à vérifier toutes les armes et les bateaux, avec le soutien des quartiers-maîtres présents. Il n'y avait plus personne en train de flâner sur le navire.

Une heure après la déclaration de guerre, douze oiseaux quittèrent le pont arrière, prenant chacun une direction différente. Ali se demandait comment ils parvenaient à connaître leur destination.

À peine leur tâche terminée, ils allèrent prêter main-forte aux autres. La nuit était tombée depuis longtemps lorsque Ali put enfin regagner sa cabine. Il constata qu'il était seul, Maïwan devait probablement être encore occupé. Il espérait qu'il viendrait se reposer un peu. Trop épuisé pour prendre le temps de faire une toilette complète, il se contenta du strict minimum et s'effondra sur sa couchette. À peine sa tête toucha l'oreiller, il sombra dans le sommeil.

32

Cela faisait désormais une semaine depuis l'entrevue. Ali s'entraînait à concentrer sa force dans sa main avant de la libérer. En quelques jours, il parvenait à créer une légère brise perceptible uniquement à moins d'un mètre de lui. Malgré cela, il ne se décourageait pas. Il avait maintenant la capacité de créer un bouclier, et il mettait tout son cœur dans cet entraînement afin d'être à la hauteur et de ne pas être un fardeau lors du combat imminent.

De son côté, Taddéo avait repris ses fonctions, mais les séquelles de sa blessure se faisaient sentir, notamment par une fatigue plus rapide. Sa voix n'avait pas encore retrouvé son timbre habituel et restait enrouée. Bien que son état s'améliorât, ses cernes étaient de plus en plus marqués. Tout le monde était conscient de ses préoccupations concernant Soan, et il était évident qu'il était profondément inquiet. Il n'était d'ailleurs pas le seul dans cet état.

Sur le pont, adossé au bastingage, Ali ne parvenait pas à dissiper le trouble qui le hantait depuis la veille. Un cauchemar persistant, où il voyait son amie décédée, avait laissé des images sanglantes gravées dans son esprit.

— Ne fais pas cette tête, Ali.

— Je ne veux pas que Soan meure, Luigi. Mais je n'arrête pas d'y penser. Cela fait trop longtemps depuis qu'elle a été capturée. Rien ne nous prouve qu'elle soit encore en vie.

— Tu as entendu le capitaine. Nous allons tout faire pour la sauver. Il ne veut pas croire qu'elle a déjà été mise à mort.

— Je ne la sens pas cette guerre. J'ai peur qu'il y ait trop de morts.

— Oui, en effet, il y aura de très nombreuses pertes de chaque côté. Et il est impératif que tu survives à cette guerre, Ali. Cette fois-ci, la bataille sera totalement différente de ce que nous avons connu auparavant. Nous ne serons pas confrontés à un simple équipage, mais à un roi des mers et à son armada, composée d'autant d'hommes que les nôtres à tous les niveaux. Assure-toi de rester constamment aux côtés d'un gradé, en toutes circonstances.

— Je sais me battre.

— Je n'en doute pas une seconde et personne sur le navire ne dira le contraire, mais si tu te retrouves seul contre un gradé ennemi, tu ne pourras rien faire. Il y a très peu d'entre nous qui pouvons les affronter.

Ali trembla légèrement et cela n'échappa pas à Luigi.

— C'est normal d'avoir peur. Je ne connais personne qui n'a pas eu un moment de doute. J'en connais même certains qui se sont pissés dessus.

— Vraiment ?

Ali jeta un œil autour de lui.

— Pourtant, on ne le dirait pas. Vous avez tous tellement l'habitude.

— L'habitude de quoi ? De se battre ? On a tous débuté un jour.

— Ça s'est passé comment pour toi ?

Luigi ressentit une gêne naissante, ne souhaitant pas admettre qu'il n'avait pas été à la hauteur. Heureusement, Maïwan l'interpella pour une tâche à accomplir. Il ressentit alors un soulagement immense en laissant son camarade à ses propres réflexions.

Après le départ de Luigi, Ali demeura un instant appuyé contre le bastingage, perdu dans ses pensées suite aux échanges qu'ils avaient eus. En un sens, il se sentit rassuré de ne pas être le seul à ressentir ces doutes profonds qui nouent l'estomac. Il nourrissait sincèrement l'espoir d'être à la hauteur lors du combat à venir et de ramener Soan parmi eux.

*

— Viens me donner un coup de main, Ali, demanda Taddéo.

— Je viens à peine de terminer ma garde de nuit, pesta Ali tout en s'étirant.

— Je sais, mais plus on sera nombreux, et plus vite nous irons nous reposer avant la bataille.

À quelques heures seulement de l'affrontement, le rappel de l'échéance prochaine motiva Ali. Les discussions avec Maïwan, Théo et Vlad l'avaient galvanisé, ne lui laissant qu'une seule envie : en découdre, tout comme les autres.

Il trouva Taddéo dans le réfectoire en train de mettre les tables les unes contre les autres.

— Qu'est-ce que tu fais ?

— Je prépare pour la dernière distribution du repas. Nous avons plus de mille membres à nourrir. Chaque équipe va envoyer trois personnes pour récupérer la nourriture. Aide-moi déjà à bien étaler les tables. Une table par escouade et il m'en faut vingt en tout.

— Et ton escouade ?

— Derrière les fourneaux, que crois-tu. Ah merci Vlad de venir aussi me donner un coup de main.

— J'ai terminé mon travail, c'est avec plaisir. Tiens, notre petite souris est là aussi, dit-il a l'intention d'Ali.

En quelques minutes, les tables furent alignées devant la sortie des cuisines, laissant échapper une délicieuse odeur de pain. Ali ne se souvenait pas de la dernière fois qu'il avait pu savourer un tel festin. Un balai se fit entendre en provenance de la pièce voisine. Malgré sa simplicité, le menu avait nécessité une préparation minutieuse et un effort considérable de la part de l'équipe. Sur chaque table étaient disposés des cageots remplis de sandwichs copieusement garnis.

— Des casse-croûtes ? Tu es sûr que cela sera suffisant pour tenir pendant la bataille ?

— Bien évidemment. Ils sont composés de tout ce qu'il faut pour subvenir aux besoins de chacun. D'après toi, pourquoi avons-nous fait escale il y a deux jours, alors que les cales sont pleines ? J'avais besoin de certains ingrédients.

— Je ne savais pas. Je posais la question, connaissant certains estomacs.

— J'imagine que tu penses à Tim ou Naël ?

— C'est ça.

— Ne t'en fais pas, il y a de quoi avoir une deuxième part au cas où.

— Mais du coup, préparer les pains a dû te prendre toute la nuit ?

— Oui, mais mon équipe et moi sommes habitués à ce genre d'exercice. Et puis ce n'est pas nous qui sommes en premières lignes.

— C'est ce que j'ai cru comprendre hier, quand Maïwan m'a expliqué le rôle de chaque escouade.

— Ah oui et alors quel est ton rôle ?

— Soutiens aux premières lignes. Je vais devoir attendre avant de me lancer dans la bataille. Ça me donne l'impression de ne rien faire.

— Au contraire, si un point névralgique se retrouve en difficulté, votre intervention sera cruciale. Bien sûr, il faudra faire preuve de patience, mais connaissant notre adversaire, cela ne devrait pas prendre trop de temps. Je te conseille de prendre ton repas et d'aller te reposer dès maintenant. Il ne te reste que deux heures, tout au plus. Je vais prévenir Maïwan de ta disponibilité.

— Bonne idée. Merci et à tout à l'heure.

Ali fut soulagé de pouvoir s'isoler un moment pour se préparer mentalement et physiquement. Il aurait aimé partager ce temps avec son compagnon, mais depuis près d'une semaine, ils ne faisaient que se croiser.

Taddéo avait été sincère concernant le menu, et Ali eut du mal à le terminer, mais il tint bon. Il décida de garder sa pomme pour plus tard. Incapable de trouver le sommeil, même pour une brève sieste, Ali percevait l'agitation à l'extérieur pour les derniers préparatifs. Malgré son apparente sérénité, la tension montait en flèche. Il était évident que tout le monde devait ressentir la même chose que lui.

Ali sursauta en sentant le lit s'affaisser. Deux bras l'entourèrent et une bouche se déposa sur son épaule.

— D'ordinaire tu portes toujours un haut, je pourrais prendre goût à te voir ainsi tout le temps.

— Que fais-tu là ?

— Tu attendais quelqu'un d'autre peut-être ?

— Absolument pas. Je sais seulement que tu es très occupé actuellement.

— J'ai quelques minutes de disponibles, comme tout le monde.

— Une récré ?

— Pas vraiment, les derniers pirates sont en train de rédiger une lettre d'adieu à leur partenaire, leur famille, pour ceux qui en ont.

— Tu es donc venu faire ça.

— La seule personne importante à mes yeux se tient dans mes bras actuellement.

— Je pourrais prendre ça comme une déclaration.

Un silence pesant s'installa entre les deux hommes. Ali attendait la réponse de Maïwan qui tardait à venir. Ne pouvant plus attendre, il se retourna pour le confronter. Le visage qu'il découvrit arborait une expression sérieuse, mais également un sourire doux, une rareté chez son amant.

— C'est… c'est… une déclaration ?

Maïwan ne disait toujours pas le moindre mot. Ali eut soudainement très chaud.

— Tu ne pourrais pas me dire ça à un autre moment ?

— Pourquoi ? Je trouve que c'est l'instant idéal.

— Pas vraiment. Cela voudrait dire qu'on a peu de chance de se revoir. Et je ne veux pas y penser.

— Personne ne veut y songer. Et ne crois pas que je te dis ça, comme ça. Cela fait longtemps que je devais te l'avouer, mais je n'ai pas eu de véritable occasion.

— Chaque jour à tes côtés est une preuve et vu tout ce que l'on a traversé jusqu'à présent, je n'ai absolument pas besoin de discours.

— Je me demande lequel de nous deux est devenu fleur bleue ?

Les deux amants scellèrent leur discussion par un doux baiser. Peut-être s'agissait-il de leur dernier moment de retrouvailles. Ni l'un ni l'autre ne voulaient envisager l'inimaginable. Leur seul souhait était que, une fois cette épreuve terminée, ils puissent enfin profiter pleinement de leur vie ensemble.

Le son de la cloche résonna depuis la vigie, interrompant les amants dans leur quiétude. La paix touchait à sa fin et la bataille était désormais imminente. Maïwan ajusta ses vêtements et quitta la cabine en premier. Ali mit plus de temps à rejoindre le reste du groupe.

Au loin, des pavillons claquaient au vent, formant non pas un, mais des dizaines de drapeaux de pirates différents se dessinant à l'horizon. Ali était stupéfait par le nombre croissant de navires qui apparaissaient au fil des minutes.

— Ce sont nos alliés ? se hasarda-t-il à demander à Vlad.

— En effet. Il nous faudra encore attendre plusieurs heures pour voir les couleurs ennemies. Pourtant, nous n'avons envoyé qu'une dizaine de messages. Et là, ils sont au moins deux fois plus nombreux.

— Tu as nos alliés directs et les alliés de nos alliés. Cela fait quelque chose comme un demi-siècle que Bahtiyar sillonne les mers et qu'il façonne son territoire. Il y en a eu des alliances et des mésalliances. Un jour, il faudra qu'on te raconte toute l'histoire de notre emblème.

— Je serais ravi de l'entendre.

— Je n'en doute pas. Mais cela risque d'être long. Il faudra que la bière coule à flots pour s'hydrater.

— Ce qui veut dire que c'est moi qui devrais payer la prochaine tournée ?

— Tu as tout compris.

Les deux pirates observèrent à nouveau les navires se rapprocher. Des petits drapeaux étaient agités depuis la vigie. En moins d'une heure, une armada s'était formée tout autour de l'Argentière. Malgré la réunion imposante de navires, un silence pesant enveloppa l'atmosphère lorsque Bahtiyar prit la parole.

— Demain, peu avant que le soleil ne se lève, nous attaquerons Wassim et ses hommes et nous les éradiquerons des mers à tout jamais.

Des hurlements résonnèrent sur tous les ponts comme une vague. Les lames s'entrechoquèrent. Maïwan s'approcha de Vlad et Ali, invitant ce dernier à le suivre. En chemin, il interpella de la même manière Luigi et deux autres membres de l'escouade de Vlad, les invitant à pénétrer dans la salle de commandement. Vlad ferma la porte derrière eux.

Pour les trois pirates qui ne venaient pas ou très peu ici, c'était impressionnant.

— Prenez place autour de la table, intima Bahtiyar. Si je vous ai fait venir ici, alors qu'on se prépare à se battre, c'est que nous avons besoin de vous pour une mission.

— Une mission ? répéta Ali.

— Oui, tu as bien entendu. Le but premier de cette bataille est de libérer Soan. Pour ce faire, vous allez à quatre vous infiltrer dans le fort qui sert de pied à terre à Wassim. Il a été décidé que vous seriez chargé de cette tâche.

— Je veux bien croire que les autres soient compétents, mais pas moi, commenta Ali.

— Et pourquoi donc ? interrogea Théo. Tu as été entraîné ces dernières semaines pour te battre.

— Oui, voilà me battre. Ne pas jouer les infiltrés.

— Je suis sûr que tu sauras très bien te débrouiller, commenta Bahtiyar. Tu sais être très discret. Tu nous l'as prouvé à plusieurs reprises. Prends un peu plus confiance en toi.

Pendant près d'une heure, Théo, Vlad et Maïwan exposèrent aux quatre pirates choisis la stratégie à adopter, ainsi que les grandes lignes du plan concernant l'île.

33

Les navires de Wassim formaient une muraille autour de l'île, sans la moindre faille apparente. L'aube n'était pas encore arrivée, mais l'île était éclairée par la lumière artificielle des flammes. Les bateaux de Bahtiyar et de ses alliés demeuraient invisibles pour l'ennemi. Aucune torche n'éclairait les ponts, chacun se déplaçant à la lueur faible des étoiles.

Leur avancée avait été ralentie par l'absence de vent, et ils étaient trop nombreux pour compter uniquement sur les caprices du vent. Chacun devait être prêt à combattre.

Ali, tout comme bon nombre de pirates, n'avait pas réussi à trouver le sommeil. Les moins expérimentés avaient même été affectés par des maux de ventre et des nausées. Malgré cela, aucun alcool n'avait été distribué la veille.

— Prêt, Ali ? demanda Luigi en arrivant à sa hauteur.

— Est-ce qu'au moins j'ai le choix de dire non ?

— Ce serait trop tard pour les regrets.

— J'espère qu'au moins nous arriverons à trouver Soan.

— Je n'en doute pas un instant. Moi ce qui m'inquiète le plus, c'est comment nous allons en sortir de ce trou à rats.

— J'essaye de ne pas y penser une seule seconde. Mettons la main sur Soan et nous improviserons.

Quelques instants plus tard, une barque s'éloigna de l'Argentière. À bord se trouvait l'équipe de sauvetage de Soan, ramenant aussi discrètement que possible.

*

À bord du navire principal, l'attente était palpable. L'impatience commençait à se faire sentir. Certains essayaient de plaisanter, de parler de leurs projets après la bataille, de savoir qui séduirait le plus de filles à la prochaine escale. On aurait pu croire que personne n'avait peur, mais derrière ces conversations légères se cachait en réalité une peur mêlée d'excitation.

Combien d'entre eux allaient-ils perdre la vie aujourd'hui ? Combien allaient rejoindre leurs frères déjà tombés ? Personne n'osait vraiment y penser, craignant que cela n'attire le malheur.

— Maïwan, où en sont nos équipes de tritons ?

— Ils sont prêts à saborder un maximum de navire.

— Il faut créer le désordre dans leur ligne de front. Cela permettra à Luigi et Ali de pénétrer sur l'île plus facilement.

— Ne vous en faites pas, tout sera fait pour qu'ils aient le temps d'effectuer leur mission avec autant de sécurité possible.

— Je n'en doute pas un instant. C'est une belle journée pour se battre, termina-t-il d'un ton empreint de nostalgie.

— Je le pense aussi.

Au lever du soleil, le signal retentit. Plusieurs individus sautèrent dans l'eau armés de haches, profitant des dernières minutes de surprise avant que l'alarme ne soit déclenchée.

Un silence pesant régnait sur les ponts, tous les regards se fixant vers un unique point : le futur champ de bataille. Bien qu'il fût encore loin, il semblait si proche. Quelques minutes plus tard, les cloches des vigies ennemies retentirent. Bahtiyar leva son épée, et une dizaine de pirates agitèrent leurs mains vers l'eau. Aussitôt, une brume apparut et s'étendit autour de tous les bateaux alliés avant de se diriger vers l'île.

— En avant ! ordonna le capitaine. Que l'aube rouge se lève. À nous la victoire !

Les voiles furent hissées et le vent, invoqué par les maîtres du vent, poussa les navires avec une grande rapidité. En quelques minutes, ils furent à portée de canon. L'ordre de tirer fut donné, et les premiers boulets fusèrent vers l'ennemi. Des cris retentirent de toutes parts. Entre les directives pour éteindre les incendies et celles pour riposter, c'était le chaos total. Les pirates dotés de pouvoirs furent les premiers à s'engager dans des combats au corps à corps. Les pirates tombèrent par dizaines dans chaque camp. Les coques étaient percées par les projectiles.

Les officiers de l'équipage de Bahtiyar dirigeaient leur groupe avec une efficacité redoutable. C'était la première fois que le capitaine de l'Argentière rassemblait une armée aussi imposante. Malgré son âge avancé, il parvenait à coordonner les différents combats et à anticiper les tactiques ennemies.

De l'autre côté, sur le port, Wassim hurlait des ordres à tout-va, agitant ses bras dans tous les sens. Bahtiyar observait la scène, le voyant manifester son caractère fort et impatient, bien plus jeune que lui d'une dizaine d'années. Les deux hommes étaient radicalement différents. Si Wassim constituait une précieuse aide pour Bahtiyar, il pouvait aussi se révéler être un obstacle. Après tout, il ne savait pas comment son ennemi de longue date réagirait à chacun de ses coups.

Un nuage de poussière s'éleva de la plage. Les premiers affrontements se déroulaient enfin sur la terre ferme. Les navires encore en état se retrouvaient piégés dans des dunes invoquées de part et d'autre, transformées en champs de bataille.

— Capitaine, l'équipe de Vlad a réussi à pénétrer plus en profondeur sur la plage nord. La résistance semble plus faible dans cette partie de l'île, expliqua Maïwan en arrivant à la hauteur du capitaine.

— Qu'ils n'avancent pas trop. On ne sait jamais. Ils pourraient se retrouver isolés du reste de nos hommes. Il faut juste les tenir occupés le temps qu'on retrouve Soan.

— Bien, je vais leur transmettre l'information.

— Comment cela se passe avec nos alliés ?

— Pour le moment, ils arrivent à contenir les pirates de Wassim. Certains avaient vraiment hâte de montrer de quoi ils étaient capables pour t'impressionner.

— J'en suis sûr, mais le but de cette bataille n'est pas de mourir inutilement. Rappelle-le-leur.

Maïwan laissa Bahtiyar et prit contact avec chaque responsable d'équipe pour transmettre les messages et évaluer la situation de chaque zone de combat.

En compagnie de son capitaine, il se tenait actuellement en retrait derrière les lignes de bataille, prêt à intervenir rapidement en cas de difficulté rencontrée par l'un des alliés ou membres de son équipage.

Maïwan ne put retenir un sourire devant l'étendue presque infinie du combat sanglant qui se déroulait désormais sous ses yeux. Jamais dans l'histoire de la piraterie un affrontement d'une telle ampleur n'avait eu lieu. Il s'étonnait de ne pas avoir aperçu un seul navire de la marine. Comme beaucoup, il espérait ardemment qu'ils ne se retrouveraient pas pris en étau par celle-ci.

Son regard se porta vers l'île et en particulier vers l'impressionnant bâtiment perché sur la falaise. Maïwan espérait que l'équipe de sauvetage avait réussi à s'y infiltrer sans encombre. L'absence de nouvelles le plongeait dans l'angoisse. Outre ses hommes de confiance, Ali se trouvait là-bas. Il comprenait parfaitement les sentiments qui devaient animer Taddéo pour Soan. La perspective de perdre un être cher, même pour des pirates, était une épreuve difficile à concevoir.

Un boulet de canon percuta violemment la proue du navire voisin, faisant sursauter Maïwan. Il observa les hommes à proximité lutter pour éteindre le feu naissant à l'intérieur. Constatant l'ampleur des dégâts, il comprit que le navire était définitivement perdu. Il ordonna l'abandon du navire endommagé et le transfert des hommes encore intacts vers des embarcations en arrière, indispensables pour quitter l'île ultérieurement.

En un geste puissant, Bahtiyar frappa le sol de son long glaive, provoquant une fissure de plusieurs mètres et un violent tremblement de terre qui secoua tous les combattants. Le capitaine de l'Argentière venait de s'engager pleinement dans la bataille.

*

Ali ne se serait jamais cru capable de retenir sa respiration aussi longtemps. Son instinct de survie avait été son unique salut. Autour d'eux, tout n'était que ruines et cadavres. Bahtiyar ne faisait pas dans la demi-mesure lorsqu'il s'engageait dans un combat.

— Est-ce qu'il a pensé une seconde qu'on était sur l'île ? demanda Ali à Luigi.

— Quand on connaît son pouvoir, on s'est se mettre à l'abri. Et puis regarde, le passage est ouvert.

— Mais quand même.

— Tu ne vas pas râler quand même ?

— Je déteste me baigner tout habillé.

— La prochaine fois, mets-toi nu, ce n'est pas nous que cela va gêner.

Ali lui lança un regard outré avant de se concentrer à nouveau sur leur mission.

— On cherche par où ?

— Bonne question. Je dirais qu'il faudrait descendre. Peut-être dans une cave.

— Une cave ? Mais il doit y en avoir des dizaines.

— Mieux vaut s'y mettre dès à présent et hors de question qu'on se sépare. On reste tous groupés. Il ne manquerait pas qu'on se retrouve isolé et à leur merci.

Ali doutait que ce fût la meilleure méthode, mais peut-être n'y avait-il pas d'autre choix. Il cherchait un signe, un indice qui pourrait alléger leur tâche, mais rien ne transparaissait.

Le groupe progressait lentement, armé et prêt à affronter l'adversité. Les bruits des combats résonnaient au-dessus d'eux, bien que diffus à plusieurs mètres. Par endroits, ils devaient se frayer un chemin à travers les débris des éboulements.

Ce qui les surprit le plus, c'était l'absence de gardes dans ces longs couloirs. Il semblait que tout le monde avait déserté les lieux. À chaque intersection, ils se demandaient quelle direction prendre pour poursuivre leurs recherches. Il leur fallut encore un moment d'hésitation avant qu'une odeur putride n'envahisse leurs narines.

Il n'y avait aucun doute, ils s'approchaient de l'endroit où Wassim retenait les prisonniers. Ignorants de ce qui les attendait, une angoisse grandissante commençait à les envahir, redoutant le pire.

Ali ressentait une nausée grandissante qui lui nouait l'estomac à chaque pas qu'il faisait. Il avait du mal à avancer, comme si un poids écrasant pesait sur chacune de ses chevilles. Ses mains moites tremblaient légèrement.

Soudain, un spectacle d'horreur s'ouvrit devant eux. Des cellules s'étendaient à perte de vue, renfermant des corps presque sans vie. Quelques gémissements d'agonie s'échappaient, tel un dernier soupir. L'air était irrespirable.

— Qu'est-ce que c'est que cette horreur ? s'exclama Ali.

Après un bref moment d'hésitation, l'équipe décida de poursuivre son avancée, scrutant attentivement chaque corps rencontré. Alors qu'ils examinaient un à un les cadavres, Ali figea sur place en reconnaissant la chevelure ébouriffée de Soan.

— Non ! Non ! Non ! s'exclama-t-il tout en courant vers le corps allongé au fond d'une cellule.

Luigi suivit de près, restant sur ses gardes. Ses yeux s'écarquillèrent de terreur et il lutta difficilement contre l'envie de vomir en contemplant le misérable spectacle qu'offrait Soan.

34

Avec effroi, Ali contemplait le corps ensanglanté de Soan, se demandant comment elle pouvait encore respirer. Son torse se soulevait à peine, témoignant de sa présence sur terre. Son ventre arrondi laissait entrevoir l'arrivée imminente d'un enfant, si ce dernier était toujours en vie.

Avec précaution, Ali s'agenouilla lentement près de son amie, veillant à ne pas l'effrayer, et passa doucement une main dans les cheveux éparpillés autour de son visage pour dégager celui-ci. Le visage tuméfié rendait presque impossible l'identification de la femme pirate. Son œil gauche était dissimulé derrière une paupière informe et noircie.

Le regard d'Ali glissa sur le reste du corps à peine couvert par des lambeaux de vêtements. Aucune parcelle de peau n'était épargnée par les contusions. Il devait probablement y avoir de nombreux os fracturés. Quelle violence avait-elle endurée ? Combien avaient participé à cet acte odieux ? Ali se demandait comment approcher Soan sans lui causer la moindre douleur supplémentaire. Tout en elle ne devait être que souffrance.

— Ali, nous ne pouvons pas rester plus longtemps. Nous devons y aller avant que les gardes éventuels ne viennent, l'informa Luigi.

— Je le sais bien. Mais, on ne peut pas la transporter ainsi. Il faut faire quelque chose.

— Il nous faudrait le pouvoir de Maïwan. Mais je ne suis pas sûr de réussir à le contacter. Nous nous sommes bien trop enfoncés dans la forteresse.

Ali cherchait une solution pour déplacer Soan avec le moins de douleur possible, même s'il savait que la douleur était inévitable. Cependant, il était hors de question de l'abandonner ici. Bahtiyar avait déclenché une guerre pour la récupérer et Taddéo attendait son retour.

Finalement, il repéra quelques planches en assez bon état et, avec de lambeaux de tissu, parvint à les attacher les unes aux autres tant bien que mal. Pendant ce temps, les autres membres de l'équipe guettaient tout signe de l'arrivée d'ennemis prêts à les affronter.

— Luigi, viens me donner un coup de main, chuchota-t-il à son camarade.

— Tu es sûr que cela va tenir ?

— Il le faudra, mais on ne pourra pas reprendre le même chemin qu'à l'aller. Elle ne pourra pas retenir sa respiration. On va remonter au mieux vers les salles principales et de là je contacterai Maïwan et les autres. On aura besoin des gradés pour nous faire un chemin.

Au même moment, le sol trembla à nouveau et de la poussière tomba du plafond.

— Il va falloir qu'on s'active vraiment, car le capitaine va tous nous enterrer vivants à ce rythme.

La progression se fit encore plus laborieuse qu'au début. Chaque membre de l'équipe était sollicité pour maintenir le brancard improvisé aussi stable que possible. De temps en temps, un gémissement de douleur s'échappait des lèvres de Soan, semblant être une supplication. Ali brûlait d'envie de la prendre dans ses bras, de la réconforter, de lui assurer que tout était enfin terminé et que plus personne n'oserait lui faire du mal.

— Luigi, murmura-t-il avec gravité. Il est impératif que Taddéo ne découvre pas l'état de Soan. Sa réaction pourrait être inconsidérée et le mettre inutilement en péril.

— Je pensais aussi la même chose. J'espère juste que tu as une idée de génie pour traverser le champ de bataille en haut.

— Pas encore, on improvisera.

— Je ne sais pas pourquoi, mais je ne le sens pas ce coup-là.

— Restons positifs. Dans quelques minutes, nous serons à bord de l'Argentière.

— Je l'espère pour toi. Je l'espère pour nous tous.

Ils poursuivirent leur périple à travers les méandres des couloirs et des escaliers en colimaçon. L'équipe peinait à réaliser qu'elle se trouvait à une telle profondeur sous la forteresse. Le chemin devenait de plus en plus étrange, et le doute de se perdre commençait à s'installer en chacun d'eux.

Une nouvelle secousse fit trembler le sol, et d'un même mouvement, le groupe s'accroupit pour préserver son équilibre. Des pierres se détachèrent et tombèrent sur eux, causant quelques blessures légères.

Des bruits de pas résonnèrent, plongeant le groupe dans la panique. Les regards se perdirent dans toutes les directions, à la recherche de la source de la menace. Les respirations s'accélérèrent, mêlées à l'adrénaline montante. Soudain, devant eux, un halo de lumière se fit plus intense et des ombres se dessinèrent sur les parois. Une silhouette familière s'arrêta à quelques pas d'eux.

— Mais qui voilà donc ? Ne serait-ce pas la catin de Maïwan ?

— Illan… Comment as-tu osé nous trahir ?

Ali aurait dû ressentir de la peur en se retrouvant face à Illan. Pourtant, c'était un tout autre sentiment qui grandissait en lui. Une haine mêlée d'envie de vengeance l'envahissait. Oui, il voulait venger Soan et Taddéo. Il voulait faire payer à Illan sa trahison et ses mensonges. Depuis combien d'années avait-il joué ce double jeu ?

— Trahir ? Mais je n'ai jamais trahi personne, vu que je n'ai toujours eu qu'un objectif, celle de servir le seul grand

Roi des Mers, Wassim le rouge. Vous n'avez toujours été que des pions que je manipulais à ma guise.

— Tu es un être ignoble.

— Et toi, qu'un sale gamin qui n'aurait jamais dû embarquer avec nous.

Le sourire d'Illan ne présageait rien de bon pour le groupe de sauvetage. Il n'était pas seul, une dizaine d'hommes armés se tenaient derrière lui. Une force suffisante pour les submerger sans difficulté. Luigi et les autres étaient sans aucune chance en cas d'affrontement. Mais comment l'éviter ? Sans autre alternative et avec une blessée grave à leurs côtés, la fuite n'était pas envisageable.

— Aucun de vous ne sortira vivant d'ici, continua Illan tout en riant à gorge ployée. Vous vous être jeté dans le piège élaboré par Wassim depuis des années.

— Parce que tu crois qu'on est venu sans le moindre plan, peut-être ? intervint Luigi qui rageait de ne pas tuer immédiatement ce traître.

— Le valet de Maïwan. Peu importe ce que vous avez élaboré comme plan. Vous n'échapperez jamais à la nouvelle puissance de Wassim. Depuis le temps que l'on espérait trouver cette pierre, enfin nous l'avons en notre possession et Wassim est devenu le plus fort sur la surface des océans. Et bientôt il régnera sur le monde entier.

Il n'y avait aucun doute pour Ali, Illan était fou. Le jeune homme avait profité de la loquacité de leur ennemi pour concentrer son pouvoir dans sa seule main libre. Avant que ce dernier ne puisse réaliser ce qui se passait, Ali frappa l'air de la paume de sa main. Une onde se matérialisa et projeta Illan contre les hommes qui se tenaient derrière lui.

— Je vais te faire payer pour avoir osé blesser Taddéo, lança Ali tout en posant son fardeau et en dégainant son épée.

— Non, Ali, tu ne peux pas l'affronter. Vous n'êtes pas du même niveau.

— Quand bien même. Il ne s'en tirera pas si facilement. Je ne me suis pas démené ses dernières semaines pour rien.

Ali ne pouvait plus contenir la colère qui grondait en lui. Il l'avait trop longtemps refoulée au fond de lui pour se concentrer sur sa force intérieure, venger ses amis et surtout affronter Illan. Il se sentait responsable de ce qui était arrivé à Taddéo et maintenant à Soan. Mais pas le temps de se lamenter, il devait combattre et tuer Illan. Il ne devait pas hésiter une seconde et agir, même au péril de sa propre vie. Après tout, c'était cela, la vie de pirate.

— Luigi, emmène Soan et les autres à l'abri.

— Et toi ?

— Je vous rejoindrais dès que j'en aurai terminé ici.

— Je ne peux pas te laisser seul ici. Maïwan ne me le pardonnerait jamais s'il t'arrivait quelque chose.

— Je ne te demande pas ton avis. Fais ce que je te demande. Je m'en sortirai, c'est promis.

Luigi était impressionné par la détermination qu'il lisait dans le regard de son coéquipier. Malgré sa jeunesse, il semblait déterminé à affronter un homme qui avait trois fois plus d'expérience que lui. Luigi voulait lui prêter main-forte, mais il connaissait le code de la piraterie : ce n'était plus son combat. Il donna des ordres aux autres membres de l'équipe et continua à avancer avec Soan, toujours inconsciente sur le brancard improvisé. L'ennemi gisait toujours au sol. Certains étaient sonnés, tandis que d'autres commençaient à se relever. Après quelques instants, un rire glaçant retentit sur le champ de bataille. Il regrettait de l'avoir laissé seul.

*

Les combats faisaient toujours rage sur la terre ferme, et les pertes se chiffraient par centaines des deux côtés. À ce rythme, il ne resterait bientôt plus personne debout. Maïwan s'était maintenant jointe à la mêlée et, grâce à son pouvoir, envoyait rapidement ses ennemis dans l'au-delà. Cependant, sa capacité de régénération commençait à faiblir à force de l'utiliser pour elle-même. Bientôt, il ne conserverait plus la force qui avait forgé sa réputation. Tout en combattant, il ne pouvait s'empêcher de penser à Ali et se demandait où il en était dans sa mission.

Au même moment, un peu plus loin sur la plage, un autre affrontement avait lieu. Bahtiyar et Wassim échangeaient des coups violents, démontrant ainsi leur suprématie sur les mers. Alors que les novices étaient sous le choc de cette confrontation, les plus anciens étaient hantés par une autre pensée. Chacun reconnaissait leur puissance, mais il y avait aussi une crainte de les voir détruire toute une région, voire plus. Chaque impact envoyait des ondes qui faisaient trembler toute l'île et l'océan alentour. Maintenir l'équilibre était un véritable défi. Aucune pitié n'était tolérée aujourd'hui.

Bahtiyar commençait à ressentir les effets de son grand âge, même s'il ne le laissait pas transparaître, la fatigue s'installant progressivement à mesure que le duel continuait. En comparaison, Wassim, plus jeune, conservait toute sa force et avait encore de belles années devant lui. Malgré tout, il n'avait pas l'intention de céder et comptait aider chaque subalterne encore en vie à quitter l'île dès que l'occasion se présenterait. Pour lui, ce voyage ne serait pas le sien. Il était conscient que la fin approchait, mais il était déterminé à entraîner avec lui Wassim et un maximum d'ennemis.

Pendant que les armes s'entrechoquaient, un éclat bleuté jaillit de la lame de Wassim. Cette lumière intense captiva les regards de tous ceux se trouvant à proximité. Les combats semblèrent se suspendre, tandis que l'air lui-même se mit à trembler.

— Étonnant, non ? railla Wassim. Ne fais pas celui qui ne sait pas Bahtiyar, je suis persuadé que tu sais de quoi il s'agit.

— Et tu crois que c'est avec ton nouveau jouet que tu vas m'impressionner ? Tu as copié mon pouvoir, mais cela s'arrête là. Cela ne te rend pas plus fort pour autant.

— Détrompe-toi. Avec cette pierre, je vais pouvoir faire plier chaque équipage et même le continent. Désormais, plus rien ne pourra me faire obstacle.

— Ah ce que je vois, l'intelligence ne va pas de mise avec cet artefact.

— Bientôt, tu me supplieras de te laisser en vie. Une fois que je t'aurai vaincu, je pourrai asservir les survivants de ton équipage. Grâce à la position de Soan, je conquerrai le Grand Continent. Rien ne pourra désormais entraver ma suprématie grandissante.

Les yeux de Bahtiyar s'écarquillèrent légèrement. Comment son ennemi pouvait-il connaître le secret de

Soan ? Cette jeune fille avait toujours veillé à dissimuler sa véritable identité. Non seulement elle avait changé de nom, mais elle avait aussi modifié sa chevelure et s'était même fait tatouer le corps. Maintenant conscient du plan précis de Wassim, Bahtiyar était déterminé à tout mettre en œuvre pour l'empêcher. Il refusait catégoriquement qu'un membre de son équipage, quel qu'il soit, soit utilisé à de telles fins. Il était de son devoir de mettre un terme à cette machination sans scrupules.

*

Ali ne pouvait plus compter le nombre de plaies qui saignaient actuellement. Son souffle erratique trahissait sa fatigue grandissante. Le fait d'utiliser son pouvoir tout en combattant le vidait rapidement de ses forces. En face de lui, Illan ne montrait aucun signe d'effort ou de faiblesse. Pour aggraver la situation, la terre tremblait de plus en plus, menaçant de faire s'effondrer le bâtiment tout entier sur eux.

Résister aux provocations d'Illan était presque mission impossible pour lui. Il brûlait d'un désir ardent de venger l'équipage de l'Argentière qui avait été victime de cette trahison et manipulation impardonnable. Il était hors de question qu'Illan s'en tire sans payer le prix ultime, celui de sa propre mort.

Un bref instant, Ali pensa à Soan et à Luigi. Il espérait que l'équipe de secours n'était plus très loin d'un navire allié. Il se demandait comment s'en sortaient les autres en surface. Combien étaient déjà tombés au combat ? Est-ce que Maïwan allait bien ? Ces questions le perturbèrent un peu trop longtemps. Illan en profita pour l'attaquer. Il parvint à parer le coup in extremis, mais la lame entailla une fois de plus la chair d'Ali, le faisant grimacer de douleur. Son flanc gauche était profondément blessé et la plaie n'était pas anodine. Malgré tout, il devait tenir bon et remporter la victoire.

Ali attrapa le poignard qu'il gardait toujours à sa ceinture. C'était l'arme que Taddéo lui avait offerte juste avant le début de cette tragédie. Ce geste ne fit que décupler sa colère. Il savait qu'il n'avait d'autre option que de mener sa résolution jusqu'au bout, même si cela devait lui coûter la vie.

Avec une concentration et une détermination sans faille, Ali fit rayonner son pouvoir autour du petit poignard. Il se lança de nouveau vers Illan, qui continuait de ricaner tout en se préparant à lui opposer une forte résistance.

Malgré sa taille modeste, le coup du couteau fut d'une violence inattendue pour Illan. Il eut l'impression de heurter la proue d'un navire, et de ne pas pouvoir arrêter l'élan de sa propre volonté. Son corps recula lentement avant d'être violemment propulsé dans les escaliers derrière lui. L'impact résonna dans l'espace endommagé, coupant sa respiration et lui faisant tourner la tête. Ce maudit gamin commençait sérieusement à l'irriter. Il devait mettre fin à tout ce cirque.

Illan se précipita sur Ali, cherchant à le surprendre. Il enchaîna les coups avec une sauvagerie hors norme. Dans son regard, il n'y avait plus rien d'humain. Son souffle était court et saccadé, la sueur dégoulinait le long de son visage comme une pluie torrentielle. Le monde autour d'eux aurait pu s'effondrer, mais ils étaient pris dans ce combat qui semblait interminable. Les lames commençaient même à se fissurer sous l'impact répété. Aucun des deux ne parvenait à prendre le dessus sur l'autre. Les secousses provoquées par la lutte en surface ne les atteignaient plus.

Soudain, alors qu'Ali parait une nouvelle attaque et s'apprêtait à riposter, le plafond et une partie du mur intérieur de l'escalier en colimaçon s'effondrèrent, contraignant les deux adversaires à s'éloigner en urgence. La poussière soulevée rendit l'air irrespirable et la vision de leur environnement impossible pendant quelques instants. Malgré tout, le grondement des canons et les cris des pirates tombant au combat semblaient plus distincts qu'auparavant.

C'était une opportunité en or pour Ali de s'enfuir avant qu'il ne soit trop tard. Il espérait que Luigi avait réussi à rejoindre un navire avec Soan. Un éboulement sur sa droite le ramena à la réalité. À quelques mètres de lui, Illan semblait un peu sonné. C'était le moment idéal pour en finir avec la vie misérable de ce traître. Un seul coup suffirait à mettre un terme à ce cauchemar une bonne fois pour toutes.

Sa main trembla légèrement autour de la garde de son épée. Était-ce la peur ou l'excitation de donner la mort qui le faisait vaciller ? Une horloge imaginaire s'installa dans son esprit, décomptant les instants qui s'écoulaient et le temps qui lui restait avant qu'Illan ne reprenne totalement ses esprits. Pourquoi doutait-il de ce qu'il devait faire ? Non, il ne pouvait pas se le permettre. Sauver la vie de ses amis, mais aussi assouvir sa vengeance, était des missions qui devaient être accomplies pour le salut de tous.

Après une profonde inspiration, Ali resserra sa prise sur ses armes malgré les débris volant autour de lui, et se précipita sur Illan. Sa lame heurta le torse de son adversaire, mais ricocha.

— Hé merde, jura-t-il.

Il réitéra son attaque, et cette fois-ci, sa lame s'enfonça comme dans du beurre. Les yeux de son ennemi s'écarquillèrent et sa bouche s'ouvrit. Pris d'une frénésie, Ali poignarda à plusieurs reprises Illan. Le sang l'éclaboussait, mais il n'en avait cure. À voix haute, il répétait sans cesse une seule phrase : "Crève, sale traître". Lorsqu'il s'arrêta enfin, le corps inerte d'Illan gisait dans une mare de sang et de poussière mêlés. Ali l'observa quelques instants avant de se relever et de faire quelques pas. Son estomac se révolta face à la barbarie dont il n'aurait jamais pensé être capable. Son corps manqua de peu de céder.

Lorsqu'il s'arrêta enfin, le corps inerte d'Illan gisait dans une mare de sang et de poussière mêlés. Ali l'observa quelques instants avant de se relever et de faire quelques pas. Son estomac se révolta face à la barbarie dont il n'aurait jamais pensé être capable. Son corps manqua de peu de céder.

Avec peine, Ali se fraya un chemin jusqu'à la surface en s'aidant de ses mains pour trouver de meilleures prises. L'ascension n'était pas facile pour lui, la fatigue engourdissait ses mouvements. Après plusieurs minutes d'efforts, il atteignit enfin le sommet. Il n'avait pas réalisé à quel point il était descendu sous terre. Alors qu'il tenta de respirer profondément, son nez fut assailli par une odeur de fer saturée. Autour de lui, il n'y avait que des corps sans vie ou agonisants. Il semblait qu'il n'y avait plus aucune âme debout. Les pirates de Bahtiyar avaient-ils remporté la victoire ou subi la défaite ?

Son cœur se serra à la simple pensée de la possibilité que Maïwan ait été touchée. Il scruta les alentours, mais la confusion des cadavres l'empêchait de distinguer qui était qui. Alors qu'il tentait d'avancer, une onde le projeta violemment plusieurs mètres plus loin. Sa tête heurta un rocher et il perdit connaissance.

35

— Soan ! cria Taddéo en apercevant le corps meurtri de sa bien-aimée. Que s'est-il passé ? Qui lui a fait ça ?

Luigi était débordé par le flot incessant de questions de Taddéo. Il pouvait aisément saisir sa détresse. Qui ne serait pas bouleversé dans une telle situation ? Cependant, ce n'était pas le moment de se lamenter, mais d'agir. Il repoussa avec douceur son ami pour pouvoir continuer à avancer à travers le champ de bataille. Instinctivement, les pirates de Bahtiyar proches d'eux se positionnèrent en rempart contre toute attaque. Ils progressaient lentement, essayant de se frayer un chemin jusqu'à l'Argentière. Elle semblait si proche et pourtant si éloignée en même temps.

Un éclair bleu déchira le ciel devant eux, suivi d'une gigantesque flamme qui frappa le sol, projetant les ennemis alentour. Maïwan retrouva aussitôt sa forme humaine.

— Où se trouve Ali ?

— Il est resté en arrière pour nous permettre de fuir. Illan nous attendait sur place.

— Il ne fallait pas le laisser seul là-bas, fulmina-t-il.

— Parce que tu crois qu'on avait le choix ? lui répondit aussi sèchement Luigi. Ne pense pas qu'on l'a fait de gaieté de cœur. Il nous fallait détourner l'attention d'Illan pour mettre Soan à l'abri. Elle a un besoin urgent de soin.

Maïwan observa Soan, portée par Luigi et un autre de leurs camarades, pendant quelques instants. Elle prenait enfin conscience de l'état désespéré de la jeune femme.

— Maïwan, Luigi a raison. Et puis tu dois faire confiance à Ali, intervint Taddeo. Il est devenu beaucoup plus fort.

— Je n'en doute pas un instant.

— Alors au lieu de faire des reproches, aide-nous à mettre Soan à l'abri.

— Je vais la porter au navire, annonça-t-il tout en la prenant dans ses bras.

Immédiatement, des flammes bleues et orange enveloppèrent les deux pirates qui s'élevèrent dans le ciel. Maïwan contourna les zones de combat et déposa la blessée sur le pont, où des hommes restés en retrait prirent en charge Soan. Autour d'elle, les flammes continuaient de brûler sans pour autant lui causer de préjudice. Son corps frémit un instant.

Il lui restait encore beaucoup à faire, commençant par informer le capitaine du succès de la mission de sauvetage. Le trouver ne posait pas de problème, il suffisait de repérer la zone où la bataille faisait rage. Au moment de s'envoler, il fut interpellé par un pirate de son escouade qui se trouvait au pied du navire principal.

— Maïwan, nous avons perdu plus d'un tiers de nos bateaux. À ce rythme, il n'en restera plus un seul avant la fin du conflit.

— Éloignez ceux qui sont encore en état de naviguer de quelques centaines de mètres et préparez des chaloupes pour récupérer tout le monde dès que le capitaine l'ordonnera.

Sur ces mots, il se dirigea vers le capitaine. Toute l'île semblait enveloppée d'un épais brouillard à travers lequel jaillissaient des éclairs rouges, jaunes et même bleus. Une atmosphère apocalyptique régnait. Deux imposantes silhouettes se démarquaient au milieu de ce tumulte. Il n'y avait aucun doute, il s'agissait des deux capitaines. Leur puissance était telle qu'ils balayaient tout sur plusieurs mètres à la ronde.

Maïwan se hâta d'avancer, esquivant les balles sifflant près de ses oreilles. En chemin, il scrutait du regard Ali. Le fait de ne pas avoir la moindre nouvelle de lui commençait à l'inquiéter, d'autant plus qu'Ali était en train d'affronter Illan.

*

Que faire ?

Ali n'avait jamais envisagé se retrouver face à Wassim. Cet homme semblait faire trois fois sa taille et un seul coup de son épée aurait pu le trancher en deux. Ses blessures étaient trop profondes pour envisager le moindre combat. À quelques mètres de là se trouvait Bahtiyar. Ali ne comprenait pas comment il avait pu se retrouver entre ces deux colosses. Sa tête commençait à tourner de plus en plus. La violente projection plus tôt l'avait davantage sonné que ce qu'il avait imaginé. La poussière lui desséchait la gorge, le faisant tousser.

Regrettant presque aussitôt de ne pas avoir réussi à retenir sa quinte de toux, il sentit tous les regards converger vers lui. Jusque-là, il était parvenu à passer inaperçu. Désormais, il ne pouvait plus se dérober discrètement.

— Qu'est-ce que cet avorton fait ici ? l'interrogea Wassim. Tu n'es pas de mon équipage.

Ali était paralysé par la terreur que provoquait cet homme aussi redoutable que son capitaine. Une sensation aussi intense ne lui avait jamais été aussi familière. Les yeux de Wassim semblaient le transpercer de part en part. Ses jambes refusaient de lui obéir et l'air lui manquait. Ali se mit à suffoquer, ressentant une douleur insupportable. Puis, brusquement, tout s'arrêta et il se retrouva entouré d'un vide. Une main lui barrait la vue et une sensation apaisante l'enveloppa.

— N'aie plus rien à craindre, Ali. Tout est terminé.

Ali reconnut la voix de Bahtiyar. Comment avait-il pu arriver à sa hauteur aussi vite ?

— Capitaine, nous avons réussi, fini par annoncer Ali après quelques secondes de récupération, mais le souffle court.

Ali était toujours protégé par les mains de Bahtiyar. Incapable de voir ce qui se passait de l'autre côté, il se fichait bien des événements. Il se sentait en sécurité, comme si cet homme était invincible. Ses jambes flageolèrent, ses forces l'abandonnaient tout comme l'adrénaline qui l'avait maintenu debout jusqu'à présent. Il distingua à peine des flammes bleues et orange à ses côtés avant que l'obscurité ne l'emporte.

*

— Maïwan, emporte-le loin du champ de bataille. Il s'est assez battu pour aujourd'hui, ordonna Bahtiyar.

— Bien capitaine.

— Vous n'irez nulle part, ragea Wassim qui se sentait complètement ignoré.

Bahtiyar réagit promptement en levant son arme pour les protéger. Il parvint à parer comme il put tout en écartant brusquement Ali, que Maïwan récupéra. La lame de Wassim entailla une nouvelle fois le bras de Bahtiyar.

— Capitaine !!! cria Maïwan.

— Ne t'en fais pas, il en faut plus pour me terrasser. Maintenant obéis.

Vlad arriva au même instant et aida le second à transporter Ali plus loin. Ensemble, ils se frayaient un chemin à travers les combats, neutralisant des ennemis sur leur passage. À mesure qu'ils avançaient, d'autres alliés et camarades les rejoignaient. Maïwan annonça le succès du sauvetage de Soan, ravivant l'énergie de tous.

À mi-chemin, une détonation secoua l'île et tous furent projetés au sol. En se relevant, Maïwan vit Bahtiyar s'agenouiller. Que s'était-il passé ?

— Vlad, emmène Ali au navire. Je me charge de Bahtiyar. Que tous ceux qui sont en état de se battre massacrent le moindre ennemi. Allons protéger notre capitaine ! ordonna-t-il tout en levant le poing.

Maïwan rassembla un maximum de pirates à ses côtés. Une euphorie contagieuse se répandit parmi les combattants. La fatigue et les blessures semblaient s'effacer. Les adversaires tombaient les uns après les autres. Maïwan déployait pleinement son pouvoir dans toutes les directions. Il devait rejoindre Bahtiyar et lui apporter tout le soutien nécessaire. Rien ne devait entraver le combat qu'il menait.

*

Wassim était pris de fureur. Ses hommes étaient déci-
més, incapables de reprendre le contrôle de la situation.
Tout cela à cause d'un jeune impudent qui s'était infiltré
dans sa forteresse autrefois imprenable. Il n'avait jamais
connu une telle humiliation, tout ça à cause de la protégée
de l'empereur du grand continent. Il aurait dû la tuer dès le
début. Mais non, il avait agi à sa guise, jouant avec le feu.
Maintenant, il en payait le prix fort.

Cependant, il n'avait pas l'intention d'abandonner aussi
longtemps qu'il pouvait tenir debout, son épée toujours
fermement entre ses mains. S'il devait mourir, il emporte-
rait Bahtiyar avec lui. Il se précipita vers le capitaine adverse et leva son arme au-dessus de sa tête.

Bahtiyar parvint à arrêter l'attaque avec peine. La bataille semblait interminable. Même s'il menait, la victoire
n'était pas encore assurée. Il était temps de mettre un terme
à tout cela et de sauvegarder la vie de ceux qui restaient
debout. Il repoussa la lame de Wassim de toutes ses forces
et chercha du regard Maïwan.

Son second se tenait à ses côtés, comme toujours. Tout
en continuant le combat, il s'approcha de lui.

— Maïwan, préparez-vous à battre en retraite. Tu dois
sauver ce qui reste de l'équipage.

— Et toi ?

— Ne t'en fais pas pour moi. Une fois à bord de l'Argentière, tu devras prendre le commandement.

Maïwan serra les dents, déchiré entre l'obéissance et ses instincts. Il savait que le temps de Bahtiyar était compté et que ses blessures mettaient sa vie en danger. Devant lui se dressait un petit groupe de pirates de Wassim. Ce dernier, tout comme le capitaine de l'Argentière, était épuisé.

Maïwan leva les yeux au ciel. Sans autre choix pour signaler le repli à chaque membre de l'équipage et aux alliés, il rassembla ses dernières forces pour créer une boule de feu qu'il lança dans les airs. L'explosion qui en résulta forma l'emblème de l'équipage dans le brouillard. Ce signe était connu de tous, et il était confiant quant au succès de la retraite.

— Je ne laisserai personne s'enfuir de cette île. Ce sera ici votre tombeau, hurla Wassim tout en heurtant de son poing le sol.

Le sol se mit à trembler violemment, des fissures se formèrent et engloutirent à la fois les ennemis de Wassim et ses propres subordonnés. Bahtiyar répliqua en créant des crevasses qui se refermèrent. C'était un affrontement de pouvoirs titanesques.

— Vous allez tous mourir ici ! hurla Wassim tout en enchaînant les attaques.

— Tout est terminé pour toi, lui retoqua Bahtiyar.

Les deux capitaines brandirent leur arme aussi haut que possible, concentrant tout leur pouvoir dans leur lame. Lorsque celles-ci se heurtèrent, un éclair aveugla tous les témoins de la scène. Une explosion brisa l'acier. Il fallut plusieurs minutes pour que la situation redevienne normale. Un silence pesant enveloppa l'île entière. Les survivants furent stupéfaits en voyant les deux capitaines, désormais immobiles et dépourvus de vie. L'un était décapité et l'autre transpercé par une épée brisée.

36

Autour du corps de Bahtiyar, une mare de sang se formait. Personne ne parvenait encore à réaliser que le moment redouté était arrivé. Juste en face, Wassim était à genoux, la tête à quelques pas de lui. Le monde semblait s'être figé sur le champ de bataille. Aucun des camps ne comprenait réellement ce qui venait de se passer. Deux rois des mers venaient de perdre la vie ici même. Un bouleversement sans précédent lorsque la nouvelle se répandrait.

Les deux colosses qui avaient fait trembler le monde pendant plus de cinquante ans n'étaient désormais plus qu'une légende, un conte pour enfants.

Maïwan fut le premier à réagir. Il s'approcha de celui qu'il avait toujours considéré comme un père, suivi par d'autres. Rapidement, le corps fut entouré par les pirates de l'Argentière et leurs alliés.

Le second de l'équipage de Wassim s'avança vers eux, la lame de son sabre dirigée vers le bas.

— Je crois que nous pouvons dire que la bataille est terminée. Aucun de nos camps n'a gagné et le sang a assez coulé, annonça-t-il. Retirez-vous avec vos blessés et vos morts. Nous ne vous pourchasserons pas. Allez les enterrer dignement.

— Tu as raison, acquiesça Maïwan d'une voix brisée.

— Cette bataille restera à jamais gravée dans l'histoire.

Il a fallu plus d'une heure à chaque camp pour évacuer les blessés et les morts. Malgré la tristesse qui l'envahissait, Maïwan gérait d'une main de maître les opérations. En plus des centaines de morts, ils avaient perdu la moitié de leur flotte. De nombreux capitaines alliés avaient péri au combat, laissant les équipages désorganisés. Avec l'aide de Théo, Noé, Vlad et Taddéo, Maïwan veilla à ce que tout le monde se rassemble sur le pont d'un des navires.

Malgré toutes ces responsabilités, Maïwan ne pouvait s'empêcher de penser à Ali, qu'il n'avait pas revu. Comment allait-il ? Était-il encore en vie ? Il s'inquiétait également pour Soan, dont les nouvelles récentes laissaient penser qu'elle était plus morte que vivante. Maïwan semblait plongé dans un cauchemar sans fin.

À bord des navires s'éloignant des côtes ennemies, on pouvait entendre les longs gémissements des agonisants. Certains pleuraient en réalisant qu'ils ne survivraient pas à la nuit, tandis que d'autres semblaient déjà avoir quitté ce monde, leurs regards empreints de résignation. De temps en temps, un drap était remonté jusqu'au-dessus de la tête d'un malheureux.

— Qu'allons-nous faire ? demanda Vlad.

— Nous nous dirigeons sur l'île la plus proche de notre territoire. De là, nous chargerons sur un navire, l'ensemble de nos frères et sœurs tombés au combat et nous le brûlerons. Bahtiyar sera du voyage avec eux. Il les guidera dans l'au-delà.

Vlad hocha simplement la tête, incapable de trouver les mots. Comme beaucoup d'entre eux, c'était un chapitre entier qui se refermait vers l'inconnu. Alors que les plus jeunes pourraient se relever après avoir surmonté leur chagrin, pour les anciens, c'était une tout autre histoire. Reconstruire ce qu'ils avaient mis plus de trente ans à édifier était à peine envisageable.

*

Trois jours plus tard, ils accostèrent sur une île. Les habitants s'étaient réfugiés dans les hauteurs en apercevant autant de navires. Le port était trop petit pour accueillir tout le monde, alors certains jetèrent l'ancre près de la plage. Chaque responsable de navigation avait dressé la liste des morts se trouvant à bord pendant le trajet.

Plus de quatre cents morts furent dénombrés, ainsi qu'une cinquantaine de disparus. Maïwan parcourait chaque liste, reconnaissant de temps en temps un nom. Celui d'un ami ou celui d'un pirate qu'il avait autrefois eu sous son commandement.

À bord d'un des navires, Ali avait du mal à ouvrir les yeux. Son bras le lançait terriblement. Le mouvement de la pièce qui tanguait semblait agiter aussi son estomac vide depuis un certain temps. Comme un son venant de loin dans la brume, il entendait des pleurs d'enfants. C'était étrange, il n'y avait pas d'enfant sur le champ de bataille.

Les souvenirs lui revinrent brutalement en mémoire. Il n'était plus sur l'île. Il se rappelait Luigi qui l'aidait à se tenir debout juste après avoir reçu un coup d'épée dans l'épaule gauche, tout en soutenant le poids inerte de Soan.

Soan ! Il se redressa péniblement. Les sons devenaient de plus en plus distincts, mais cela lui importait peu. Tout ce qui comptait était de savoir si Soan allait bien et si sa mission avait pu être accomplie.

— Doucement mon joli, ou tu vas te rouvrir ta plaie, annonça Luigi qui l'aida à s'assoir.

— Soan ? questionna Ali d'une voix desséchée et cassée.

— Pas de panique, elle va bien et l'enfant qu'elle portait aussi, même s'il est encore très jeune.

— Enfant ?

— Tu le verras plus tard, il est à bord du navire avec Soan. Les deux se reposent dans une cabine plus loin. Je vais prévenir le doc et trouver Maïwan. Il sera content de te voir. Il est très occupé avec toutes les funérailles à organiser. Repose-toi en attendant.

Luigi se leva et quitta aussitôt la cabine. Ali se retrouva seul avec toutes les dernières informations à assimiler. Il y avait eu des morts, comme c'était inévitable dans toute bataille. Maïwan était en vie, tout comme lui, ce qui le réconfortait un peu. Pourtant, malgré le succès de sa mission, il ne percevait aucune ambiance joyeuse au-delà des murs. Pourquoi ? Il avait l'impression qu'une tragédie s'était déroulée pendant son inconscience. L'atmosphère semblait lourde de tristesse.

La porte s'ouvrit quelques minutes plus tard sur le médecin, qui semblait avoir pris vingt ans de plus. Ses traits étaient tirés et ses cheveux encore plus grisonnants. Il prit le temps de vérifier chacune des blessures sur le corps d'Ali.

— Tu ne pourras plus te battre pendant plusieurs semaines. Mais tu es sauf c'est le principal. D'ici quelques jours, tu pourras te lever. Mais avant tout, tu dois reprendre des forces.

— Comment cela s'est terminé ?

— Ce n'est pas à moi de le dire. Mais nous avons récupéré Soan.

Ali ne comprenait pas ce que cela signifiait. C'était la deuxième personne qui lui cachait quelque chose. On lui apporta une bouillie qu'il avala sans grand appétit. La fatigue reprenait le dessus. À peine eut-il terminé, il sombra à nouveau dans les limbes du sommeil.

*

Un sourire se dessina sur le visage de Maïwan. Enfin, il avait des nouvelles de son amant. Taddéo et Vlad se portèrent volontaires pour le remplacer, afin qu'il puisse passer du temps avec son compagnon. Le voir ainsi endormi et si fragile le peinait. Son seul soulagement était qu'il n'avait pas perdu sa vie ; au moins, il n'avait pas tout perdu. Maïwan resta à ses côtés le reste de la journée.

*

Les corps de leurs camarades tombés au combat étaient enveloppés dans leur linceul, entourant celui de Bahtiyar. Leurs armes reposaient sur leur poitrine, et une pièce d'or ornait leur front. Vu d'en haut, cela ressemblait presque à une composition funéraire.

Autour, des larmes coulaient des yeux des survivants qui manœuvraient le bateau. Une fois à bonne distance, les voiles furent amenées et chacun monta dans une des barques. L'instant était solennel. Pas la moindre discussion parmi les rangs. Le silence était presque glaçant.

Ali rejoignit Taddéo et Vlad sur l'une des embarcations qui s'éloignait, avec dix autres camarades. Plus d'une cinquantaine d'embarcations entouraient l'Argentière, toutes remplies de membres de l'équipage ou d'alliés encore présents. Sur le pont de l'Argentière, Maïwan était le seul rescapé. Il observa chaque corps un instant avant d'embraser l'ensemble. De gigantesques flammes bleues et orange s'élevèrent vers le ciel. Il les laissa descendre vers le sol, qui s'embrasa à son tour. Les flammes léchèrent rapidement le sol, créant un spectacle impressionnant.

— Adieu Bahtiyar. Puisses-tu accompagner mes frères vers le repos tant mérité.

Maïwan s'envola pour atterrir auprès d'Ali quelques instants plus tard. Il prit Ali par les épaules et ensemble, ils assistèrent en silence, comme en un rituel sacré, au bûcher funéraire. Cette cérémonie marquait la fin de l'histoire des pirates de Bahtiyar. Peu à peu, la structure s'affaissa avant de s'éteindre en sombrant dans la mer, emportant les corps dans les abysses froids et obscurs.

Ce soir-là, autour des feux de camp, chacun tentait d'envisager son avenir. La plupart avaient une prime sur leur tête et savaient qu'ils ne pourraient plus mener une vie normale.

Ali s'éloigna de ses camarades en longeant la plage. La douleur persistait, malgré les efforts de son amant pour l'apaiser avec sa magie. Trop d'événements s'étaient enchaînés en si peu de temps. Alors qu'il commençait à apprécier sa nouvelle vie, il se retrouvait à présent, comme les autres, à se demander quel serait son avenir.

Il s'assit sur un rocher qui séparait la plage en deux, fixant l'océan. Malgré l'agitation non loin, c'était étrangement calme. Seules les vagues venant heurter la roche et le sable semblaient signifier une présence de vie. À l'horizon, la lune se reflétait sur l'eau. Elle n'était pas encore pleine, mais cela ne saurait tarder. Tout paraissait si paisible que Ali n'avait qu'une envie : s'endormir pour oublier un instant tout ce qu'il venait de vivre.

Un éclat bleuté l'enveloppa soudain, le faisant sursauter. Le torse de Maïwan se pressa contre son dos et il se retrouva blotti contre ce corps si réconfortant.

— À quoi songes-tu, demanda Maïwan ?

— Beaucoup trop de chose pour le dire. Je me pose des questions sur mon avenir. Je doute que nous ne restions pas éternellement ici.

— En effet. Les premiers partiront demain.

— Que vas-tu faire ?

— Reprendre le flambeau. Bahtiyar avait couché ses dernières volontés sur un rouleau. Dedans, il souhaitait que je prenne la relève.

— De tout l'équipage ?

— Seulement de ceux qui le voudraient. Mais ils sont rares ceux qui ne le désirent pas.

— Donc nous continuons l'aventure.

— Je dirais que nous commençons notre propre histoire. Mais mon choix ne doit pas être une obligation pour toi.

Ali se retourna pour faire face à Maïwan et se retrouva à quatre pattes. Il dut faire fi du réveil de la douleur.

— Je sais que je n'ai pas été très utile dans cette guerre et que tout ce que j'ai récolté c'est d'être blessé. Mais si tu veux te débarrasser de moi, alors c'est mal barré. Tu m'as embarqué de force sur l'Argentière, alors ne crois pas que cela va être facile pour me faire débarquer. Je te suivrais, peu importe le danger, peu importe la route que tu décides, d'emprunter. Tiens-le-toi pour dire.

Maïwan esquissa un sourire devant la petite explosion de colère de son amant. Il l'attrapa et le fit pivoter sur le rocher pour se placer au-dessus de lui, capturant ensuite ses lèvres dans un baiser. Ce baiser, qui se voulait tendre au départ, laissa peu à peu transparaître un besoin presque viscéral de se posséder mutuellement.

Les mains s'activèrent pour se débarrasser de chaque vêtement. La friction de leurs peaux ne fit qu'accroître leur impatience. Ils ne prirent même pas la peine de se soucier d'éventuels regards curieux. Ils étaient là, seuls au monde, plongés dans un moment de bonheur intense, malgré la douleur de la perte de leur capitaine. Ils avaient déjà tant pleuré, il était temps pour eux de s'aimer.

Maïwan les enveloppa tous les deux de ses flammes bleues, protégeant ainsi le dos d'Ali pendant qu'il se mouvait en lui. Ensemble, ils ressentaient comme une renaissance après ce long cauchemar. Une nouvelle vie s'offrait à eux, et malgré les épreuves, ils étaient bien décidés à ne laisser personne sur le quai.

Le départ n'était pas imminent, ils devaient trouver un nouveau navire, un nouveau pavillon pour écrire leur propre histoire. Mais une chose était certaine : ils avaient toute la vie devant eux. Maïwan ne cherchait pas nécessairement à suivre les traces de celui qu'il avait toujours considéré comme un père, mais à tracer sa propre voie, à vivre ses propres aventures.